Tout va très bien !

ALESSIA D'ALBA

Tout va très bien !

roman

H&

HARPERCOLLINS FRANCE

83-85, boulevard Vincent-Auriol, 75646 PARIS CEDEX 13.
Service Lectrices — Tél. : 01 45 82 47 47

www.harlequin.fr

ISBN 978-2-2804-2055-6

Pour Mam.
Pour Monsieur 913, comme d'habitude.

Prologue

Commençons par un jour spécial : l'anniversaire d'Aliénor. Elle fête ses cinquante et un ans autour d'un repas sans prétention. En petit comité, bien sûr, ayant en horreur d'être la reine du jour, même d'un seul par an. Le petit comité en question comprend sa mère, son mari, et leurs trois charmantes filles. Quelques pièces rapportées : le mari de la fille aînée, les deux enfants nés de leur union. Le fiancé de celle du milieu. Aucun animal domestique n'est de la partie, M. Duransson est allergique.

On s'occupera des prénoms plus tard... et il faudra essayer de vous montrer tolérantes : n'oubliez pas qu'ils n'y sont pour rien.

Tenez, un fait intéressant : durant cet anniversaire, la fille du milieu et son fiancé annoncent qu'ils ont l'intention de se marier.

— À l'église aussi ? demande Aliénor, en essayant d'étouffer du mieux possible la pointe d'inquiétude dans sa voix.

La réponse semble la soulager. Les deux tourtereaux ont des idées de faire-part et susurrent même le nom d'un ou deux cantiques prévus pour la messe. Dire que l'aînée avait déjà failli faire le coup du baptême républicain pour son deuxième fils... l'honneur est sauf !

C'est d'ailleurs, à en juger par les dires d'Aliénor, « le plus beau cadeau qu'on pouvait lui faire ».

M. Duransson se met au kayak depuis quelque temps et vante les mérites de ce sport pendant le fromage.

— Tu as vraiment bonne mine, lui fait d'ailleurs remarquer son épouse.

Il est tellement sous pression avec son poste important et son rôle majeur au comité de direction de Lotus (les spéculoos, pas le papier hygiénique) que ça lui fait *un bien fou* cette activité de plein air !

Elle est si heureuse, Aliénor : cet été, ils fêteront leurs vingt-sept ans de mariage, vous vous rendez compte ? Presque trente ans ! Peut-être qu'il lui offrira un beau tapis persan comme l'année dernière ? Ils ont toujours aimé ça, les tapis persans. Ou un restaurant gastronomique ? Elle se rappelle cette fois où il lui avait fait la surprise de l'inviter dans un endroit magique, dans le Luberon, enfin, c'est elle qui avait dû faire la réservation, mais c'est lui qui invitait bien sûr ! Oui, du coup, ce n'est plus tout à fait une surprise, vous avez raison.

Mais reprenons : l'aînée est épanouie, ça se voit tout de suite, son mari lui passe parfois la main autour de la taille, dans les limites de la décence bien entendu. Les deux petits-enfants ont respectivement sept et cinq ans. Le plus grand apprend à lire, il a même déchiffré un poème d'Hugo choisi pour sa Grand-Mam. C'est charmant « Grand-Mam », non ? Une idée du mari, puisque les trois filles appellent depuis toujours leur mère « Mam », tout simplement.

Il reste à caser la petite dernière, et voilà ce sera fait, Aliénor sera *vraiment* en paix. Elle se confie parfois à ses copines du club de lecture... elle aimerait tellement qu'elle s'intéresse enfin un peu aux garçons, au lieu de parler tout le temps de ses tableaux Excel. Oui, elle est assistante de direction dans une clinique privée du 5e, pas si loin des Lazaristes, où toute la famille a suivi une scolarité irréprochable. Au moins, elle est indépendante financièrement, lui rappelle souvent la présidente du club, c'est déjà une chance, quand on voit tous ces jeunes sans emploi aujourd'hui, c'est assez effrayant !

Oui, voyons le bon côté des choses : la benjamine n'est pas dépourvue de charme, juste un peu raide et euh... austère, voilà, c'est le mot. Elle finira par rencontrer quelqu'un de bien. Bon, et puis, discrète comme elle est, inutile de dire qu'elle ne doit pas enchaîner les aventures sans lendemain comme le font certaines (quelle époque ! Les filles sont de plus en plus dévergondées ! À faire frémir !).

Aliénor s'est remise à suivre des cours d'histoire de la poterie en auditrice libre, c'est passionnant. Et puis elle a son atelier peinture à l'huile le jeudi, gymnastique sportive le mardi et le vendredi. Attention : le vendredi après-midi, car le matin, c'est marché. Elle compte tester un cours de yoga, il paraît que c'est formidable, qu'on en ressort comme sur un petit nuage.

C'est qu'elle en a des occasions de tester des activités : Aliénor est femme au foyer.

Elle n'a jamais travaillé. Quand elle a rencontré son futur mari, celui-ci était déjà voué à une carrière à son image : haut de gamme. Une fois son premier emploi en poche, il a été décidé d'un commun accord qu'il assurerait le budget familial, tandis que la belle Aliénor se consacrerait aux joies du foyer.

N'oublions pas la dernière femme de cette jolie famille (la belle-famille est originaire de Saint-Étienne et y habite encore à l'heure actuelle... autant dire que c'est un mariage mixte !). La mère d'Aliénor est veuve depuis l'an 2000. Elle occupe sa vie, se montre à la fois tenace et courageuse. Ses genoux la font quelque fois souffrir, mais dans l'ensemble, à presque quatre-vingt-six ans, elle a le corps d'une adolescente (c'est ce que lui dit son podologue).

Et puis voilà, deux mois tout pile après cet anniversaire épatant, Aliénor vient de recevoir un drôle de texto. Et à en croire les appels en absence qui s'affichent sur son téléphone, il semble que ses filles aient eu droit au même, quoique dans une version légèrement personnalisée, M. Duransson ayant probablement procédé à un transfert de SMS pour ne pas avoir à le re-rédiger entièrement.

C'est tellement pratique tout ce qu'on peut s'épargner avec la technologie moderne...

Mes chéries, je quitte votre mère pour la femme que j'aime. Dad

Bienvenue chez les Duransson !

Chapitre 1

Marie-Victoria

Je vous explique le concept, parce qu'il y en a un. Dad, ce grand croyant, tenait à ce que ses enfants portent le nom de la Vierge. Mam n'était pas contre, « à condition de l'accoler à un prénom moins connoté ».

Le résultat est époustouflant : Marie-Appoline, Marie-Quitterie et Marie-Victoria. Franchement, cherchez l'erreur.

On a rapidement supplié nos proches de ne pas se fatiguer, de sectionner sans complexe la première partie de nos prénoms. Un peu moins Vierge Marie les filles Duransson. N'empêche que j'estime être la plus gâtée des trois. On appelle celle qui se prétend grande détentrice du droit d'aînesse Appo, celle du milieu Chaton, ce qu'elle nous reproche assez souvent d'ailleurs. Seuls nos parents s'obstinent à nous désigner par nos états civils. On dirait qu'ils ont peur de reconnaître qu'ils ont commis un impair en nous appelant par nos petits noms. Eh bien, ils feraient sans doute mieux de l'admettre. Essaye de t'intégrer dans un cours de boxe thaï quand tu t'appelles Marie-Appoline, franchement !

Je vous avais dit de faire preuve de tolérance... enfin, vis-à-vis de mon père, ne vous forcez pas non plus, il s'appelle Jean-Igor. Là, on franchit clairement un palier. Un conseil en passant : n'appelez surtout pas ma grand-mère adorée Micheline. Elle se lancera dans un exposé de thèse pour vous convaincre que ses parents l'ont appelée comme ça en hommage à de grandes actrices françaises de son époque. Tu parles. Nos arrière-grands-parents avaient des goûts de merde, c'est tout.

Pardon, je ne suis pas sympa, j'oublie encore les beaufs. Donc, le mari officiel, celui d'Appo, c'est Hubert. Le fiancé — et chouchou absolu de Mam —, Eugène, parce que sa « Maman chérie adore la littérature russe ». On a droit au couplet à chaque fête de famille, et j'ai toujours autant envie de le tuer. Je les aime bien, c'est juste qu'objectivement, c'est des voleurs de sœurs, on ne va pas se mentir.

Ah ! les deux petits sensibles, Paul-Antoine et Louis. J'adore essayer de ruiner les tentatives d'Appo de faire de ses fils des caïds. Je trouve ça tellement débile... Je ne travaille jamais le vendredi après-midi, comme mes neveux chéris. Dans leur charmante école privée, Saint-Joseph-des-Brotteaux, dans laquelle enseigne d'ailleurs Chaton, ma sœur du milieu, on pense aux parents qui aimeraient partir dès le vendredi pour emmener leur progéniture loin de la grande ville, dans une de leurs résidences secondaires, à la campagne ou à la montagne. C'est que le bourgeois a besoin d'air frais. De mon côté, sans nourrir d'affection particulière pour l'espèce « enfant en général », j'avoue un énorme faible pour ceux de ma sœur. Résultat, je vais les chercher à 12 h 15 le vendredi, nous déjeunons tous les trois, et ensuite gros programme de jeux et dessins animés. J'essaye de faire le plein d'énergie (il en faut pour les garder une demi-journée) pendant qu'ils font la sieste. Le plus jeune a déjà compris qu'il pouvait tourner les aiguilles de sa charmante pendule Babar, en revanche il n'a pas encore intégré que Tatan (subtil mélange entre Tata et Maman sans doute ?) possède des rudiments de notion du temps. J'ai beau lui expliquer que s'il me fait le coup cinq minutes après le début de la sieste, ça ne fonctionne pas... le petit ne pige pas. Le reste du temps, ils sont très éveillés, et là c'est un festival digne du Club Med, à base de promenades au parc de la Tête-d'Or, dessins, lectures, pâte à sel artisanale (ah, le regard outragé de ma sœur quand elle rentre et découvre son sel rose de l'Himalaya vidé jusqu'à la dernière goutte... mais je compose avec les moyens du bord, moi madame !). Ah oui, et j'oubliais le traditionnel film du vendredi. On alterne entre dessins animés et films de superhéros.

Non, je n'ai pas de copains. Pas non plus de petit ami, conjoint, compagnon, tous les termes par lesquels vous voudrez bien les désigner. Même pas d'amant ou de plan Q. J'ai autre chose à faire que de me retrouver avec un Hubert ou un Raspoutine dans mon appart, alors dans mon lit... Oubliez.

D'ailleurs, en parlant d'appart. Il semblerait que je sois bientôt dans l'obligation d'héberger une coloc un peu spéciale...

Ça va faire une semaine que nous avons reçu le fameux texto. Par « nous », je veux dire, les filles, Mamy, moi... et accessoirement tout le répertoire de Dad. Je le déduis du nombre de messages vocaux reçus ensuite sur mon répondeur (et sur ceux d'Appo et de Chaton). Amis ou membres de la très grande famille de Dad en mode condoléances (j'ai eu Mélisandre, la petite sœur de Dad, en larmes, incapable d'articuler une phrase complète, la voix entrecoupée de gros sanglots, et j'entendais très distinctement le son de sa morve couler : gore. Ça m'a mise tellement mal à l'aise qu'après j'ai cessé de prendre ses appels). Les gens confondent « rupture » avec « mort subite ». Je ne vois que ça.

Personnellement, je sortais de ma journée passée à

revoir les tableurs Excel des rendez-vous pour les kinés du cabinet dans lequel je travaille. Je suis secrétaire médicale. La fille hyper-sympa qui répond au téléphone quand vous annulez pour la quatrième fois votre séance de rééducation ? C'est moi. Celle qui glisse gentiment au kiné ou au médecin généraliste le nom de la maladie imaginaire dont souffre son patient ? C'est moi. Celle qu'on envoie chercher un supplément crémant d'Alsace pour le départ en retraite de Francine ? Encore moi. J'aime bien mon job pour la partie organisation. Vous voyez Tétris ? Ben, mon métier c'est ça : faire cohabiter l'impossible dans une même journée, permettre au personnel des équipes médicales de se démultiplier s'il le faut. Et puis le côté humain, bizarrement, me plaît aussi. Mettre les patients à l'aise, s'autoriser quelques plaisanteries avec certains. Mon objectif pas secret du tout, c'est de devenir la RH du groupe. Au départ, j'ai envoyé une candidature spontanée pour un poste d'assistante ressources humaines. On m'a poliment renvoyé mon absence totale d'expérience à la figure. On m'a proposé cette place en attendant une éventuelle création de poste comme RH junior. Cette année, j'ai commencé à assister à des processus de recrutement et à étudier la création des contrats et des fiches de paye. Avec un peu de chance, si je m'accroche et me fais remarquer, elle finira bien par arriver, cette fameuse création de poste...

J'ai lu quelque part que la banane était excellente pour la concentration, donc j'en mange trois tonnes, sauf que la plupart du temps, c'est *après* le boulot, quand j'ai vraiment besoin de me concentrer (pour ne pas me faire écraser sur un passage piéton ou oublier de saluer Mamy dans la rue, elle m'en veut à mort quand je fais ça). J'avais donc mon fruit adoré dans la bouche, et mon portable dans la main droite. À la lecture du message, je me suis écrasé à demi la banane sur le visage, dans un geste à la fois peu distingué (contour de la bouche) et obscène (mes sœurs me conseillent toujours de ne PAS manger de banane dans la rue, mais elles ont l'esprit mal tourné).

J'avais oublié les règles du jeu « Décrypte ton texto » — ou celui que vient de recevoir ta meilleure amie larguée par un mec parce qu'elle est *vraiment trop bien pour lui.* Pourtant l'adolescence n'est pas si éloignée de moi. À croire que le texto, c'est pas comme le vélo. Bon, en même temps, mon père étant loin d'être un poète au quotidien, ça devrait le faire. Je me suis assise sur un banc, j'ai essuyé discrètement mes mains sur un tableau Excel imprimé et je me suis attelée au déchiffrage.

« Mes chéries » :

Un basique pour instaurer un climat de confiance. Je nous revois toutes les trois devant le sapin le 24 décembre avec le coup classique du : « Mes chéries, vos grands-parents ont décidé que les cadeaux, c'était *nada* pour ce soir, mais ne perdez pas espoir, vous les aurez demain au réveil, mais pas trop tôt quand même, que vos grands-parents puissent dormir un peu. Dommage pour toi Marie-Victoria, qui comptait dormir avec ton nouveau kit "capture des sauterelles" de chez Nature et Découvertes. »

Bref, cette entrée en matière transpire l'arnaque.

« Je quitte votre mère » :

Direct. Simple. Factuel. Sans fioritures. On comprend l'idée. Au bout de cinquante piges, il a dû assimiler le fait que la formule consistant à dire à sa chère épouse que son flan aux raisins était trop riche pour son régime n'était pas si efficace. Mieux valait marquer les esprits tout de suite avec des adjectifs comme « ignoble », « révoltant », ou encore « baveux ».

« Pour la femme que j'aime » :

Là, on arrive à la partie savoureuse. Franchement ? C'est censé nous rassurer ? *La* rassurer ? Ne vous inquiétez pas mes chéries, je quitte Mam pour une putain de bombasse qui a votre âge — OK, là j'invente. Tout ira bien, en plus elle au moins peut procréer, contrairement à votre mère qui souffre des syndromes de préménopause depuis l'âge de trente ans. *Keep cool*, Aliénor, t'es une fille super, presque trente ans avec toi, j'ai bien aimé franchement, c'était chouette de vivre ça ensemble. Je te quitte juste pour quelqu'un que j'aime vraiment et qui me correspond à 100 %, rien de grave, quoi. C'est vrai que pour une femme de cet âge — la cinquantaine, le grand tournant, remise en question, doute et fragilité —, c'est tellement plus confortable de se savoir quittée pour Jessica Alba ou un grizzli.

Au moment où je m'apprêtais à commettre un geste violent (projection de la peau de banane) ou intrusif (enfonçage de la peau de banane bien profond dans le c... du premier mec qui serait passé devant moi), j'ai entendu la sonnerie singulière annonçant un appel d'Appo, *Single Lady* de Beyoncé (ce que Hubert prend très mal).

— Vic, t'es au boulot ?

— Nan, suis sortie, je finis à 17 h 30 aujourd'hui, Dom-Dom m'a laissée filer plus tôt.

Dom-Dom, mon grand patron adoré, mon Dominique.

— T'es où ?

— Sur un banc, pas loin du travail, une peau de banane sur les genoux. J'ai vue sur une grand-mère qui balance des croûtons de pain moisi à des pigeons. Ah non, c'est des enfants.

— Vic, une autre fois s'il te plaît. Je ne peux pas terminer plus tôt. Si t'as les clés sur toi tu peux passer voir Mam ? J'imagine qu'elle est seule et je ne veux pas qu'elle le reste : connaissant Dad, il a dû lui envoyer le SMS en même temps qu'à nous...

— Ouais, et faire un transfert pour éviter d'avoir à tout réécrire... Mais on est mercredi ! Tu sors plus tôt les mercredis pourtant, non ?

— Hubert est sorti à 16 heures, il garde les gosses. Tu veux bien y aller ?

— Mais oui, j'y vais, quelle question...

— J'ai déjà prévenu Chaton et Mamy, on se retrouve chez Mam ce soir, on la laisse pas seule et on lance les opérations.

— C'est-à-dire ?

— Vic, sois gentille, réveille-toi ! Maman était déjà femme au foyer *in utero*. Elle a autant de connaissances sur le droit des femmes que moi sur la carrière de Jennifer Aniston ! Si on la laisse, l'autre crétin (*je pense qu'elle veut dire Dad*) va profiter de son ignorance et faire du grand n'importe quoi. C'est à nous de prendre les choses en main.

— T'as raison Appo. Bon, j'te laisse, j'y vais, travaille bien, et on se voit tout à l'heure, je ferai à manger.

— Nan, par pitié, laisse Mam s'en occuper, OK ?

— T'abuses.

— Ciao, à ce soir.

Hubert qui sort plus tôt pour s'occuper de ses chers petits ? Y a baleine blanche sous p'tit caillou.

Ma sœur n'est ni avocate ni éduc spé. Elle travaille chez Yoplait. Elle développe les yaourts du futur, ceux qui séduiront la cible la plus réfractaire de l'univers aux produits laitiers : les Asiatiques (sachant que techniquement, ils ne bouffent pas de yaourt, ce n'est pas dans leur culture).

Mais quand on s'en prend à sa mère, elle devient la réincarnation de l'héroïne de *The Good Wife*. Sans brushing. Elle est un peu autoritaire, mais ça lui fait tellement plaisir de donner des ordres que Chaton et moi on se sacrifie et on obtempère. Si nous n'étions pas là, c'est au monde entier qu'elle imposerait ses quatre volontés. Entre nous, on l'appelle Appol-pot. Même Mamy est dans la confidence. Compte tenu de l'urgence de la situation, je choisis d'autant plus d'abdiquer sans me rebeller devant le droit d'aînesse.

Je marche jusqu'au 43, cours Franklin-Roosevelt, où

vivent mes parents. Dois-je déjà le conjuguer au passé ? Je sonne, personne ne m'ouvre, j'utilise ma clé. Le salon est plongé dans le noir, les volets sont quasiment clos, et le plafonnier est éteint. Je commence par un tour d'horizon pour m'arrêter rapidement sur une vision inattendue. Mam est allongée par terre, les bras étendus le long du corps. On pourrait croire à une posture méditative si elle ne paraissait pas aussi raide morte. Ses yeux, grands ouverts, regardent le plafond avec un niveau de fixité et de concentration absolument effrayant. Trois bananes n'auraient pas été de trop, la soirée s'annonce longue.

— Mam... ?

— Il est parti.

— Mam, tu veux pas te relever ?

— Non. J'ai pas très envie.

Je ne vois qu'une seule solution : adopter la méthode des films. La scène où la psy doit comprendre l'intériorité d'Hannibal. Ou quand elle est appelée en renfort pour sauver le type sur le point de se jeter par la fenêtre. Elle monte sur la corniche et, s'il est accroupi, elle s'accroupit aussi. Symbiose totale pour faciliter la prise de contact et la communication.

Je pose mon sac sur le canapé et m'allonge donc juste à côté de Mam. Parallèle à elle, avec une distance de sécurité.

— Tu as pensé à ranger ton sac dans le placard de l'entrée ?

Tant qu'elle reste maniaque, c'est qu'elle n'a rien perdu de ses facultés mentales. Elle pose tout de même la question sans grande conviction puisqu'elle ne s'étonne pas de ne recevoir aucune réponse.

— Ce matin, je me suis levée, je suis descendue pour lui faire ses tartines et je l'ai entendu s'affairer dans la chambre. J'ai pensé qu'il devait chercher sa seconde chaussette bleu marine. Tu sais, depuis quelques semaines, il refusait que je lui prépare ses vêtements pour le matin. Alors forcément...

— Ah.

— Et puis quand je suis montée, parce que tout était prêt, tu vois, j'avais pensé à racheter de la confiture de framboises, la veille j'avais oublié, il y avait seulement de l'orange amère, il a horreur de ça, je craignais qu'il soit en retard pour un rendez-vous, eh bien, là...

— Pleure pas, Mam, pleure pas. Va à ton rythme.

— Il était en train de remplir sa valise cabine. Alors je lui ai demandé où il allait. Il n'a pas répondu. Il m'a regardée, il m'a bien entendue, c'est sûr, mais il n'a rien dit. Moi je me suis assise sur le bord du lit et je l'ai regardé faire sa valise, sans... sans comprendre.

— Ah.

— Et puis, il a quitté la chambre. J'ai entendu la porte de l'entrée claquer. Et j'ai à peine eu le temps de comprendre ce qui m'arrivait.

— Euh, attends Mam, je vais te chercher un mouchoir. Bouge pas. Tiens.

À la manière dont elle l'observe avant de l'utiliser, je déduis qu'elle a grillé les résidus suspects dessus — restes de banane écrasée, il a bien fallu que je m'essuie le visage quelque part.

— Mer... merci. J'ai eu à peine le temps de... et là j'ai reçu un... sur mon...

— Un texto sur ton nouvel iPhone 14 ?

Je sens vite que le trait d'humour est malvenu. Mam pleure de plus belle. Elle me tend le déchet, que je n'avais pas repéré jusqu'ici, pourtant pas si loin d'elle sur le tapis, genre vieux chat qui attend l'heure des caresses. Un Nokia à clapet noir, avec des éclairs argentés façon tunning — l'activité « tunning de téléphone » est forcément répertorié dans les années 1990, non ? Franchement à notre époque, un portable comme le sien, c'est limite un facteur de discrimination valable.

Tiens. J'avais sous-estimé Dad. Il a certes fait un peu de copier-coller, mais il a personnalisé le message tout spécialement pour Mam apparemment.

Aliénor, je te quitte pour la femme que j'aime. Tu peux disposer de l'appartement pendant quelques mois avant la mise en vente et les formalités nécessaires à notre séparation. Jean-Igor

Le gros bâtard. Je suis désolée, il a beau être mon père, il n'y a pas vraiment d'autre mot qui me vienne. Ah si, en fait. J'ai la tête pleine d'insultes à lui balancer.

— Il est grand seigneur. Quelques mois dans l'appart ! Trop généreux ! C'est quoi ça, « les formalités nécessaires » ? Il refait faire son passeport ? Nan, mais je rêve. Pourquoi pas aussi signer « ton mari qui t'a aimée » ? Le délire total. Il est complètement malade !

Je me suis un peu oubliée et admets être sortie de mes gonds. Résultat, Mam pleure tellement qu'elle est obligée de se redresser pour ne pas mourir étouffée dans sa propre morve (j'ai lu des articles infâmes sur des gens qui mouraient dans leur sommeil à cause de la gerbe après des soirées hyper-arrosées. Tout est possible... le corps et ses mystères...).

J'essaye de compter combien de fois dans ma vie j'ai vu ma mère pleurer. Dans l'ordre :

— À la mort de Papy. Normal, c'était son père, et je crois qu'elle l'aimait beaucoup.

— Quand Appo a parlé d'un baptême républicain pour Louis, là, c'était carrément spectaculaire.

— Quand Appo a dit que Paul-Antoine naîtrait avec un seul bras. En fait ils s'étaient trompés à l'échographie.

Je crois bien que c'est tout. Nous restons en silence toutes les deux. Finalement le plafond n'est pas si moche quand on a vraiment peur de dire une bêtise ou de déclencher une nouvelle crise de larmes chez sa mère. J'en viens presque à le trouver palpitant, avec ses moulures en forme de grappes de raisin, sa teinte blanc légèrement cassé et ses quelques fissures. J'ai du mal à estimer la durée de notre séance méditative. C'est seulement quand j'entends sonner et que je vais ouvrir aux trois Grâces que je réalise que nous avons dû rester deux bonnes heures dans un silence presque complet, seulement parfois entrecoupé de reniflements.

Mam a raté ses carbo. D'ordinaire c'est pourtant une tuerie. Des vraies carbo sans crème fraîche, juste le blanc d'œuf pour faire le liant, des lardons croustillants, un filet de citron et trois tonnes de parmesan. Elle a commencé par oublier les pâtes, qui sont ressorties de l'eau bouillante complètement molles et excessivement salées à cause du torrent de larmes que Mam a déversé au-dessus des plaques à induction. Elle a sans doute oublié le citron. Et renversé le paquet entier de parmesan sur le plat. On n'a pas osé critiquer. Moi compris, alors que je ne suis pas réputée pour être la subtile de la famille. Mamy s'est même resservie, non dans un accès de zèle mais sans doute plutôt dans un élan d'amour maternel.

On avait tellement envie que Mam soit bien... Et pourtant... je ne me suis jamais sentie aussi impuissante de toute ma vie, je pense que mes sœurs non plus.

Ensuite nous avons enchaîné les plaisanteries stupides et les anecdotes pour essayer de lui faire venir le début d'un sourire. En vain. Appo a évoqué la dernière réplique philosophique de Paul-Antoine : « Maman j'arrive pas à me souvenir de comment j'étais avant que j'existe. » Chaton, les dernières bonnes blagues d'Eugène (même quand il n'est pas là j'ai envie de le tuer : ma sœur devient le genre de femmes qui racontent les blagues de son mec plutôt que les siennes...). Mamy l'histoire du pervers qui lui a peloté les fesses dans le métro et à qui elle a répliqué : « Vous voulez que je vous aide, jeune homme ? »

Ça c'est bien Mamy ; un type lui fait des avances, ou se comporte comme le dernier des porcs, elle se sent malgré tout obligée de préciser que c'est un jeune — genre je suis tellement séduisante que les gamins ne se tiennent pas en ma présence. En plus on l'a toutes entendu cinquante fois cette histoire. Moi j'ai entrepris de refaire le portrait d'un nouveau médecin à la fois machiste et assisté. Et puis, soudain, j'ai eu l'impression de décrire EXACTEMENT mon père. Un de ces rétrogrades qui possède deux iPad, sait parfaitement ce que signifie « objets connectés », bref, qui se dissimule sous l'apparence d'un mec de son temps — mais à qui la femme prépare ses tartines beurrées le matin, et ses chaussons au retour du boulot. Qui croit encore qu'une secrétaire de direction sert à lui apporter le café. Qu'une femme travaille pour s'occuper mais qu'au fond ce qu'elle veut vraiment, c'est des gosses et la reconnaissance du ventre. Je me suis arrêtée en plein milieu du récit, et personne n'a réclamé la chute. Chaton a brillamment suggéré que nous poursuivions cette morne soirée par un film. C'était sans doute histoire de ne pas avoir à parler davantage. D'éviter aussi de continuer à fixer Mam, dont le visage devenait de plus en plus bouffi avec les larmes. Genre Isabelle Adjani. Maintenant. Botox à outrance. Les yeux rouges en prime.

C'est là qu'on s'aperçoit que c'est problématique de choisir un film dans ce genre de... situations.

Chaton a fait défiler les DVD section comédies grand public. *Mes deux mamans*, famille recomposée. On passe. *Avec toi ou rien.* Putain, encore le coup du mec marié qui recroise sa pote d'enfance et réalise qu'il a fait une connerie gnagnagna. *La Secrétaire. No comment. Dis bonjour à ma maîtresse.* On passe, t'es sûre que c'est une comédie ça, Chaton ? *Mon plan Q et moi.* Nan, mais c'est pas vrai !

On a fini devant *Le Gendarme et les Extraterrestres*, qui heureusement pour nous repassait pour la 934e fois sur France 2. Pas vraiment le meilleur opus de la série, mais au moins Louis de Funès n'a pas tenté de larguer sa femme pour se taper une Martienne. Mam s'est endormie la tête sur l'épaule de Mamy. On l'a conduite dans mon ancienne chambre — on n'avait pas le cœur de la laisser dormir toute seule dans un lit double —, et puis nous nous sommes enfermées Mamy, Appo, Chaton et moi dans la cuisine.

C'est là que tout a vraiment commencé.

Rescue Mam

Marie-Victoria

Mots d'ordre : trouver un logement à Mam, la soulager des formalités administratives.

ParticipantES : Micheline Mamy, Appo, Chaton, Vic.

Chef : on est obligées de remplir cette ligne ? OK, OK. Appol-pot.

Rédactrice : à votre avis, c'est qui la sous-fifre de la famille ?

Je me moque souvent d'Appo, mais je dois avouer qu'elle a bien bossé. Elle nous a rappelé quelques mesures de base pour protéger Mam, comme le fait de vérifier son contrat de mariage, de trouver rapidement un avocat digne de ce nom (on a toutes pensé à M. Halpern, le père de Gabrielle, une amie de Chaton devenue celle de la famille, une fille grandiose. M. Halpern est spécialisé dans le divorce, toujours du côté des femmes, et ce depuis trente ans). Quand je leur ai restitué le contenu du SMS reçu par Mam, Appo a jugé nécessaire de signaler que Dad avait quitté le domicile conjugal. Ça pouvait se faire auprès du commissariat et rester une démarche anonyme. Si par le plus grand des scénarios hasardeux le mari revenait au nid, cette déposition resterait enfouie à jamais dans les archives dudit commissariat. Si en revanche il se repointait comme une fleur SANS que Mam le souhaite, cette déclaration permettrait d'accélérer la procédure du divorce.

En revanche, on ne savait pas trop ce que la séparation impliquait pour l'appartement. Chaton était chargée de trouver les coordonnées du notaire des parents, de se renseigner sur les éléments de la vente et sur les conditions d'un partage équitable en cas de divorce. On savait toutes les quatre ce qui clochait, pourtant aucune de nous ne prononçait le mot. C'est Mamy qui s'est décidée à lâcher le morceau.

— Elle va quand même pas dormir sous les ponts ?

— Nan, techniquement, c'est pas possible, Mamy chérie, il peut pas la virer comme ça de l'appart. Même s'il se prend pour le grand régisseur des lieux genre : « Je t'accorde quelques semaines de rab dans mon immense générosité », il n'a aucun droit d'interdire à Mam de rester ici même dans le cas d'une vente. Enfin, je pense. Enfin j'espère.

Chaton ne peut s'empêcher de faire suivre « Mamy » de l'adjectif « chérie ». Une lécheuse de première.

— D'accord mon petit, d'accord, mais tu crois vraiment que ta maman aura envie de rester ici dans l'attente de... du...

— Ouais, c'est vrai, merde, Mamy a trop raison !

— Vic, tu n'es pas obligée d'être grossière !

— Et toi Chaton, t'es pas obligée de te la jouer vierge effarouchée.

— Salope.

— Connasse.

— Grognasse.

— Coincée.

— Ça suffit les filles ! L'heure est grave là ! Vous ne pensez qu'à vos petits concours d'insultes ! J'ai l'impression d'être avec deux ados ! Mêmes mes fils se tiendraient mieux que vous dans...

— OK, OK, Appo, on a compris, c'est bon, on t'écoute.

— Merci Vic, c'est trop gentil de ta part de daigner prêter une oreille attentive aux propos qui concernent celle qui t'a donné la vie.

Le vrai problème avec Appo, c'est qu'elle a quand même un fond profondément cucul la praline. Neuneu. Bonbon et myrtille. Et puis cet art des formules pompeuses... « celle qui t'a donné la vie » : je rêve !

— Bon, les filles, on avait dit qu'on respecterait un ordre chronologique ! Donc c'est D'ABORD formalités administratives PUIS finances PUIS logement. Donc Mamy, tu es gentille, mais on choisira le meilleur pont en dernier si tu veux bien.

— C'est qui qui décide de l'ordre ?

— Vic, c'est moi qui ai eu l'idée de la réunion, donc c'est logique, c'est moi qui fixe le planning, OK ?

— Merde, je rêve, c'est de l'abus de position dominante, Appo !

— Peut-être, mais en attendant, c'est pas Mamy qui va nous construire un programme.

Pour supporter aussi placidement les vannes que lui envoient ses petites-filles, chacune dans des registres différents, je soupçonne Mamy d'être au-dessus de tout ça (ou alors c'est Chaton qui a raison, elle devient un peu sourde).

— Donc, reprend la cheftaine, la question qui nous occupe à présent est la suivante : de quoi va vivre Mam ?

« Femme au foyer ». Un vilain mot pour certains, un synonyme de Noël au quotidien pour nous. Je me souviens encore, en primaire, de l'air envieux des copines au moment de nous séparer après les cours. Elles prenaient le couloir de gauche, qui menait droit vers « l'étude », tandis que moi, je gambadais gaiement vers la sortie, sûre d'y trouver ma mère, attendant, le fameux goûter dans son sac à main, trois emballages de papier alu, un pour chacune des filles. Promesse de bonheur en perspective, appelée suivant les jours Coqueline fraise, La Barquette trois chatons abricot ou La Paille d'Or.

Rien qu'à la façon dont je m'avançais vers elle, au sourire d'Appo ou au « Salut Mam ! » de Chaton, elle savait tout. Qui avait eu une contrariété à l'école, qui s'était disputée avec sa meilleure copine du jour, qui lorgnait pas si secrètement le beau gosse de la classe.

Je n'ai pas le souvenir qu'elle nous ait beaucoup aidées pour nos devoirs. Elle avait prévenu avec cette réplique devenue culte, adressée à Appo la veille de sa rentrée au CP : « Si tu t'imagines que je vais me farcir une deuxième scolarité ! » Comme quoi elle sait se défendre parfois. Voilà, pour nous, c'était quelque chose de précieux d'avoir notre mère à la maison. J'avais l'impression que personne ne me connaissait mieux qu'elle et la considérais comme cent fois plus chouette que Suzanne, pourtant mon idole absolue à l'époque (d'ailleurs j'ai vu quatre appels en absence, je dois me forcer à la rappeler).

Je dis ça comme si j'avais quatre-vingts ans, mais c'est vrai que cette période me paraît déjà loin. C'est quand même des années tranquilles, quand j'y pense. La sensation d'être toujours en grandes vacances, bien loin d'imaginer ne serait-ce que l'existence des expressions « projet professionnel », « interdit bancaire » ou « taxe d'habitation ».

Bon. Assez déliré. C'est pas le moment de se la jouer nostalgique, j'ai une mère en détresse à sauver. Appo évoque une loi qui dit grosso modo que le mari est censé assurer à son ex-femme le mode de vie auquel elle était habituée jusque-là. Ça me paraît un peu étrange comme loi, je me demande bien qui fixe des seuils et comment. Et là, en l'occurrence... c'est quoi le mode de vie de ma mère ? Voyons... des activités extrascolaires comme pour les gosses, gym, peinture, dessin, club de lecture avec

Serre-Tête et Pimprenelle. Les mêmes plaisirs que mon père le week-end (elle ferait bien d'en profiter pour en changer : quel être humain normalement constitué AIME vraiment aller marcher quatre heures sous la grêle dans la région lyonnaise parce que « la nature nous manque tellement » ? Franchement...). Il aime la framboise, donc c'est son fruit préféré à elle aussi, il aime la randonnée commando, donc elle kiffe se démonter les orteils dans des chaussures Quechua.

— Et si tu la prenais en photo avec ton portable pour lui faire un curriculum ?

— Mamy ! ! Dis « CV », tu vas gagner dix ans. Et puis faudrait déjà qu'elle en ait un avant de penser à foutre une photo dessus.

— Marie-Appoline, tu peux dire à ta petite sœur d'arrêter de me provoquer ?

— Vous avez quel âge ? Mais c'est pas vrai ! C'est insupportable !

— Justement, l'âge, tout le problème est là, au lieu de s'acheter des crèmes antirides à prix d'or, la mémé ferait mieux de garder son héritage au chaud pour sa Vic adorée et de lifter son langage.

— Je connais plein d'expressions très jeunes. Je te signale que mon podologue à trente-deux ans.

— Sincèrement vous ne pouvez pas arrêter deux minutes ? Il est déjà 23 heures... Merde ! 23 h 30 ? ! Oh ! je dois rentrer à la maison, je ne peux pas laisser Hubert trop longtemps tout seul avec les enfants.

— Ouais, t'as raison, sois prudente, après 23 h 45 ils peuvent s'autodétruire.

— Ou se transformer en Gremlins !

Ouf, Chaton vient à ma rescousse : de quoi désamorcer le tyran. Ces derniers temps, le sens de l'humour d'Appo n'est plus ce qu'il était. Et je dois dire que ça me préoccupe (pour ma survie je veux dire. Je n'aimerais pas qu'à force, elle nourrisse des pulsions meurtrières à mon égard). Et Mamy porte le coup fatal.

— C'est qui qui la prend ? Elle peut pas rester ici ! Elle va avoir l'impression de l'entendre tourner la clé dans la serrure à chaque grincement du parquet.

— Mamy a raison. Les filles, faut agir, là. Qui prend Mam le temps que ça se tasse ?

— « Que ça se tasse » ? C'est pas un château de sable, ils vont divorcer, nan ?

— Chaton, c'est juste une façon de parler, OK ? Bon, d'ailleurs, tu peux la prendre, toi ?

— Ben, c'est que je suis un peu embêtée, là, parce que justement tu m'aurais demandé ça y a deux jours je t'aurais dit mais oui, bien sûr, sans problème, mais là en fait avec les préparatifs du mariage et tout ce qu'Eugène a prévu, tu sais entre la visite chez le traiteur, le salon du mariage à...

— OK, Chaton, OK, on a compris. Mamy ?

— Mais attends, et toi Appo tu peux pas ? Au lieu de t'en prendre aux pauvres vieilles sans défense ?

— Très drôle Vic, on voit que tu n'as pas d'enfants pour oser dire un truc pareil. Est-ce que tu te rends compte de ce que c'est DEUX gosses en bas âge au quotidien ? Ah non, excuse-moi, j'oubliais, toi t'en es encore à la problématique « est-ce que je prends du Banania ou du Nesquik pour mon petit déj' de célibataire endurcie ? », pardon, ta vie doit être très compliquée, c'est vrai.

— Le venin de l'ornithorynque n'atteint pas la fourrure de l'ours polaire.

— En ce qui te concerne, tu peux t'en tenir à « ours » honnêtement. Mamy ? Un mot à ajouter ? Un lit pour héberger celle que tu as portée neuf mois durant ?

Et voilà qu'elle recommence avec ses formules à la... et puis l'ours c'est quoi la blague, une allusion à ma pilosité ? On a les mêmes gènes pourtant.

— Ma chérie, tu sais, Jacques et moi, nous...

— Oh ! mon Dieu, oh, mon Dieu, Seigneur tout-puissant, Marie pleine de grâce, Mamy, n'en dis pas plus, OK ? Je ne veux rien savoir...

— Mais je, j'allais t'expl...

— Nan, nan, tu ne m'expliques rien du tout je t'en supplie, tu m'écoutes : si tu estimes que le développement de ta vie privée est plus important que celui de ta fille encore en pleine fleur de l'âge, honnêtement, ça vous regarde, toi et ta conscience.

— Mais t'abuses Appo, t'es pas humaine là !

— Laisse-moi continuer, Vic, et d'ailleurs, c'est à Mamy que je m'adresse, toi, c'est pour plus tard. Donc : excuse-moi Mamy, mais Papy est mort en 2000, nous sommes en 2017 et j'avais cru, mais tu vois, comme quoi on peut tous se tromper, que tu serais heureuse d'avoir la compagnie de ta fille adorée, qui plus est dans une période de détresse.

Nous laissons échapper un murmure de protestation, Chaton, Mamy et moi. S'attaquer aux personnes âgées comme ça, ça ne se fait pas. Je n'insiste pas trop ceci dit, parce que je sens que mon heure est proche.

— Bon, Vic.

Adieu, tous, je suis heureuse de vous avoir connus, même si brièvement.

— Vic, tu m'écoutes quand je te parle ? Bon. Manifestement, Mamy doit faire on ne sait trop quoi avec Jacques qui l'empêche d'accueillir une pensionnaire. Chaton a des histoires de pièces montées à régler. Quoi, Chaton ? Tu protestes ? Tu n'as pas un essayage de pâte à choux demain ? Bon, alors tu es gentille, tu ne la ramènes pas. Moi j'éduque mes enfants, et, de toute façon, je n'ai pas de place et je suis déjà celle qui dirige les opérations, je ne peux pas tout assumer non plus, ça va deux minutes.

Soudain, trois paires d'yeux — où se lisaient à la fois l'espoir, le soulagement et le couperet d'une guillotine —

se braquent sur moi. Je sens que je n'ai, à ce stade de la conversation, plus une once de libre arbitre. Il faut bien l'admettre, je suis la célibataire de ce quatuor. Mauvais point. J'habite dans trente-cinq mètres carrés, et mon appartement de la rue Né est doté d'une très grande chambre. J'insiste tout de même : *UNE* très grande chambre. Pourtant quelque chose me pousse à ne pas leur rappeler ce détail. Je suis condamnée à passer plusieurs heures sur le site d'Ikea, rubrique : « Aménagez un coin chambre pour votre ado. »

Donc, nous disions : première séance de sauvetage.

Bilan de séance : aucun respect pour les petits derniers.

Chapitre 2

Marie-Victoria

Une petite semaine après la réunion, je peaufine la déco de la chambre pour accueillir ma nouvelle coloc. Les trois jours suivants « l'annonce », j'ai reçu plusieurs appels de Dad. S'il espère ne serait-ce que deux secondes que je vais décrocher... Mamy a essayé de passer le plus gros de ses journées avec Mam. Notre Aliénor a définitivement adopté le kilim du salon, cours Franklin. C'est devenu son coin préféré de l'appart, et je suis certaine qu'il doit y avoir des traces de moisi à force d'y déverser des hectolitres de larmes. N'allez pas croire qu'elles sont toutes de Mam. Appo, Chaton et même Mamy revendiquent la maternité d'une partie au moins. Moi je n'ai pas l'option pleureuse. Ce que j'aime avec notre famille, c'est cette capacité à lâcher prise. Mam par exemple, depuis que Dad est parti, avec la classe qui le caractérise, a arrêté de se laver. Vu l'état de son carré, je songe à lui faire des dread. Et je la soupçonne de porter les mêmes sous-vêtements plusieurs jours d'affilée.

Bon, d'accord, je plaisante, et c'est de mauvais goût. La bombe nucléaire pourrait péter au bout de la rue qu'elle serait toujours au top. Ça me rassure de sentir qu'elle ne perd rien de sa maniaquerie ni de son hygiène corporelle. C'est vrai que trouver sa mère, allongée, les yeux rouges, les joues constamment mouillées de larmes, MAIS sentant bon le Chanel, tout de suite, ça sécurise. En revanche, je m'interroge sur l'obstination à conserver l'usage du khôl quand on voit le désastre en fin de journée.

Revenons au sujet principal : gestion du drame familial. Travailler comme secrétaire médicale depuis trois ans implique que mon salaire est assez modeste. Et quelque chose me dit que dans dix ans cela risque d'être pareil. À partir de là, ma chance est d'habiter Lyon, où les loyers sont clairement plus abordables qu'à Paris, d'avoir dégoté un mignon deux-pièces, tout en haut d'un immeuble de six étages, rue Pierre-Corneille, juste en face du lycée Édouard-Herriot. Ça me rend nostalgique d'entendre les ados crier victoire en sortant des salles de bac au moins de juin... j'aime cette ambiance sonore.

Le problème, c'est qu'un appartement n'est jamais assez grand pour y accueillir sa mère. Ne me voyant pas décemment faire dormir Mam sur le canapé-lit pendant son CDI chez moi, je me suis résolue à lui prêter ma chambre adorée et à me réserver le salon. Comme il faut y passer pour accéder à la cuisine, à la salle de bains et aux W-C, le deuxième défi a été de trouver une solution efficace pour préserver mon intimité. J'ai le respect filial dans le sang et je n'ai clairement pas envie de savoir si ma mère se lève trois ou cinq fois par nuit pour aller faire pipi. Donc, opération commando à la célèbre adresse des modeuses de plus de quatre-vingts ans, Toto tissus, place Louis-Pradel, où j'ai déniché une sorte de drap sombre, apparemment le genre dont on se sert pour occulter la lumière dans les labos photo. J'ai construit, à l'aide d'un montage habile de clou, fil de corde à linge et pinces crocodiles, un lit baldaquin digne d'une adolescente gothique. Dans ma chambre, j'ai dû ruser pour trouver des cachettes infaillibles où planquer des produits que je garde, je précise, AU CAS OÙ, type journaux intimes datant du collège et préservatifs goût *watermelon* — une mère reste une mère. Le paquet de capotes est resté inutilisé, mais ça peut toujours dépanner une copine. Et ça parfume bien les tiroirs de ma commode. En fait, plus j'y pense, plus je me dis que je préférerais passer une soirée avec la femme de Trump plutôt qu'avec un type arborant un préservatif goût *watermelon*. Je ne sais pas ce qui m'a pris.

J'ai choisi mes seuls draps et taies d'oreillers non dépareillés spécialement pour Mam — à fleur de peau comme elle l'est, je crains qu'elle ne supporte pas mes assemblages multicolores. Aucun tapis dans la chambre, pas plus que dans le reste de l'appartement d'ailleurs. Il faudra qu'elle s'habitue à s'allonger sur un matelas, comme tout le monde. J'ai aussi placé une serviette de bain un peu moins rêche que les autres sur son lit, soigneusement pliée. Et pour terminer, j'ai agrémenté mon frigo de lait, de crème de marrons et de beurre demi-sel — les trois me donnent des flatulences, alors que Mam se porte comme un charme en en abusant pour son petit déjeuner. Le sens de l'hospitalité coule dans mes veines. J'espère qu'elle se sentira bien chez moi. Et que je vais survivre à sa présence. Et qu'on va vite trouver une — autre — solution. De toute façon, Mamy a demandé une deuxième séance de réunion (elle a de façon unilatérale baptisé notre groupe *Rescue Mam*) car, dit-elle, il y aurait un sujet important à traiter d'urgence pour le bien d'Aliénor. J'attends de savoir si Miss Yoplait peut se libérer demain, parce que Chaton, Mamy et moi sommes dispos, et que c'est toujours elle qui se la joue femme active débordée.

Je regarde mes mails. Oh ! mon Dieu, j'avais zappé que la communion de ma cousine Edmée, la petite dernière de la sœur de Dad, Mélisandre la pleureuse, avait lieu dans deux mois. Bon. La pertinence de notre présence

AVEC Mam à la messe du sacrement et à la petite fête qui s'ensuivra est à mettre au débat. Un ordre du jour supplémentaire. Il faut d'ailleurs que je confirme avec Mamy, mais je crois que cette fois on se retrouvera chez elle.

Faisons le bilan : il me reste plusieurs heures à tuer avant l'arrivée de Mam. Appo l'a accompagnée ce matin au commissariat pour déclarer la désertion du domicile conjugal. Elle avait préparé une première mouture du document exigé, mais M. Halpern l'a entièrement repris. Comme ma grande sœur, ô combien prévoyante, se doutait que cette matinée administrative serait rude pour Mam, moralement parlant, elle l'emmenait déjeuner juste après. Une bonne chose, vu qu'elle n'a pas fait les courses depuis le départ de Dad et se nourrit presque exclusivement de jus de fruits et de chocolat. Moi aussi, j'aime le Côte-d'Or avec noisettes entières et raisins secs, mais faut pas charrier, on ne tient pas longtemps à ce régime, et elle va avoir besoin d'énergie dans les mois à venir.

Je ne veux pas l'entretenir dans ses vices, mais je vais quand même préserver au chaud quelques tablettes, histoire qu'en cas de crise, j'ai un truc sous la main à lui refiler. Mon Dieu... j'ai l'impression d'anticiper les prochains caprices d'un de mes neveux — genre : où est la peluche préférée de Paul-Antoine ? (Hubert est tellement parfait que, même quand il dépense du fric, c'est parfait. Il a donc acheté quatre-vingts exemplaires de Tamus, l'hippopotame avec une touffe de cheveux infâme sur le sommet du crâne, et les a rangés dans différents endroits stratégiques de leur appartement. Merci Hubert.) Où est le Iron Man qui dit « je suis le meilleur » de Louis ? (La perfection d'Hubert a des limites. Il n'y a qu'un seul Iron Man répertorié. Ils étaient pressés lorsqu'ils le lui ont offert en partant de Fréjus l'été dernier. Hubert ne se l'est toujours pas pardonné.)

Après un tour au Monop, j'arpente mon quartier de manière désordonnée, comme chaque fois que je ne sais pas trop quoi faire pour m'occuper. Je tombe sur la petite rue Molière, toute mignonne et très vivante, avec ses friperies, son fromager et son antiquaire. Le Body Minute est ouvert. J'ai pris un abonnement sur un coup de tête, un soir en sortant du boulot. Je me sens tout de même très influençable ; je m'en sortais très bien avec mon Gillette quintuple lame et son gel hydratant parfum rose des sables, mais à force d'entendre les deux gargouilles se foutre de moi (« Tu es vraiment le grizzli de la famille », « Ne me dis pas que tu oses sortir en jupe à ton niveau de repousse ? » ou encore « Tu sais, tu verras, ça change TOUT l'épilation à la cire, en plus ça ne fait pas mal, tu sens à peine un petit tiraillement et, hop, t'es tranquille pour un mois !). Bon, donc j'ai cédé à cette pression marketing. Je rentre dans le Body Minute et fais de mon mieux pour sourire quand je vois que la jeune femme de l'accueil — presque une adolescente ! — ne relève pas la tête de l'iPhone d'où elle doit envoyer des messages palpitants à une personne à la fois très disponible ET très réactive. Elle appelle un prénom d'une voix molle, et je vois débarquer Samsara, une trentenaire avec qui j'ai l'habitude de travailler, en leggins et blouse presque argentée. Elle a les cheveux blond délavé avec pointes bleu lagon, le tout retenu en deux couettes hautes. Quand Samsara s'adresse à moi, j'ai l'impression d'être en face d'une businesswoman ultra-directive qui se serait juste trompée d'endroit pour officier. Ça détonne avec la coiffure Sailor Moon.

— Votre carte s'il vous plaît ? Vous l'avez oubliée ? Pour cette fois je prends votre nom de famille, on va chercher dans nos dossiers, mais la prochaine fois vous prenez votre carte avec vous. Pas de souci. Vous avez de la chance, il n'y a personne. D'habitude le samedi à 14 heures on a beaucoup de clientes qui viennent se faire le ticket avant le dimanche.

— Pardon ?

La fille à l'iPhone relève la tête, l'air absolument consternée.

— Un ticket de métro, quoi. Histoire d'avoir un dimanche sympa avec leur mec.

— Khadi, je vous ai déjà demandé de ne pas faire de contenu explicite devant les clientes. Vous respectez la confidentialité, vous ne faites pas de commentaires en superflu, OK ?

Puis, à mon attention, un air étonnamment bienveillant dans le regard :

— Excusez-la, c'est sa deuxième semaine.

Je prie très fort pour que Deuxième-Semaine ne s'occupe pas de mes deux jambes qui n'ont pas vu de cire depuis déjà un bon mois.

— Allez, en cabine, euh... Marie-Victoria, vous pouvez enlever le bas et garder le haut, on s'occupe de vous dans cinq minutes. Les affaires sur le cintre dans la cabine, s'il vous plaît.

J'ai à peine le temps de franchir la porte de l'antre de la torture que j'entends la voix décidément raffinée et délicate de l'adolescente.

— Franchement, t'enlèves le Marie, tu prononces avec l'accent, ça fait grave classe, ça fait genre Victoria Beckham.

— Bon, Khadi, vous y allez et vous n'oubliez pas : vous parlez à la cliente pour la détendre, la douleur ça passe avec la conversation, c'est un truc de psychologie, vous ne la mettez pas mal à l'aise, d'accord ? Je compte sur vous, Khadi, je sens que vous avez du potentiel, il est là, il est très présent, les compétences sont là, maintenant il faut juste laisser le temps de sortir tout ça, OK ?

J'enlève mon slim, mes Converse et mes chaussettes. Je m'installe sur la table et j'ai vraiment l'impression d'attendre ma dernière heure. Je flippe, putain. Quand la fameuse Khadi entre dans la cabine, elle doit remarquer mon air un peu tendu puisqu'elle me lance un :

— Ça va faire plus mal si vous êtes toute raide comme ass, comme *ça*, pardon.

De quoi me mettre encore plus à l'aise, c'est certain.

Au risque de choper un torticolis, je tords un peu le cou et jette un regard vers l'arrière où elle est occupée à vérifier la température de la cire, j'imagine, dans une sorte de grand pot fumant d'où dépassent des liserés de matière sèche rose malabar. Flippant.

Elle a l'air satisfaite et s'approche de mes jambes, avec l'air du médecin qui vient établir un diagnostic. Le mien tombe, peu charitable.

— Bah, la vache ! ! Oh ! la vache ! !

— Oui ?

— Là y a quand même un gros niveau de pilosité hein, j'vois pas ça tous les jours !

Mi-honteuse, mi-vexée, je cherche une réponse cinglante que je n'ai pas le temps de trouver. Mademoiselle enchaîne :

— Il va être content, votre bonhomme !

— Y en a pas.

— Z'avez pas de petit ami ?

— Non.

— Bah, faut pas désespérer, hein. Et l'épilation, c'est déjà un bon début, genre c'est de la psychologie, si on s'épile c'est comme envoyer un gros signal « Alerte, alerte, je cherche un mec, j'ai la peau douce, alerte ! ». Vous voyez ?

Le problème, c'est que là non plus je ne trouve pas quoi répliquer. Je pense juste que Khadi n'a pas dû comprendre l'expression « pas de contenu explicite ». J'ai envie que ce moment se termine vite. Mais les lois de la génétique font que j'ai hérité de la pilosité de Dad.

Chapitre 3

Marie-Victoria

Je ne dirais pas que je suis une chochotte. Mais là j'ai quand même douillé sévère. Khadi la tortionnaire n'a pas arrêté de parler pendant toute la séance. Finalement je lui en suis reconnaissante, parce que, à force d'essayer de me concentrer sur ses paroles, j'ai fini par oublier la petite appréhension qui précède le mouvement sec où elle retire la bandelette de cire. Elle m'a foutu trois tonnes de crème hydratante sur les jambes, et j'ai l'impression que mon jean colle tellement à ma peau que ce soir la moitié de mes mollets va partir avec. Gore.

En sortant dans la rue Molière, je décide de prolonger ma balade. Je m'arrête devant les affiches du petit cinéma d'art et d'essai, La Fourmi. Normalement je suis plutôt blockbusters et films modernes. Donc, m'arrêter pour lire un programme qui vous promet l'extase devant des machins en noir et blanc avec des acteurs tellement morts que même Mamy les a pas connus, sincèrement, ce n'est pas dans mes habitudes.

— C'est à voir.

Le grossier personnage qui interrompt ce paisible moment de contemplation se trouve à quelques centimètres à peine de moi, sur le trottoir, une canette de Fanta à la main. Il est petit — cinq centimètres de plus que moi à tout casser —, maghrébin, des bras maigrichons qui sortent d'un T-shirt « *I LOVE ROMA* », une casquette Nike bien enfoncée sur le crâne, des lunettes de vue à monture carrée et un grand sourire qui lui déformerait presque le visage. Ah, j'oublie les baskets montantes Nike — ça serait dommage de dépareiller — emprisonnant un pantalon de jogging bien trop large pour son gabarit. La grande classe.

— Merci, c'est très gentil, mais je suis en train de lire le programme, là, en fait.

— Je sais, mademoiselle, j'avais compris ! C'est bien pour ça que je vous dis : c'est à voir. Y a une séance dans un quart d'heure. Faut pas parler de la Nouvelle Vague quand on n'a pas encore vu ce film.

Là, j'ai quand même besoin de quelques secondes de réflexion. 1) De quoi je me mêle ? 2) Qui est cet homme ? 3) Qu'est-ce que je risque si je refuse d'aller voir ce truc ? Vu sa stature d'athlète, je devrais survivre.

— Non, c'est très gentil vraiment, mais je reviendrai une autre fois.

— Hé, mademoiselle ? Sérieusement ? Me dites pas que vous êtes prête à louper un film de Resnais comme ça ? En plus, c'est le festival de La Fourmi en ce moment, ça coûte seulement 5 euros la séance ! Faut profiter !

J'ignore totalement pourquoi ce type est aussi insistant, mais je n'ai pas grand-chose de mieux à faire, et Mam n'arrive pas avant deux heures et demie et... Je n'ai pas le temps de comprendre ce qui m'arrive que le Prix Nobel de la subtilité a disparu, et que, ça y est, j'ai franchi le seuil du cinéma. L'accueil est minuscule et plutôt sympa, avec ses quatre fauteuils de cinéma en bois et métal vert bouteille, sans doute pour faire patienter les hordes de cinéphiles aux heures d'affluences. Il y a une immense affiche de *La Belle et la Bête*, pas le Disney, le film de Cocteau.

— Vous l'avez vu ?

Miséricorde. Il est à la caisse. Ça doit être l'ouvreur du cinéma. D'où l'insistance. Il attire la clientèle dans un piège. Je ne vois que ça.

— Vous devriez. C'est magnifique, même si ça fait un peu comme un cauchemar parfois. La scène des mains qui tiennent les torches ? Jamais entendu parler ?

Bizarrement, mon mouvement de tête négatif n'a pas l'air de le déprimer ou de le décevoir, mais au contraire, de l'enthousiasmer davantage.

— C'est génial d'avoir toujours des trésors à découvrir. Vous avez de la chance.

— Bon, euh, donc je suis seule à faire la queue là ?

— On dirait bien. C'est bizarre, d'habitude y a du monde à cette heure-là, une file monstrueuse, mais aujourd'hui, c'est votre jour de chance, projection privée !

Seule chez Body Minute et maintenant seule dans un cinéma avec un ouvreur peut-être pervers ou psychopathe. Ma mère qui déboule chez moi tout à l'heure. Ouais, mon jour de chance, c'est exactement ça. Il reprend son discours, absolument imperturbable et toujours aussi souriant.

— Donc, un ticket tarif jeune je suppose ? Pas besoin de me montrer la carte, ça se voit tout de suite que vous avez pas encore vingt-cinq ans.

— J'en ai vingt-huit. Et je croyais que c'était la semaine à 5 euros ?

— J'ai dit 5 ? J'ai dû me tromper, c'est 4 en fait. Allez, premier couloir sur votre droite, vous allez jusqu'au bout et vous tombez sur la salle 2. C'est ma préférée, la plus grande. Dépêchez-vous, la séance commence dans dix minutes, faut pas louper les bandes-annonces.

Je lui jette un regard censé transpercer son front — passée la barrière casquette — et lire directement ce qui émane de ce pauvre petit cerveau en jogging. Je ne vois rien. Il a l'air inoffensif. Ceci dit, vous voyez Double Face dans *Batman* ? Si vous tombez sur son bon profil, il a l'allure du gendre idéal.

— Ah non, mais attendez ? Misquine ! Je vous ai pas parlé de l'offre d'abonnement ?

Je ne sais pas ce que signifie « Misquine », mais on dirait qu'il s'en veut beaucoup.

— C'est une promotion spéciale, l'offre se termine demain justement.

— Décidément, je suis née sous une bonne étoile.

— Ouais. Si vous payez maintenant 15 euros, ça vous donne droit à un carnet de dix entrées.

— Mais c'est une tuerie, votre offre ? Une personne normale ne pourrait pas y résister.

— C'est ça.

— Donc, vous me considérez comme une personne normale ?

Le pauvre, je sens que ça chauffe sous la casquette Nike, je l'ai vraiment perturbé. Je m'en veux presque.

— Mademoiselle, je veux pas vous manquer de respect. Mais moi, à votre place, dix films en salle pour 15 euros, je passe pas à côté. Par contre, faut me remplir la petite fiche là, c'est rapide, nom-prénom-adresse-mail-téléphone.

— Bon, ben, allons-y pour le carnet, et je vais vous remplir votre questionnaire à la vitesse de la lumière. Ensuite je suppose que je dois courir le plus vite possible jusqu'à la salle 2, au risque de louper la moitié des bandes-annonces ?

Il snobe totalement ma réplique ironique mais a l'air aux anges en me tendant le carnet. J'ai l'impression d'avoir accompli ma bonne action de la journée.

Je commence à comprendre d'où vient le nom de ce cinéma de quartier. Au lieu d'un couloir droit, j'arpente une sorte de tunnel très étroit et totalement sinueux, à peine éclairé en plus. On dirait... voilà : les galeries d'une fourmilière. La salle 2 est indiquée par un élégant « 2 », très fin, d'un rouge profond se détachant parfaitement sur la porte noire.

J'entre, et il n'y a effectivement personne dans la salle. En même temps, un samedi après-midi, par un temps pareil, aucun être humain raisonnable ne rêve de s'enfermer dans un cinéma. Avec un peu de chance, je vais voir débarquer à la dernière minute un septuagénaire passionné de Nouvelle Vague ou une autre âme en peine dans mon genre.

Aucune bande-annonce, l'écran reste résolument noir. Après avoir fait un rapide calcul du nombre de rangées (dix) et de travées (deux, six fauteuils par rangée), je choisis mon siège en plein milieu.

C'est ça, la plus grande salle ? Je meurs.

J'entends un grincement, mais il ne provient pas de l'écran, toujours aussi noir, plutôt de la porte derrière moi. C'est l'autre zouave qui porte un de ces paniers à l'ancienne, en osier, avec deux bandes autour du cou.

— Snikers ? Mars ? Lion ? Pomme ?

— « Pomme » ?

— Oui, je propose toujours le poison et son remède.

Mais c'est qu'il a finalement de l'humour, l'homme à tout faire.

— Donc vous êtes ouvreur, grand conseiller, vendeur de friandises... et quelle corde à votre arc me cachez-vous encore ?

— Ben... je suis projectionniste.

Sans blague.

— Vous faites tout ici, quoi.

— Pas mal de choses, on va dire, mais j'suis pas le patron. Le vrai patron, il est à Monaco pour voir son père parce qu'il est de là-bas, donc je gère et j'assume toutes les responsabilités pendant son absence.

Ce garçon parle à la fois comme un élève fier de montrer

son bulletin à ses parents, et un manager de chez Google. Le cocktail est désarmant.

— Bon, je dois lancer la séance, mademoiselle, alors vous prenez quoi ?

— Ben, un Lion et une pomme. Le poison et l'antidote comme vous dites.

— Tenez.

— C'est combien ?

— C'est compris dans le prix de l'entrée, vous avez pas lu ? Bon film !

Et le voilà disparu, son panier ridicule autour du cou.

Je commence par la Granny Smith avant d'entamer mon Lion : le meilleur pour la fin. J'ai l'impression de pas en avoir mangé depuis le collège... c'est trop bon...

La pièce devient enfin noire, et dans un fond un peu grandiloquent de musique classique apparaît sur l'écran ce que je devine être le titre du film : *L'Année dernière à Marienbad.*

J'ai l'intuition que je vais beaucoup souffrir.

Chapitre 4

Max

Quand j'arrive comme d'habitude à 9 h 30 chez Indelible Ink, la première chose que j'entends, c'est un bruit de fond à mi-chemin entre un moteur de bagnole et Godzilla agonisant. Sachant Jess incapable de produire ce genre de... son, je déduis que la source est suspecte. Et ça ne me fait pas plaisir.

— Jess ?

— Hi boss !

— Jess, y a quoi à vos pieds ?

— Sous le bureau, boss ?

— C'est ça, sous le bureau.

— Mes pieds.

— Oui, bon, et à côté ?

— ...

— Jess ?

— Nan, mais c'est, mais c'est...

Et voilà. Jess se met à pleurer toutes les larmes de son corps, alors que j'ai juste besoin d'un double expresso bien sucré et d'un peu de calme. C'est alors que je vois sortir de sous le bureau (comme quoi je ne dois pas être la seule à être affolée par les crises de *drama queen*) la copie conforme du chien de *Men in black.*

— J'suis tellement désolée boss ! ! ! J'voulais pas ! ! ! Je suis désolée ! ! !

— Bon, Jess, ressaisissez-vous, s'il vous plaît. On reprend dans l'ordre : qu'est-ce qui se passe, quel est le drame et c'est quoi ce monstre ?

— Boss, c'est pas un monstre, c'est un carlin !

Elle prend la pauvre bête sur ses genoux. Ce truc doit avoir quelques mois à peine.

— Je ne m'intéresse pas à son pedigree, je veux juste comprendre pourquoi vous venez au boulot avec un chien ? !

— J'peux avoir un double expresso ? Bien sucré ? Ça va me détendre, je crois, je serai mieux pour vous raconter après !

Le XXIe siècle, c'est exactement ça. Je suis la boss. Non seulement je dois me faire mon propre café, mais en plus je dois servir celui de mes employées. Tout se perd.

Deux ronronnements de Nespresso plus tard, me voici assise à la place des clients, Jess derrière son bureau de l'accueil, le chien respirant bizarrement sur ses genoux.

J'ai recruté Jess il y a deux ans. Je voulais diversifier les activités du Salon, sur les conseils de ma femme, et Jess m'a été recommandée pour ses qualités humaines et son savoir-faire. Donc maintenant, j'ai presque autant de gens qui viennent ici pour un Maryline que pour une manchette. Ça ne me dérange pas, quoique les piercings n'aient jamais été de mon goût. Les fameuses « qualités humaines » de Jess font que c'est aussi elle qui s'occupe de l'accueil des clients. Léna et moi ne le faisons que de façon exceptionnelle, quand Jess est en séance. Et ça vaut mieux pour la réputation du Salon. Jess est souriante (bon, sauf quand elle se fait larguer, ce qui arrive régulièrement), diplomate, patiente... Là où Léna ne cachera pas sa désolation devant le énième motif « pluie d'étoiles comme Rihanna » d'une gamine, là où j'ai la fâcheuse tendance à refroidir l'enthousiasme du moindre NT (non-tatoué), Jess, elle, sait montrer à chacun que son idée est géniale, son créneau horaire idéal, son prix hyper-compétitif. Un miracle, cette fille. Ça mérite bien un peu de compassion de ma part.

— Ewan était un type bien, vous savez, boss. On avait des projets ensemble, sur du long terme. On a même acheté un chien.

— Oui, c'est... sûrement une preuve.

— Ouais, clair, c'est aussi ce que je me suis dit, sauf qu'il est parti, ce con. Il devait même me présenter sa sœur.

— Oui, effectivement, les choses étaient déjà très avancées entre vous.

— Vous vous moquez pas ? Parce que j'ai vraiment le cœur qui saigne, là. J'en peux plus de ces mecs qui veulent pas de moi.

— OK, Jess, alors ce qu'on va faire. Je suis vraiment triste que ça n'ait pas fonctionné entre Ethan...

— Ewan.

— Oui, pardon, Ewan, ça ressemble...

— Mais nan, mais, maintenant que vous le dites, boss, c'est super intéressant ce que vous venez de faire. Parce que vous vous rappelez, l'hiver dernier, le mec qui m'a plantée la veille du départ au ski ? Non ? C'est dingue, il s'appelait ETHAN justement ! Je réalise maintenant...

— Que vous aimez les prénoms en *âne* ?

— Non, non, qu'ils étaient exactement pareils tous les deux. Genre, vous voyez, juste avant de me jeter, vous savez pas ce qu'ils m'ont dit ?

— Attendez une seconde, quelque chose comme : « Jess, quand je t'ai rencontrée, j'ai tout de suite su qu'il y avait un truc spécial entre nous, t'es pas comme les autres, Jess, t'es une fille différente. »

— Mais... mais ouais, c'est exactement ça !

— Et ensuite ils ont enchaîné sur un : « Mais là, je

sens qu'y a comme un blocage. Je crois que tu te projettes dans un futur où y a pas de place pour moi. »

— Merde, boss ! Mais comment vous faites ?

— Et là, il a conclu : « De toute façon, c'est mieux comme ça, faut que tu penses un peu à toi, Jess, faut qu'on se sépare. »

Je regrette un peu mon numéro. Au vu de ses yeux rouges et écarquillés, je sens que je vais devenir une sorte de gourou, moitié psychologue moitié conseiller conjugal, si je continue sur cette mauvaise pente.

— C'est dingue ! On dirait que vous êtes dans leur tête !

— Oui, ça c'est le principe de base que j'accepte de vous révéler, mais seulement si vous promettez d'arrêter de vous moucher dans mon Salon, OK ? Ça fait désordre.

— Ça marche, boss, ça marche.

— Les mecs, moins on les fréquente, mieux on les connaît.

— Merde alors ! C'est super paradoxant !

— Oui, Jess, on peut le dire. Maintenant je devine que le carlin est là parce que vous n'avez pas réussi à lui trouver une baby-sitter, que c'est un chiot sans défense et que votre ex vous l'a laissé pour atténuer la douleur de son départ ? Mais qu'on soit clair : je ne VEUX pas voir ce chien, OK ? Vous vous débrouillez comme vous voulez, vous l'emballez dans du papier alu s'il le faut, mais il reste derrière le bureau de l'accueil, avec vous. Si j'apprends qu'il a interrompu une séance, honnêtement, ça va barder.

— Compris. J'ai compris et toi aussi, hein ?

Effectivement, j'ai dû élever la voix plus que de raison parce que le carlin se tient sacrément à carreau.

— Bon, Jess, ce soir je dois partir un peu plus tôt, c'est possible de consulter mon agenda maintenant que je voie si rien ne m'en empêche ?

— Pourquoi vous devez sortir plus tôt, boss ? (Blanc.)

Ah, pardon, pardon, j'voulais pas vous demander, c'est sorti tout seul.

Encore une des qualités humaines de Jess : sa spontanéité.

— C'est Emily, elle... elle adore fêter l'anniversaire de notre rencontre.

— Et vous vous êtes rencontrées un 18 mai ?

— Non, un 18 novembre, mais en fait elle fête chaque 18 du mois. C'est son truc.

— Whouah ! ! C'est trop génial ! !

— Oui, on va dire ça.

— Nan, mais c'est clair que faut pas sortir trop tard ce soir, faut foncer la rejoindre, c'est tellement mignon ! Elle vous prépare une surprise tous les 18 du mois ? Douze mois par an ?

— C'est ça, Jess, bon on peut voir cet agenda, s'il vous plaît ?

Je suis absolument nulle avec les tableurs Excel, les agendas informatiques, ce genre de choses. Jess tient un agenda papier de nos séances à Léna, elle et moi. Préhistorique mais très efficace.

— Alors, regardez vous-même boss, c'est super, votre dernier rendez-vous est à 17 heures, et c'est les retouches du petit Kevin.

— C'est quoi, ça, déjà le petit Kevin ?

— Vous savez bien, boss ! La mappemonde dans le dos ! Y avait besoin d'assombrir encore les contours, je crois !

— Ah oui, c'est vrai, la mappemonde inspirée des atlas du Vatican, c'était bien ça. Je voulais lui proposer d'ajouter un monstre marin, un peu comme...

— Comme sur les cartes hyper-vieilles du bouquin d'art que vous m'avez demandé de commander sur Amazon ?

— Oui.

— 'Savez boss, je pourrais vous apprendre, c'est pas si compliqué, et puis, c'est pas comme si vous étiez vieille !

— Merci, Jess, peut-être dans une autre vie.

Tu parles. La dernière fois que j'ai utilisé Amazon, ça devait être il y a un mois : je voulais recevoir rapidement un recueil d'interviews données par Filip Leu de la Leu Family, une de mes idoles. Jess était en RTT, et voilà que je me retrouve avec *Le Meilleur de la cuisine provençale.* Soit je suis maudite, soit je n'ai pas le QI nécessaire pour comprendre le fonctionnement de ce genre de sites... Dans les deux cas, c'est humiliant, et je suis soulagée quand Jess procède aux commandes. Des livres, j'en achète chaque semaine. C'est grâce à eux que je nourris mon imaginaire, donc mes dessins. Je cherche bien sûr tout ce qui a rapport de près ou de loin avec le tatouage, mais j'achète aussi beaucoup de livres d'art, des catalogues d'expo, des livres photos, etc. Je collectionne en plus les vieux romans-photos italiens, j'en tire pas mal de scènes types pin-up revisitées et des idées de polices originales pour les lettrages.

En ruminant — surtout pour la forme — à propos des surprises que me réserve Jess au quotidien, je m'enferme dans ce que j'appelle « ma pièce de travail », ma zone personnelle dans la partie du Salon réservée aux tatouages. J'y retrouve ma table à tréteaux et mon matériel de dessin. De l'autre côté du paravent se trouve la pièce de Léna, qui, elle, ne dessine que sur sa tablette. Pas besoin de table.

Avant l'arrivée de... j'ai un mal fou à me rappeler son prénom... j'avais pourtant un moyen mnémotechnique... Ah oui ! ! ! le cousin de Casimir ! Hippolyte ! Le pauvre... Bref, il a tout de la caricature du bobo lyonnais, la petite trentaine, barbiche un poil rousse, qu'il entretient probablement chez le barbier, d'ailleurs, T-shirt à motif « label de musique indé », pantalon rouge retroussé aux chevilles, chaussures bateau sans chaussettes et nœud papillon à motif. Oui, oui, sur le T-shirt, le nœud papillon. Stylé, quoi. Donc, avant l'arrivée d'Hippolyte, je dois peaufiner une dernière fois ses motifs. J'en présente toujours deux. L'un essaye d'approcher le plus possible la vision du client, l'autre est plus conforme à ma propre interprétation du motif. Certains viennent me voir parce qu'ils aiment les dessins et tatouages qu'ils ont vus sur mon site perso — tenu et alimenté par Jess —, ou mon book, toujours dispo à l'accueil du Salon. Ils aiment ma « patte », mais même à ceux-là je préfère proposer deux motifs. Ensuite, le jour J, je prends toujours un quart d'heure de discussion avec le client autour d'un petit café, histoire de m'assurer qu'il est sûr de lui et heureux de son futur tatoo. Ça me permet de sentir son appréhension, d'anticiper si le type est un nerveux qui risque de bouger par exemple... C'est important.

Ma période préférée dans l'histoire de l'art, c'est le Nouveau Réalisme, Arman, Tinguely, Niki de Saint-Phalle... et mon génie de tous les temps : Spoerri et ses tableaux pièges. J'ai commencé à créer des tatouages totalement inspirés par cet artiste, des tables avec nappe à carreaux et repas complet, déjà bien entamé, des pièces entières totalement renversées en terme de perspective... Mon but était de tatouer sur les gens des pièces appartenant à leurs souvenirs, réels ou fantasmés...

Et c'est ma femme qui a, d'après moi, mon œuvre maîtresse dans le dos. Je lui ai demandé de me décrire très précisément la chambre de son enfance. Le petit bureau d'écolier, le lit à barreau, la peluche un peu miteuse sur le lit, le puzzle à cent cinquante pièces, la maison miniature en bois, les cahiers à spirale et petits carreaux éparpillés sur le sol parce qu'elle n'aimait travailler que par terre, le déguisement de tigre cousu par sa mère, le tabouret en plastique...

Ensuite, comme Spoerri avait l'habitude de déstabiliser le regard en collant par exemple tout le repas sur la nappe et en accrochant cette nappe au mur, tel un tableau, j'ai pris le même angle pour la chambre d'Emily : tout semble vu du dessus. Ce tatouage est en noir et blanc, je reviendrai plus tard sur mon rapport compliqué à la couleur. Mais je m'égare... dans quelques minutes, le cousin de Casimir débarque, et j'ai encore les becs de Riri, Fifi et Loulou à retravailler. Ouais, c'est ça, un nostalgique du club Mickey. Comme quoi, je n'ai pas toujours de chance question clients...

Sur le chemin du retour, je repense à ce que j'ai cru percevoir. En fait, j'ai entendu Jess appeler le carlin, ça, j'en suis sûre. J'étais en pleine retouche, donc très concentrée. Je ne suis pas tout à fait certaine du mot qu'elle a prononcé. Et franchement j'espère me tromper. Pour en avoir le cœur net, il faudra que je lui demande. Je pourrais lui passer un petit coup de fil, mais appeler votre collègue pour lui demander le prénom de son chien, ça ne fait pas très sérieux.

Il y a un fleuriste dans la rue voisine de la nôtre. On habite un appartement de canut, super étonnant, en forme de L. Il borde une de ces grandes cours intérieures desservies par un escalier dont ont le secret certaines rues lyonnaises. À part pour les W-C, il n'y a aucun mur, seulement des estrades. Ce sont les différents niveaux qui permettent de déterminer si vous êtes dans la chambre à coucher, le minisalon, la cuisine ouverte ou la salle de bains. Un appartement qui oblige à beaucoup s'aimer. C'est clair.

Le fleuriste, je le connais bien, au sens où, comme Emily est toujours pleine d'attentions à mon égard, je ne lésine pas sur les bouquets. J'ai même une carte de fidélité. Comme chaque 18 donc, Emily aura pensé à me faire un petit cadeau, et fera semblant de ne pas être blessée si je n'ai rien pour elle. Faut suivre le rythme : une trouvaille originale par mois, c'est trop pour moi, donc je compte sur les fleurs, sachant que chez Eustache, les compositions sont franchement sublimes et changent tout le temps. Je craque pour un bouquet qui mélange roses blanches et chardons en fleur. Pas mal de piquant... pourvu qu'elle le prenne comme une allusion érotique et non comme un clin d'œil à mon caractère de cochon.

Je dois bien l'avouer, Emily est tout mon contraire : gaie, avec des pointes régulières d'euphorie, ultra-patiente, jamais sujette aux sautes d'humeurs brutales, pas dépressive pour un sou, voyant le bien chez tout le monde. L'horreur. Dès que je l'ai rencontrée, un soir, chez le frère d'une de mes ex, devenu un ami, j'ai craqué. Son petit air de sainte-nitouche, cette façon à la limite du supportable de dire du bien de tout le monde. Elle travaillait comme orthophoniste dans un centre médical tout récemment ouvert, à Confluence, où mon pote avait trouvé une place comme kiné. Il l'avait invitée au Jour de l'an qu'il organisait chez lui, elle ne connaissait quasiment personne, mais elle était à l'aise, ultra-souriante. À cette époque, j'étais noyée dans une relation compliquée et douloureuse avec une certaine Nora. Une Allemande engagée comme lectrice à la fac de Lyon-II. Sublime, brillante. Cheveux presque blancs à force de les décolorer, grande, larges épaules, silhouette bien plantée... Et aucune envie de construire quelque chose de sérieux avec moi. Moi, je m'accrochais à l'idée d'emménager un jour à ses côtés, de la présenter à mes parents, qui sait... Et soudain j'ai rencontré Emily qui m'a sortie de tout ça : la femme de ma vie.

Je suis fière de mon coup, à peu près certaine d'arriver plus tôt qu'elle, de pouvoir me doucher et de mettre le jean qu'elle aime bien, le moulant, en attendant son arrivée, le bouquet déjà dans un vase, bien en évidence. Mais manifestement, cette furieuse m'a grillée. Je trouve une carte étoilée sur le bar de notre cuisine américaine.

Maxou, si tu arrives avant moi, sache que je rentre vers 19 h 30, le temps d'aller commander

le repas : maki party ce soir ! Je t'aime crapule.
P.-S. : regarde l'enveloppe cactus !

Effectivement, à quelques centimètres de là, j'aperçois une enveloppe ornée de cactus. Avec les ananas et les flamants roses, c'est le motif phare de l'année. J'ai dû dire non à un nombre incroyable de gamines qui voulaient se faire tatouer une connerie du genre à l'intérieur du poignet... Bref : si Emily m'y engage, je l'ouvre.

À l'intérieur je distingue deux choses : une minicarte cactus et une autre, là je ne vois pas trop, on dirait une carte de fidélité du même genre que celle du fleuriste, avec six cases vides et le titre : « La Popotte des potes ». *God.* Qu'est-ce que c'est que ça ?

Maxou, ton manuel de cuisine provençale n'est pas passé inaperçu ! C'est tellement chou de ta part de vouloir apprendre à cuisiner pour me délester d'un peu de ma « charge mentale » ahahah ! Je t'aime mon cœur, et pour t'aider à prendre ton envol aux fourneaux... un petit cadeau spécial 18 !

Un milliard de baisers,

Ton Emily jolie

God. God. God. J'ai intérêt à me remettre avant qu'elle revienne avec ses plateaux de sushis. Si elle me voit comme ça, elle va comprendre tout de suite dans quel état de désespoir me plonge son cadeau...

Je hais Amazon.

Rescue Mam

Marie-Victoria

Mot d'ordre : personne n'a compris. Mais la réunion est à l'initiative de Mamy.

ParticipantES : Mamy, Appo, Chaton, Vic.

Chef : *As usual.* L'aînée, la cheftaine toute-puissante.

Rédactrice : la meilleure, la seule, l'unique.

Mamy nous a gracieusement ouvert les portes de son appartement du 4, rue Waldeck-Rousseau pour notre deuxième séance. J'adore cet appartement, je le connais depuis mon enfance. J'y ai plein de souvenirs avec Papy, et les filles m'ont même raconté que j'y ai fait mes premiers pas. Papy faisait super peur aux filles de ma classe les fois où il venait me chercher à l'école. Tout ça parce qu'il était petit, trapu, voûté, et surtout qu'il avait perdu un œil pendant la guerre d'Indochine à cause d'un éclat d'obus qui lui avait traversé le visage. J'avais envie d'étrangler à mains nues toutes ces pétasses qui poussaient des hauts cris, alors il ouvrait grands ses bras pour que je puisse me précipiter dedans. C'était notre grand jeu du mardi soir (Mam avait aquarelle, et c'est lui qui nous raccompagnait à la maison) : je devais prendre mon élan et me jeter de toutes mes forces contre lui. Papy faisait mine d'être déséquilibré alors qu'il était solide comme un roc ! Même si je viens d'un milieu pour lequel les apparences sont *tout*, Papy m'aura au moins enseigné à ne pas avoir peur de tout ce qui paraît *anormal.* Papy, mon pirate adoré, est mort à cause de cet éclat d'obus qui a continué de s'acheminer lentement vers son cerveau, jusqu'à provoquer chez lui une vilaine forme de dégénérescence. Bon, je m'arrête là pour la séquence émotion, mais c'est plus fort que moi, chaque fois que je fais un pas rue Waldeck', j'ai comme des bouffées de gratitudes envers mon grand-père. Heureusement, Mamy est là pour me sortir de ma torpeur délicieusement nostalgique.

— « La Popotte des potes », nous annonce triomphalement notre grand-mère comme si elle annonçait l'arrivée de Nicole Kidman à la cérémonie des Oscars.

— C'est quoi, ça, Mamy ? demande poliment Appo.

— Quoi, on ne dit plus « Popotte », dans votre génération ?

— Mais au fait, elle est où Mam, ce soir ? demande Chaton, comme d'habitude à côté de la plaque.

— En parlant de popotte, Mamy, t'aurais pas un truc salé à grignoter ? demande moi-même, qui garde les pieds sur terre.

Le début de séance est on ne peut plus bordélique. Mamy a décidément zéro autorité, Appo est sur les nerfs à cause de clients coréens qui s'obstinent à refuser ses yaourts, il faut réexpliquer pour la énième fois à Chaton (je me demande comment elle fait pour gérer trois classes de CP avec une mémoire à court terme aussi spectaculairement inexistante) que Mam loge chez moi, que oui je lui ai aménagé une superchambre, que non je ne vais pas transporter leur putain de kilim pour qu'elle continue de pleurer dessus et se sente encore un peu chez elle, que oui je l'ai mise devant un DVD avant de partir (*Vacances romaines* : pas de sexe entre Gregory Peck et Audrey Hepburn, ça devrait le faire).

Au bout de vingt minutes, attablées dans le supersalon aux murs terre de Sienne — peints suivant une technique vénitienne s'il vous plaît —, nous entamons enfin un paquet de crackers au sésame et la conversation. Nous nous décidons à faire régner le silence et laissons Mamy exposer l'idée qui semble lui tenir à cœur.

— Nous sommes réunies ici ce soir...

— T'enflamme pas Mamy, il est 18 h 30 !

— Tais-toi Vic, laisse Mamy parler !

— Nous sommes réunies ici ce soir pour trouver un avenir à votre mère. C'est-à-dire un homme, mes chéries.

— Mais est-ce qu'il n'est pas un peu...

— Je sais très bien ce que tu vas me demander, Marie-Appoline ; si ce n'est pas un peu tôt. Laisse-moi te dire qu'en ce qui concerne ta mère, ce qu'il lui faut, c'est un homme, et vite.

— D'où tu tiens ça Mamy ?

— Marie-Victoria, j'ai quatre-vingt-sept ans cette année, j'ai vécu suffisamment longtemps pour...

— Ouais, OK, grand-mère feuillage, on a compris.

— Vic, sois respectueuse avec l'ancêtre !

Ça, c'est tout Chaton. Elle est encore pire que moi MAIS elle, elle chuchote. Donc toutes ses remarques acerbes passent inaperçues. Moi, je ne suis pas une dissimulatrice, voilà tout.

Manifestement au comble de l'enthousiasme, Mamy sort une feuille gribouillée recto-verso et nous décrit par le menu toutes les solutions auxquelles elle a songé. Et autant vous dire que son imagination est débordante. Comble de la chance, nous avons droit à ses commentaires très personnels, à mesure que la liste défile. Le temps s'écoule à peu près aussi vite que lorsque je dois refaire les tableurs Excel en couleur pour Renée, la kiné qui *aime la gaieté.*

— Club de gym ? Non, Aliénor est déjà inscrite au club de gym de l'association des femmes de militaires.

J'espère qu'ils ne vont pas l'en bannir si elle divorce, d'ailleurs. Ça serait dramatique. Et puis il faut reconnaître que leurs tarifs sont très attractifs. Je passe.

Mon père a quitté l'armée pour Lotus. Ma mère ne s'en est jamais totalement remise. Du coup, elle continue de fricoter avec tout ce qui a de près ou de loin rapport avec les militaires. Ou leurs femmes.

— Le rayon bricolage de Leroy Merlin. Ils ont justement ouvert un très grand Leroy Merlin rue de la République...

— Mais, Mamy, y a que ça, des rayons bricolage, chez Leroy Merlin !

— Alors là, Chaton, je t'arrête tout de suite, corrige Appo, Mamy a raison ; on voit que tu as totalement décroché depuis que tu prépares ton mariage... Tu perds le sens des réalités... Pour faire face à la concurrence, les grandes enseignes se diversifient, c'est le maître mot, tu vois, alors...

— Attendez ! J'ai encore tout un tas de solutions à vous exposer !

Le cours d'équitation, de poterie coréenne, de tango — beaucoup d'atermoiements quand on évoque ce dernier, Aliénor n'est pas tactile, c'est tout de même un peu trop *hot* pour elle, et pourquoi pas la danse du ventre... —, le club de randonnée, avec déclinaison : randonneurs alpins, amis des fleurs des champs, marcheurs nudistes, le club de Scrabble — pauvre Mamy se fait descendre en flèche : Mam a cinquante-cinq ans, pas soixante-dix —, le cours de néerlandais.

Ah. Je sais qu'on me reproche d'être trop critique, mais tout de même ; le néerlandais ? Pour pécho ?

— Mamy, franchement, l'italien à la rigueur, la langue de l'amour, quoi, mais la gerbe d'allemand et d'anglais là ? Tu veux qu'elle séduise qui avec ça ? Genre ! Tu nous vois avec un beau-père qui parle ce truc ?

— Écoutez, j'ai reçu un prospectus très intéressant, et figurez-vous, mes petites chéries, que si on règle l'abonnement en une seule fois et en espèces, on peut bénéficier d'une...

— Arrête, ils ont une mafia les Hollandais maintenant ?

— Clair ! On blanchit pas la coke avec des tulipes !

Rassurez-vous, Chaton et moi sommes évidemment recadrées par Droit-d'aînesse quand nous nous essayons à quelques plaisanteries fines. Le sérieux de cette réunion m'inquiète. Mamy nous rappelle avec un air pénétré que même Agnès a trouvé l'homme de sa vie quand elle a troqué le club de patchwork contre celui des randonneurs alpins.

— Agnès comment ?

— Mais tu sais bien, Chaton ! Agnès qui était à la fac avec Mam ! Ni fiancée ni mariée à l'âge de vingt-cinq ans. Autant dire qu'elle pouvait déjà se tirer une balle.

— Là, Vic tu fais du mauvais esprit !

— Pas du tout. À vingt-cinq ans, t'es à peine bonne pour te reproduire, tes ovaires sont HS.

— Ça suffit, mes petites chéries !

Finalement, à voir les mines atterrées que nous affichons, Appolpote, Chaton et moi, à la moitié du listing, Mamy décide d'abréger nos souffrances et en vient enfin à ce qui est censé nous intéresser : La Popotte des potes.

— Et j'ai donc pensé à un cours de cuisine.

— C'est grandiose comme idée !

— Merci, Marie-Appoline. Avant que l'espèce de teigne émette une critique, je tiens à préciser que je suis consciente qu'Aliénor sait déjà cuisiner. Elle est ma fille et a, par conséquent, reçu une excellente éducation. Les fourneaux n'ont pas de secret pour elle et elle pourrait vous tenir n'importe quel homme par son estomac.

— Je croyais que le but était justement qu'elle apprenne à les tenir par...

— Suffit, Chaton !

— Oui, Mamy...

— Cependant, je sais de source sûre, grâce à un article

lu dans le dernier *ELLE*, que l'atelier cuisine, car on ne dit pas « cours », mais bien « atelier », est une activité — tout en parlant elle tire ledit article d'une petite pochette à élastiques — « qui déstresse, désangoisse, dédramatise et crée du lien... l'atelier cuisine, c'est un peu le nouveau Pilates. Lily-Rose Depp ne jure plus que par son coach cuisine et Rihanna serait déjà accro ».

— C'est qui Lili machin ?

Mamy profite des quelques minutes nécessaires à Appo pour renseigner Chaton pour faire circuler la précieuse page, soigneusement découpée. Chacune y va de son petit commentaire. Évidemment, Chaton s'inquiète de la racine du verbe « dédramatiser », Appo de savoir si les cours en question sont réellement mixtes ou n'attirent que des femmes, et moi je me contente de prendre des notes sur la réunion, parce que, à ce stade, ma patience est déjà salement usée. Mamy achève de nous convaincre en faisant miroiter les prix compétitifs et surtout l'adresse du cours qu'elle a déniché.

— C'est Christiane qui m'en a parlé. Vous voyez Bérénice ?

— Celle qui a épousé son fils numéro 4, là, le thon, Aubry ?

— Marie-Victoria, ce n'est pas parce qu'Aubry a légèrement perdu ses cheveux...

— Genre ! À quarante ans il avait déjà tout du vieux catho de soixante piges... la tonsure du front à la nuque et... Appo, tu te rappelles de ses mocassins parme ?

— Tu m'étonnes, comment oublier une telle vision !

— Il les avait pas mis avec un polo Ralph Lauren assorti ? Pour le baptême de...

— Oui, c'est ça ! Oh ! mon Dieu ! C'est sa femme qui avait choisi, à tous les coups !

— Pauvre Aubry !

— Mes petites chéries, si vous pouviez au moins

respecter mon temps de parole ! Je disais juste que Bérénice, quand elle a divorcé...

— *What ?* Attends ? Béré a divorcé ?

— Mais oui, avant Aubry elle était mariée à... un fils Maggiar, j'ai oublié son prénom, et quand ils ont divorcé, elle était déprimée, elle s'est inscrite à un cours de cuisine japonaise, et c'est là qu'elle...

— La vache ! J'en reviens pas ! Notre Béré s'est tapé deux mecs !

— Clair, je croyais que c'était encore la génération « j'ai rencontré mon mari dans un rallye quand j'avais seize ans et n'ai jamais connu personne d'autre que lui »...

— Marie-Victoria, Chaton, vous êtes insupportables ! Nous sommes là pour parler de l'avenir de Mam, Mamy a la gentillesse d'avoir tout préparé, et vous vous bidonnez parce que Bérénice a divorcé alors que ça doit faire vingt ans et que toute la famille est au courant !

— Truc de ouf ! Tu le savais et t'as rien dit ?

— Vic, je suis l'aînée, si tu savais tout ce que je sais et que je ne dis pas... Bref, Mamy, il est temps de nous révéler pourquoi tu as choisi ce cours en particulier, en dépit du nom un peu... racoleur.

Mamy nous raconte tous les détails, comme elle sait si bien le faire. J'ai une pensée pour Mam parce que le film doit être terminé depuis une bonne demi-heure... j'espère ne pas la retrouver en PLS sur le parquet du salon. Tout part donc d'une idée de Christiane, meilleure amie de Mamy, quatre-vingt-douze ans, mémoire de fou furieux, elle connaît même par cœur mon numéro de portable et celui de mes sœurs. Et peut-être même celui d'Eugène et Hubert. C'est vous dire à quel point c'est flippant. Bref, Mamy commence à se renseigner auprès de sa bouchère, son primeur, sa boulangère, son buraliste, au sujet de potentiels ateliers culinaires dans le coin, et on l'oriente vers La Popotte des potes. Ils ont cinq locaux à Lyon, une affaire qui roule, dont un dans le 6e, notre arrondissement. Un coin avec des vieux, beaucoup de vieux, des ophtalmos, des étudiants fauchés et des éléphants (au sens propre, je parle de ceux du parc de la Tête-d'Or). Leur local se situe rue Tronchet, longue rue étroite où Mamy a sa boulangerie du samedi (à ne pas confondre, vous l'aurez compris, avec la boulangerie du dimanche, ni avec celle de la semaine). La devanture est rouge et dotée d'une grande vitre. Techniquement, on voit les gens en train de cuisiner. Personnellement je n'apprécierais pas qu'on me voie en train de me démener avec une foutue pâte à tarte, mais j'ai l'impression que ce détail a, au contraire, achevé de séduire Mamy.

— C'est tellement convivial ! On les voit tous cuisiner ! Alors là, j'ai vu le prof. Un excentrique, il portait une chemise à carreaux *et* un pantalon à rayures !

— Merde ! Mais c'est horrible, Mamy, t'es sûre de vouloir envoyer ta propre fille prendre des cours avec un barbare pareil ?

— Marie-Victoria, dans la vie, il faut savoir ce que l'on veut. Je veux le bien de ta mère, je serais prête à la livrer à un homme habillé en costume Vichy s'il le fallait. Et il est noir, ceci explique cela.

— *What ?*

— Ils ne s'habillent pas comme nous, Marie-Victoria, tu sais, ils aiment les choses très colorées, un peu... farfelues. C'est culturel.

— OK, Mamy, je crois qu'on va arrêter tout de suite cette conversation, parce que...

— Oh ! Vic, arrête de faire ta gauchiste de base et écoute Mamy jusqu'au bout.

J'aurai sans doute l'occasion de revenir sur le racisme ordinaire de Mamy — et de 95 % de ma famille. Sachez juste une chose : dans mon microcosme, la droite n'est pas un parti politique, c'est une religion. Et si vous vous écartez du droit chemin, autant vous dire qu'il suffira de peu pour que l'on vous taxe de communiste ou, pire, de socialiste progressiste. Le tout ponctué de petits rires sardoniques. L'angoisse totale. Passons pour le moment.

— L'idéal, c'est le cours du mercredi soir, de 19 heures à 20 h 30. Il y a des cadres dynamiques, certains ont l'air d'être tout à fait convenables, et il y a moins de femmes que le mardi ou le jeudi soir parce qu'elles restent à la maison pour s'occuper des enfants après leurs activités extrascolaires.

— Mais c'est horrible !

— Non, Chaton, c'est sociologique, précise Appo.

— Mais, Mamy, comment tu sais tout ça ?

— Eh bien, en ce moment, j'ai un bon bouquin, alors je suis allée m'asseoir en face de la sortie avec ma petite chaise d'aquarelle, tu sais, celle qui se replie facilement, elle est légère, mais légère !

— Et tu as fait ça pendant combien de temps, Mamy chérie ?

— Une semaine complète, Marie-Quitterie, je voulais observer la faune du cours et son évolution.

Je sens qu'il faut intervenir.

— Mais, Mamy ! Tu fais la sortie de l'école ou quoi ? Imagine un peu comme le prof a dû flipper de voir une ancêtre zoner sur le trottoir d'en face ? Ça fait pervers, non ?

— Non, non, je me suis mise sur le bon trottoir. De l'autre côté je vois à peine, tu sais je dois quand même avoir la vue qui baisse un peu en ce moment et...

— Tu t'es littéralement postée DEVANT l'atelier ?

— Oui, ma petite. J'ai presque fini le deuxième tome d'Elena Ferrante d'ailleurs, c'est formidable, c'est d'une férocité, j'ai hâte que vous m'offriez le troisième pour ma sainte.

Personne n'ose lui dire que les chrétiens ont soigneusement évité d'ajouter une sainte Micheline dans leur calendrier.

— Et le prof t'a rien dit ? Sérieux ?

— Mais, au contraire, il m'a dit une foule de choses ! J'ai longuement discuté avec lui, c'est un homme très sympathique.

Donc non seulement Mamy, à plus de quatre-vingts ans, cherche à recaser au plus vite sa fille, laquelle a dépassé la cinquantaine, mais en plus, elle le crie sur les toits. J'espère au moins qu'elle a fait preuve d'un minimum de subtilité et n'est pas allée jusqu'à avouer au prof à rayures qu'en inscrivant Mam à l'atelier, elle avait un but précis derrière la tête... Susceptible, elle s'offusque quand je lui pose la question frontalement.

— Marie-Victoria, enfin ! Tout de même ! J'ai juste demandé, innocemment comme ça en passant, s'il y avait souvent des hommes du quartier qui assistaient à ses cours...

— Oui, c'est vrai qu'il ne faudrait pas que Mam risque de rencontrer un type de la Croix-Rousse, je crois qu'ils parlent un dialecte.

— Tu peux parler, Chaton, ton mec est un sixièmiste pur jus.

— Ce n'est pas mon mec, Vic, c'est mon...

— Fiancé, oui, on le sait, ça n'a échappé à personne...

Nous votons à main levée pour l'adoption ou non de l'idée de Mamy. Je suis la seule à être contre. Après ce que Dad a fait, je comprends mal qu'on s'obstine à vouloir recaser Mam en priorité, alors qu'elle a peut-être besoin au contraire d'apprendre à être un peu seule... au moins pour une période.

Mais bref, à trois voix contre une, la décision est prise. Nous partagerons les frais, et Mam commencera les cours dès mercredi prochain.

Quand nous nous quittons, la tension est palpable. Appo semble plus nerveuse que jamais — j'ignore pourquoi —, et je pense que Chaton angoisse à l'idée de son essayage de robe qui aura lieu la semaine prochaine.

De retour chez moi, je trouve Mam profondément endormie. Au pied de son lit, mon ordi portable est toujours allumé, et la musique du menu de *Vacances romaines* défile en boucle. Je la regarde quelques instants. Ses sourcils sont froncés même dans son sommeil et, à cet instant, j'aimerais avoir le pouvoir magique d'effacer tous les cauchemars qui semblent hanter sa nuit.

Chapitre 5

Max

J'étais tranquillement en train de me documenter sur les tatouages de prisonniers russes quand Jess est venue me rappeler la douloureuse vérité. Mon premier cours de cuisine démarre dans une heure à peine. Bien sûr, mes collègues trouvent ça trop mignon, trop génial et trop attendrissant, ce nouveau cadeau d'Emily. C'est ce qui me sidère le plus avec ma femme : tout ce qui vient d'elle est adoubé d'office par mon entourage.

Moi, Max, adepte des clubs sandwichs thon mayonnaise, je vais apprendre les secrets de la grande cuisine. J'exagère à peine, je crois que Léna s'imagine qu'au bout de deux cours, je vais lui apporter un doggy-bag de homard sur lit de truffes. Même le carlin a l'air enthousiaste. Je suis passée du stade de l'irritation suprême à celui de l'ignorance pure et simple vis-à-vis de cette bestiole. Léna prétend que ça va devenir la mascotte du Salon. Je me demande comment un chien qui a la tête d'une paire de fesses écrasées et produit des bruits de vieux moteur peut devenir la mascotte de quoi que ce soit.

En ce moment, l'ambiance est survoltée chez Indelible Ink. Normal, cette année, pour la première fois, le grand

Tin-Tin, grand professionnel et homme d'affaires redoutable, a décidé d'organiser un nouveau salon du tatouage à Lyon. Bon, quand même pas de l'ampleur du mondial, qui a lieu chaque année à Paris. Non. Là, il s'agirait d'un événement plus confidentiel, uniquement consacré aux tatoueurs français. Le programme s'annonce grandiose ; Xoil nous fait l'honneur de quitter son antre de Thonon-les-Bains pour prononcer un discours d'ouverture. Des grands noms viennent de toute la France pour tatouer les visiteurs qui s'inscriront, mais aussi pour donner des mini-interventions, un peu sur le modèle des conférences TED. Ça se veut format cours, très dynamique, *friendly* et accessible aux visiteurs autant qu'aux pros. Je suis 100 % pour. C'est de ce genre d'initiatives dont nous avons besoin pour valoriser notre profession et faire évoluer les mentalités. Il existe encore trop de préjugés contre les tatoueurs. Pour beaucoup, ce sont des ploucs à gilet en cuir sans manches, de préférence bedonnants, coiffés d'un catogan, parlant un français approximatif et disposant du stock de neurones minimal pour leur permettre de dessiner des cœurs enflammés ou des carpes japonaises. Quant aux tatoueuses... des putes reconverties, au mieux. Comme Indelible Ink tiendra un stand pour l'occasion, nous préparons l'événement avec un soin tout particulier. C'est donc avec d'autant plus de déception que je quitte cette effervescence pour rejoindre La Popotte des potes (même le nom est ridicule).

J'arrive rue de Sèze. Joli local rouge, tout est vitré — les passants vont donc assister au massacre : génial. La police choisie pour l'enseigne n'est pas mal, très *Bonne Maman style*. Je franchis le seuil et comprends aussitôt mon malheur. Un Black à l'air habité (par quoi ?), vêtu d'un tablier bordeaux sur un complet-veston prince-de-galles (c'est quoi ce délire ?), s'adresse à moi d'un ton préoccupé.

— Ah ! Vous êtes la dernière arrivée ! Vous devez

être... Maxime, c'est ça ? Votre assistante a téléphoné pour confirmer votre participation ce soir. Maxime, asseyez-vous auprès de... vous, là ? Rappelez-moi votre prénom ?

Une caricature de bourge du 6e — manquerait seulement le serre-tête mais je crois que même pour leur caste, c'est dépassé — lui répond d'une voix à peine audible. Je m'installe donc à côté d'Aliénor, debout autour d'une grande table ovale sur laquelle sont disposés divers ustensiles de cuisine et des bouteilles d'eau individuelles. Nous sommes six à devoir subir l'enseignement dispensé par ce... passionné. Rien qu'à son regard, on sent une forme de surinvestissement *très* inquiétant. Je passe rapidement en revue le visage de mes congénères. Quatre hommes, deux femmes : la Marie-Chantal et moi-même. Un jeune cadre dynamique tripote son iPhone comme si c'était son pénis. Ah, et cet autre-là. Il est bien plus âgé que l'assemblée, il a un visage empreint de... tristesse. Quel âge je lui donne ? Soixante-cinq ? Soixante-dix ? Les deux derniers ont la cinquantaine, je dirais. Celui de gauche a une barbe assez fournie, mais pas entretenue à la hipster, plutôt bordélique. Et un panama. Celui de droite me rappelle Marlon Brando âgé, ça doit venir à la fois de ses traits et de sa carrure. Pas le temps de réfléchir plus que ça, le prof entame son laïus.

— Bonsoir à tous. Je m'appelle Boris Andriamaroandraina. Certains diront que je suis autoritaire.

God.

— Évidemment, c'est faux. Je suis seulement d'un tempérament irascible. C'est un bon point pour vous. Cela signifie que je vais vous poursuivre. Mais c'est avant tout pour votre bien. Avec moi vous allez progresser. Vous allez gravir des montagnes. Je ne vous laisserai pas tomber. Vous m'entendez ? Je ne laisserai aucun d'entre vous crever dans un fossé.

De mieux en mieux.

— On entend souvent qu'il y a trois religions monothéistes. C'est un mensonge. Il y a en quatre. Le judaïsme, le christianisme, l'islam et la cuisine. La cuisine n'obéit qu'à un seul dieu : Robuchon.

Merde. Emily. Qu'est-ce que je t'ai fait pour mériter ça ?

— Aux incultes parmi vous qui ignorerez tout de cette icône majeure du panthéon gastronom... Euh, jeune homme ? Oui, vous là, avec le portable ? Est-ce que je me cure le nez devant vous ? Non, nous sommes d'accord. Et pourquoi à votre avis ? Parce que c'est sale. Vous avez compris. Donc vous me lâchez immédiatement ce nid de bactéries, s'il vous plaît, vous êtes inscrit à un atelier cuisine, pas dans un laboratoire de chimie organique, d'accord ? Merci. Où en étais-je ? Oui, donc renseignez-vous pour le prochain cours, vous serez gentils, parce que c'est LA référence indispensable pour qui prétend suivre mon enseignement.

Il nous gratifie d'un sourire absolument flippant, d'une douceur limite malsaine. Mes voisins de table se tortillent légèrement, personne ne semble vraiment savoir sur quel pied danser avec un fou pareil.

— Avant de vous présenter la thématique de notre premier atelier, j'aimerais vous poser LA question. LA question fondamentale, unique. Rien n'est plus important. Vous comprenez ?

Nous hochons tous la tête en chœur. Pour notre survie, mieux vaut faire mine d'avoir compris.

Cette question c'est : « Pourquoi ? »

...

...

...

...

— Aheuuum, puis-je vous demander, monsieur, quelques détails, afin que nous puissions répondre de façon plus pertinente et convenable à votre interrogation ?

Cette réplique sortie tout droit du XIXe siècle provient de M. Panama. Il n'a pas l'air décontenancé par l'énergumène décidé à nous tyranniser. Je distingue même une lueur amusée dans son regard.

— Vous êtes Philippe, c'est ça ?

— Parfaitement, Philippe de Masquier, enchanté.

God. Un aristo. J'aurais dû m'en douter. À mon avis, célibataire. Pas d'alliance. Pas de chevalière non plus. Probablement marié dans le passé. De l'allure. Assurance du ton et du port de tête, proprement aristocratique.

— Eh bien, Philippe, l'objet du *pourquoi*, en un mot, concerne évidemment votre présence ici, ce soir. Avant de nous lancer dans le velouté d'asperges à la coriandre, avec ses chips de polenta — et merci de ne pas saliver, personne ne bave dans le plat qu'il prépare s'il vous plaît —, je veux connaître la raison profonde de votre présence ici. Ce que j'appelle « le grand Pourquoi ».

Ce type est complètement taré. Et le voilà parti, maître d'école, à faire un tour de table pour que chacun réponde à sa putain de question.

— VOUS monsieur ! *P-o-u-r-q-u-o-i ?*

— Bonsoir.

Tiens, Marlon Brando a un accent... allemand, je dirais.

— Je suis Wolfgang. J'aimerais apprendre à aimer cuisiner.

— Wolfgang, c'est un projet magnifique. Je suis fier de vous compter parmi nous. Philippe ? Pouvez-vous nous éclairer sur votre présence autour de cette table ?

— Parfaitement, monsieur.

— Appelez-moi Boris, je vous en prie. Nous allons bientôt former une famille, tous les sept.

Alors ça, j'en doute fort.

— Très bien, eh bien, Boris, voyez-vous, j'ai acheté récemment une petite vedette et j'aimerais organiser un excellent dîner en guise d'inauguration. Je suis ici pour puiser des idées et des techniques dans le but de régaler mes convives le jour J.

— Sublime, sublime, Philippe ! Une vedette, c'est

presque une péniche, c'est ça ? C'est merveilleux ! Votre place est ici, c'est certain.

Encore trois victimes, et c'est mon tour. Il faut absolument que je trouve une idée brillante, sinon je vais être contrainte de dire la vérité, et mon instinct me dit que ça ne va pas lui plaire.

— Bah, rebonsoir à tous, hein, vu que je vous ai tous déjà salués, donc voilà, rebonsoir.

Tiens, cadre dynamique. Hâte d'entendre ce qu'il a à nous dire.

— Je m'appelle Nicolas, mais vous pouvez m'appeler Nicolas.

La pertinence de cette plaisanterie m'échappe. Échappe à tout le monde en fait.

— Je suis ici parce que, voilà, j'ai un poste à *high responsability*, je suis N+2 d'un cabinet d'avocats notoire entre New York et Lyon, et je cherche des activités épanouissantes qui puissent créer du lien et jouer positivement sur mes angoisses, étant quand même soumis à un rythme intense H24. Je fais déjà de l'accrobranche-yoga et du krav maga, mais j'aimerais faire un combo avec une activité manuelle.

Putain, mais c'est quoi ce type ?

— Très bien Nicolas, vous pouvez sortir.

— Excusez-moi ?

— Vous m'avez parfaitement entendu, Nicolas, vous pouvez prendre la porte.

— Je... Ça doit être une erreur ? Excusez-moi, mais je me permets de vous dire que j'ai fait un virement en une fois et je, euh...

Le groupe est figé. Soudain un éclat de rire retentit. Un rire exagéré et contagieux, totalement inattendu. Boris est littéralement plié en quatre. On dirait qu'il va se mettre à pleurer.

— Je plaisante, je plaisante ! Ahahaha ! Bienvenue ! Ahahah ! Bienvenue !

Le pauvre Nicolas est complètement sidéré. Il fixe le prof avec des yeux ronds. Celui-ci fait le geste de s'essuyer une larme, se ressaisit et interroge ma voisine de droite.

— Bo... bonsoir. Aliénor Duransson.

C'est quoi ce délire de donner son nom de famille ?

— Bonsoir. Les cours sont un cadeau de... de mes filles et de ma mère. Voilà. Pour me changer les idées.

Putain, t'as cinquante piges, tes filles et ta mère te font un cadeau genre cours de tambouille mixte ? Ça sent l'embrouille de couple. À des kilomètres. Olalala oui, elle a des cernes, les yeux rougis. Elle est au bord des larmes. Je n'ai pas du tout envie que Marie-Chantal nous fasse une scène. Allez, ressaisis-toi ! Non, elle ne se ressaisit pas, le prof est en train de complimenter les sœurs et la mémé pour cette belle initiative, je sens qu'elle va craquer. Je ne sais pas ce qui me prend exactement, je pose la main sur son avant-bras gauche. Elle me regarde, visiblement très surprise. Je dois faire une tête qui prouve que moi aussi. Elle me sourit. Je m'en tire bien. Pas de crise de larmes. Je ne supporte pas ça.

C'est au tour de l'homme plus âgé. Boris est manifestement d'humeur joueuse.

— Attendez, laissez-moi deviner... vous êtes ici parce que vos petits-enfants vous ont offert les cours pour vos cinquante ans de mariage ?

Il nous la joue intuitif. Sauf qu'étant moi-même dotée de cette qualité, je suis bien placée pour savoir qu'elle n'est pas donnée à tout le monde justement...

Il secoue la tête, les yeux dissimulés derrière des lunettes à grosses montures, les épaules un peu rentrées, un sourire très doux sur le visage.

— Non, je...

Quelle voix étrange, très granuleuse, très singulière.

— ... ma femme est... décédée il y a onze mois, et je... je veux essayer de me nourrir correctement, c'est elle qui faisait à manger mais elle n'aurait pas aimé que je... me nourrisse presque exclusivement de petits-beurres.

L'espace d'un instant, je vois Boris perdre pied, ça dure très peu, et il reprend avec le même ton confiant.

— Je suis très heureux de vous avoir pour élève monsieur... ?

— Wherlin. Michel Wherlin.

Bon. Je n'ai plus le choix. J'opte donc pour la stricte vérité.

— Maxime. J'ai reçu les cours en cadeau... surprise. Sauf que je ne suis pas vraiment adepte des fourneaux.

— Très chère Maxime, me répond le prof avec un sourire curieusement sincère, j'espère de tout cœur réussir à vous faire changer d'avis. Et maintenant, au travail tout le monde !

Nous voilà partis dans la confection du fameux velouté, « une recette légère et fraîche, à déguster bien froide pour un contraste saisissant avec la chaleur croustillante de la chip de polenta ». Au moins, j'aurai un discours bien rodé à ressortir à Emily ce soir quand elle m'interrogera sur mon premier cours.

Le temps passe relativement vite. J'ai le temps de me livrer à quelques observations sociologiques intéressantes — manifestement la bourge a été repérée, je suis quasi sûre que l'aristo ET l'Allemand la trouvent à leur goût. Je suis d'autant moins gênée de dévisager ce beau monde que je constate que les tatouages qui dépassent de mon T-shirt font l'objet de toutes les attentions.

Côté cuisine, mon rendement est moins efficace. À 20 h 30, Nicolas et Aliénor — il faut que je retienne ce prénom alambiqué — obtiennent un résultat top, à en juger par le sourire béat du prof. Wolfgang a sorti une purée convenable, mais Philippe, le petit vieux et moi regardons avec angoisse le potage kaki qui flotte dans nos récipients en verre. Et vu le regard peu amène que nous jette Boris, nous sentons tous qu'il va falloir redoubler d'efforts.

God.

Vivement le retour à la maison.

Chapitre 6

Marie-Victoria

Je ne supporte pas les crises de larmes. En ce moment, je dois faire preuve d'une résistance à toute épreuve. Mam pleure grand minimum deux fois par jour en ma présence — et je soupçonne qu'elle en fait autant quand je suis au travail. C'est une réalité physiologique qui m'impressionne parce que, pleurant rarement, voire jamais, je ne comprends pas comment le... stock de larmes, disons, peut se renouveler si vite et abondamment.

Bon, les larmes de Mam, dans le contexte actuel, je peux comprendre et rester patiente. Mais subir en plus celles de Chaton, j'admets que c'est, pour rester dans les métaphores aquatiques, la goutte d'eau qui fait déborder le vase.

Le sujet du drame, il fallait s'y attendre, c'est la robe de mariée. J'ai eu l'extrême gentillesse de poser une demi-journée de RTT pour accompagner Marie-Quitterie à ses essayages. Mamy et Appo (et même Mam, entre deux mouchoirs) m'ont tellement tannée que j'ai fini par céder. Résultat, me voilà embarquée, un jeudi après-midi, chez Bernadette couture, petit atelier tenu par une connaissance de notre grand-mère, rue de Créqui. Chaton a disparu dans la cabine. Bernadette est allée nous préparer une petite tasse de thé vert dans son arrière-boutique. J'ai donc attendu patiemment que ma sœur ressorte. Sauf qu'elle n'est pas ressortie. J'ai appelé une fois, deux fois, et j'ai entendu un bruit alarmant. Le premier sanglot. Il m'a fallu m'armer de tout mon courage pour écarter le rideau et entrer dans la cabine. Je savais ce que j'allais y trouver : la future mariée en larmes. Ce que j'ignorais à ce stade, c'était pourquoi.

— J'arrive pas à la fermer ! ! ! ! ! ! ! ! ! ! !

Gore.

Le coup de la sœur saucissonnée dans de la dentelle, avachie sur un tabouret en train de pleurer des kilolitres.

Quand Bernadette est revenue avec son plateau et ses trois mugs, Chaton était toujours en position fœtale, refusant de sortir.

— Mais mademoiselle Marie-Quitterie, si vous ne sortez pas, je ne pourrai pas la reprendre ! Il faut que je puisse voir ce qui cloche pour la mettre à vos mensurations !

J'en suis là : ressortie de la cabine pour briefer Bernadette, à devoir subir la voix chevrotante de Chaton qui gémit littéralement de derrière le rideau.

— Mais j'suis toute grasse ! ! ! ! ! ! ! ! ! ! ! ! ! ! ! !

— Ouais, bon, Chaton, tu pourrais sortir s'il te plaît ? Bernadette a sans doute d'autres clientes dans l'après-midi.

— Non, non, vous avez tout votre temps, je n'ai pas d'autres rendez-vous avant 18 heures !

Je la foudroie du regard. Première ruse tombée à l'eau. Je passe à une méthode plus violente.

— Chaton ?

— Quoi ? Laissez-moi en paix ! Je veux mourir. Eugène voudra plus jamais de moi. J'ai trop grossi. Je ressemble à une meringue ! ! ! ! ! ! !

— Mademoiselle Marie-Quitterie, beaucoup d'hommes adorent les meringues et...

Sous mon regard assassin, Bernadette s'arrête. Elle essaye de me saborder ou quoi ?

— Chaton ?

J'entends un reniflement antipoétique puis sa réponse, d'une voix faible :

— Ou... oui ?

— Tu te rappelles le mariage d'Olympe ?

— La... la fille d'Yvelin et Céleste ?

— Euh... oui, notre cousine germaine, quoi, m'enfin Chaton, tu connais plusieurs Olympe, toi ?

— Euh... non...

— Bon. Tu te souviens de sa robe ?

Je croise le regard interrogatif de Bernadette, qui a toujours son plateau sur les bras. Je lui fais un clin d'œil complice : elle va rapidement comprendre où je veux en venir.

— Oui, elle était super moche.

— Parfaitement, super moche, Chaton. Et est-ce que tu te souviens pourquoi ?

— À cause du décolleté dans le dos, on voyait des plis tellement c'était serré.

— OK. Donc elle a voulu nous la jouer robe de Mireille Darc version *plus beau jour de ma vie*, sauf qu'elle a oublié deux tailles. Résultat, c'était comment ?

— Euh... ridicule ?

— Tu y es, exactement, bravo Chaton. Et qu'est-ce qui est arrivé au moment de l'ouverture du bal ?

— Ça a craqué sur le côté !

J'entends à son timbre que ma sœur est en train de reprendre du poil de la bête. Comme quoi, la médisance est parfois le meilleur des remèdes.

— Bien Chaton. Quelle est la morale de cette histoire ?

Gros blanc derrière le rideau. Je dois lui mâcher un peu le travail.

— La morale, c'est qu'on ne se fait pas faire une robe sur mesure si c'est pour qu'elle vous boudine ! Le travail de Bernadette est de te mettre en valeur, en créant une robe a-dap-tée à ta morphologie. Alors rien à battre que tu ne sois pas Miranda Kerr, mais on va avoir besoin que tu sortes pour reprendre tes vraies mensurations et mettre en valeur tes gros seins, tes fesses de ouf et tes hanches *king size*, OK ? Et tu vas être d'en-fer !

La voilà qui pointe la tête de derrière le rideau, un petit sourire niais sur le visage.

— Tu penses vraiment ce que tu dis ?

— Ouais, Chaton, et maintenant sors de là ; je suis venue pour te voir en robe, pas pour entendre tes chouinements en *voix off* !

Bernadette (qui doit avoir l'habitude de ce genre d'incidents) va chercher son mètre et des mouchoirs.

— Vous êtes ravissante, mademoiselle Marie-Quitterie, et vous avez très bien choisi la dentelle et la teinte, croyez-moi, la dentelle vieux rose, c'est pas commun. Et maintenant, c'est moi qui vais prendre les mensurations, d'accord ? Je pense que vous avez dû inverser les numéros dans celles que vous m'avez données.

Comme c'est bien dit... trop mignonne la Bernadette. Elle s'est bien rattrapée.

Je bois mon thé vert en regardant le reflet de ma sœur dans le grand miroir en pied. Elle retrouve peu à peu le sourire. Bernadette n'arrête pas de lui parler, fixe des épingles, mime avec de grands gestes le résultat final. Nous ne sommes pas exactement ce qu'on peut appeler « bien foutues » mes sœurs et moi. Nous sommes petites comme Mam, pourvues de jambes très musclées, des hanches assez fortes et des poitrines plates. À l'exception de Chaton donc, la seule de la famille à faire du 90 et non du 75. Elle a des seins à vous faire pâlir de jalousie. Des fesses qui, de mon point de vue, ajoutent à son charme... et ne laissent pas Eugène indifférent. Mais je ne vais pas trop penser à ça, sinon des images de M. Parfait et de ma chère sœur en train de copuler risquent de me venir à l'esprit, et c'est moi qui vais me mettre à pleurer de terreur.

Fondamentalement, pour le dire comme je le pense, je crois que la bourgeoisie n'aime pas les grosses. Voyez *ELLE*, typiquement un journal de mon milieu. Je le lis chaque semaine chez Mamy. Ils font mine de s'encanailler de temps en temps avec un « mannequin taille 40 qui défie les plateaux de la *fashion week* », ou un « assumez vos rondeurs ». Mais on sent bien que c'est pour faire genre. En fait, c'est un mélange d'hypocrisie et de condescendance. En gros, si vous êtes dodue comme ma sœur, vous aurez intérêt à assurer sur un autre plan, intellectuel par exemple. Parce qu'on ne vous pardonnera rien. Peut-être que j'exagère, mais c'est vraiment ainsi que je le ressens. Chaque fois que j'entends Mamy ou Mam ou n'importe quelle entité féminine de ma famille parler d'une autre Duransson, le poids, la taille, la silhouette, arrivent systématiquement sur le tapis. « Mais elle n'a pas un peu grossi, Dauphine ? », « On peut dire que Françoise ne se laisse pas dépérir ces derniers temps ! ». Mais, éducation oblige, le tout nuancé d'un « Enfin après tout, si elle assume » ou encore « Il paraît que certains hommes aiment les grosses ». Et quand on pense que le summum du compliment est de s'entendre demander si on n'a « pas un peu minci, par hasard », vous vous doutez que Chaton n'a pas exactement grandi dans un milieu propre à son épanouissement.

Je rentre de cette séance totalement épuisée, après m'être promis d'avoir une bonne conversation avec ma sœur. Je ne veux pas qu'elle soit tentée par des conneries, comme s'affamer pour son mariage (en plus, ça ruinerait littéralement le travail de Bernadette) ou demander à Eugène s'il ne l'aimerait pas plus si elle perdait un peu de poids... Au moins, en sortant, Chaton avait l'air heureuse.

Elle m'a remerciée plusieurs fois de l'avoir soutenue et accompagnée. Elle a tenté de parler de Dad, mais j'ai stoppé net la conversation. Je préfère le considérer comme un sujet tabou. Mais c'est évident, Chaton ne peut pas concevoir son mariage sans la présence de son père. Et à ce propos, il faudra bien que quelqu'un se dévoue pour lui dire qu'on ne veut pas de la « femme que j'aime » ce soir-là. J'enverrai sans doute Appo au front le moment venu.

Après le devoir de petite sœur, celui de petite dernière modèle, logeuse, coach divorce et baby-sitter m'attend.

Je remonte tranquillement le cours Franklin, jette un œil en direction de l'appartement familial et remarque que le plafonnier du salon est allumé. Bon, il est possible que Mam ait oublié de l'éteindre. Bizarre, quand même. J'ai un trousseau de clés, tout comme mes sœurs, je décide de monter. Arrivée au deuxième, j'enfonce la clé pour constater que la porte est ouverte.

Mam est dans le salon, assise devant l'ordinateur, les mains sur les genoux, les yeux vides.

— Mam ? Qu'est-ce que tu fais là ? Je croyais que tu voulais aller à la gym et après faire des courses pour me refaire le machin velouté que t'as appris hier ?

— Des fleurs. Et des chocolats.

— Hein ?

— Quand il est parti d'ici, la première chose qu'il a faite, c'est d'acheter des fleurs et des chocolats.

— Mais qu'est-ce que tu racontes Mam ?

— Regarde. C'est tout marqué là.

Elle secoue la souris d'ordinateur et l'image apparaît : elle s'est connectée sur le site de leur banque et scrute le compte commun. Je vois effectivement un montant de 35 euros chez Lys et Gardenia et 42,75 chez Bernachon, le grand chocolatier lyonnais. Merde.

— Bon, Mam, excuse-moi, mais, pourquoi t'es venue ici ?

— Je ne connais pas mes codes par cœur, mais ils sont enregistrés dans l'ordinateur, c'est automatique, tu vois, quand je me connecte, je tombe directement dessus.

— Euh, oui, je vois.

— Eh bien, j'ai simplement voulu regarder l'état de mes finances.

— Ben voyons.

— Et je suis tombée là-dessus.

C'est là que je réalise à quel point ma mère est prisonnière du mode de vie que mon père a mis en place. Dad a son propre compte et il en a créé un pour Mam sur lequel il verse chaque mois une somme, Appo a vérifié, comme une sorte de salaire. Elle doit l'utiliser pour les courses, la maison et ses loisirs. À côté de ça, ils ont un compte commun sur lequel Dad dépose une certaine somme par mois. Ça sert apparemment pour des dépenses exceptionnelles genre vacances, réceptions, etc. Mam n'a pas accès à son compte perso à lui. Qu'est-ce qu'il a fait, ce con ? Il s'est trompé de carte bancaire ? Je ne vois que ça. Ou alors — et c'est pire — il ne voit pas le problème. Puisque c'est son argent.

— Il a dû partir en voyage le week-end dernier avec elle.

— Mam, c'est malsain ce que tu fais, tu te fais du mal pour rien.

— Tu vois, il y a un paiement SNCF, et ça, là, j'ai vérifié, c'est un hôtel à Étretat. Il l'a emmenée voir les falaises. Je lui avais dit, c'est bête, hein, mais j'avais très envie d'un petit week-end en Normandie, pour voir les falaises, il paraît que c'est vraiment magnifique. Là c'est un restaurant à Étretat, apparemment, il est très bien. J'ai vu la carte des desserts, aussi.

J'ai envie de balancer ce putain d'écran par la fenêtre, d'énucléer mon père, de péter les dents de cette connasse et de serrer Mam contre moi. Mais au lieu de ce geste simple qui permettrait peut-être de la réconforter, tout ce qui me vient, c'est :

— Putain, Mam ? Mais tu sais faire plein de choses sur Internet, en fait !

Elle se met à pleurer à chaudes larmes, les mains à plat sur ses cuisses et le dos droit, comme une collégienne disciplinée.

C'est alors qu'une idée me traverse.

— Mam, tu peux regarder le programme de La Fourmi s'il te plaît ?

— La Fourmi ? Oui, bien sûr, ma petite chérie, qu'est-ce que c'est ?

— Un cinéma, pas loin d'ici.

Chapitre 7

Marie-Victoria

Je comprends qu'on soit heureux de me revoir, étant donné ma gentillesse naturelle, mais à ce point... Une nouvelle casquette — bleu marine, Adidas — et une chemise en jean ouverte sur un T-shirt Spiderman, le projectionniste de la dernière fois m'accueille avec un immense sourire.

— Vous êtes revenue et en plus vous m'apportez une nouvelle cliente ?

— Oui, on peut dire ça. La carte d'abonnement, je peux l'utiliser pour ma mère et moi ?

— Bien sûr, je vous prends juste deux places au lieu d'une dessus et voilà. C'est simple. C'est très simple.

— OK, bon ben, on va prendre deux places pour...

— Je vous recommande *Peau d'Âne.*

— Euh, oui, c'est ce qu'on comptait vous demander. Mais, c'est pas le seul film qui passe à cette heure-ci de toute façon ?

— Si, si, mais c'est pour ça justement, je me permets de recommander, parce que parfois les gens, ils hésitent, et c'est dommage. Vous avez aimé la dernière fois ?

Silencieuse, ma mère me lance un petit regard en coin très interrogateur.

— Euh... j'ai rien compris.

— C'est normal, c'est toujours comme ça, la première fois avec *L'Année Dernière à Marienbad.* Faudra pas hésiter à le revoir, chez vous, d'accord ? En DVD, pour comprendre en profondeur. Faut s'accrocher un peu avec l'autre, Resnais.

J'entends derrière nous — eh oui, ciel, une queue d'une vingtaine de personnes au moins ! — un murmure de protestation et me hâte de fouiller dans mon sac pour en sortir le fameux ticket d'abonnement. Je note qu'il n'y a marqué nulle part dessus que le prix de la collation est comprise dans celui du film.

Je n'avais décidément aucun souvenir de *Peau d'Âne.* Il n'avait pas dû me marquer, enfant. Mais là aujourd'hui, je trouve ça très beau. Il y a des scènes un peu angoissantes, et moi qui déteste tout ce qui est comédie musicale, je supporte très bien les passages chantés du film, sans doute parce que les paroles sont chouettes. Je souris intérieurement en voyant Catherine Deneuve défiler dans ses trois robes, couleur soleil, couleur de lune et couleur du temps. J'ai l'impression qu'elle est à peu près aussi à l'aise que ma sœur lors de son essayage de tout à l'heure.

J'entends Mam soupirer, renifler, et au moment du générique de fin, je constate que le conte de fées n'a pas réussi à lui ôter de la tête les dépenses explicites de Dad.

Je laisse la salle se vider doucement. Mam est pudique et préférerait que tout le monde ne remarque pas qu'elle a pleuré pendant toute la durée du film.

Nous nous apprêtons à sortir du cinéma, quand j'entends la voix désormais familière du projectionniste-ouvreur-distributeur-de-Snikers-accrocheur-d'affiches.

— Mademoiselle ! Attendez, mademoiselle ! Si vous permettez. Vous et votre maman. J'aimerais vous montrer quelque chose. Faut juste m'attendre deux minutes, je dois fermer la grille d'entrée du cinéma, et, euh... vous verrez, c'est pour se changer les idées.

J'accepte avec même une certaine gratitude. Je sens que ce soir je vais avoir besoin d'être épaulée pour gérer le chagrin de ma mère.

Qu'est-ce qui le pousse à faire ça ? Est-ce qu'il a perçu mon impuissance face aux larmes de mon accompagnatrice ? Ou juste compris au regard bouffi de Mam qu'elle ne devait pas être au sommet de sa plénitude ?

— Mais alors, on reste ici nous ? Je veux dire, nous allons être enfermées ici avec vous en quelque sorte ?

— Oui, c'est ça. Mais j'suis pas un psychopathe donc ça ira, tranquille. Allez dans la salle 3 d'accord, installez-vous bien au milieu, et j'arrive.

La 3 est légèrement plus grande que celle de ma première séance (je compte quatre rangées supplémentaires). Suivant les instructions du non-psychopathe, nous nous installons en plein milieu. Les fauteuils sont noirs, et non rouges comme dans les deux autres. Un brin plus spacieux et confortables de mon point de vue.

Au bout d'une dizaine de minutes silencieuses, moi à fixer mes pieds appuyés dans le fauteuil de devant, Mam le plafond, la pièce est plongée dans le noir. Peut-être qu'il va nous faire une projection privée ? Un truc comique ou léger qui remonte le moral de Mam ?

Je me concentre sur ma respiration et celle de Mam qui, je crois, décélère un peu. J'entends enfin un grésillement, comme si des haut-parleurs se mettaient à fonctionner. Puis une voix. Elle semble provenir des murs, de chaque côté de la salle, comme pour mieux nous envelopper. Une voix masculine, très chaude, probablement une voix de fumeur, assez rocailleuse, éraillée, qui parle d'abord d'une maison, d'une grand-mère qui l'élève, de cette même grand-mère qui meurt. On dit à cet homme, qui est alors petit, enfant, que sa grand-mère est partie au ciel. Si je comprends bien, il parle aussi de personnes de son entourage qui jugent que, forcément, sans une figure paternelle, il ne va pas grandir correctement. Et tout à coup la voix s'arrête. Puis reprend. Et cette fois, chante. Je me laisse enivrer. J'écoute sans tout comprendre, même si je discerne certains refrains, certaines paroles. Je comprends que tout est lié, les chansons s'enchaînent, et chaque fois, c'est comme un nouveau pan de la vie de cet homme qui est évoqué. Il est question de deux âmes, d'une personne qui souhaite en protéger une autre, qui lui promet de veiller sur elle, d'un foyer brisé. Les chants alternent avec des moments où la voix parle, tout simplement. Parfois, un rire fuse, un rire doux et franc. Je ne suis pas quelqu'un de très émotif, je n'écoute quasiment jamais de musique, et contrairement à Chaton qui adore ça par exemple, je ne vais jamais danser. Mais là je suis... je ne sais pas le qualifier, mais cela me procure une drôle de sensation. Je me sens très bien, très à ma place.

Au bout d'un certain temps, peut-être trente minutes, peut-être une heure, je ne sais vraiment plus, la voix s'arrête totalement. La lumière se rallume. Mam tourne son visage vers moi, je déchiffre avec peine son expression mais je dirais qu'elle a l'air reposée. Je me retourne et constate que le projectionniste est assis deux rangées derrière nous. Il rebascule sa tête vers l'avant, les paupières closes, puis ouvre grands les yeux dans un sourire communicatif.

— C'est beau, hein ?

Mam paraît sonnée, donc je me dévoue pour répondre. J'ai l'impression de sortir d'une nuit de rêve.

— Oui, c'est très... apaisant.

— C'est magique, oui ! Madame, mademoiselle, je suis fier de vous présenter Gil Scott-Heron, le père du rap. Vous venez d'entendre son album testament.

Il se lève, court se mettre devant le grand écran et brandit de la main gauche une pochette sortie de son jean, sa main droite posée sur le cœur.

— Au final, une salle de cinéma, pour la musique, y a pas mieux. Et vous voyez, c'est même marqué sur la pochette.

Il commence à lire le texte, sa lenteur et ses hésitations me font penser qu'il doute fortement de son accent. Une pudeur linguistique.

There is a proper procedure for taking advantage of any

investment.

Music, for example. Buying a CD is an investment.

To get the maximum you must

LISTEN TO IT FOR THE FIRST TIME UNDER

OPTIMUM CONDITIONS.

Not in your car or on a portable player through a headset.

Take it home.

Get ride of all distractions, (even her or him).

Turn off your cell phone.

Turn off everything that rings or beeps or rattles or wistles.

Make yourself comfortable.

Play your CD.

LISTEN all the way through.

Think about what you got.

Think about who would appreciate this investment.

Decide if there is someone to share this with.

Turn it on again.

Enjoy Yourself.

Gil Scott-Heron.

À l'issue de cette lecture, il a l'air épuisé. Je me dis qu'il n'est pas forcément très à l'aise avec la lecture à haute voix. Comme moi. Mais il l'a fait.

— Et vous voyez, c'est dingue parce qu'on peut se demander s'il aurait pensé qu'on écoute sa musique dans un cinéma. Et s'il n'était pas mort, mon rêve serait de lui envoyer une lettre pour lui expliquer que son album, je l'écoute ici. D'habitude tout seul. Mais ce soir, je partage.

Nous sortons, un peu hébétées, de la pièce, du couloir biscornu. Arrivés dans le petit hall, le projectionniste nous ouvre la porte principale. D'un coup il semble se souvenir avoir oublié un détail et relâche la porte.

— Moi, c'est Hakim.

Il me tend la main, de façon très maladroite, presque un peu brutale, le bras tendu et raide devant lui. Même le Spiderman de son T-shirt a l'air solennel.

— Marie-Victoria. Et, j'ajoute en me tournant vers Mam, ma mère, Aliénor.

Ma mère lui serre la main à son tour et dit simplement :

— Merci, Hakim.

Elle sort rapidement et s'engage dans la rue Molière.

— Mademoiselle, j'en profite pour vous dire que je vais vous envoyer un SMS, sans vouloir vous manquer de respect.

Sur cette phrase sibylline, le voici qui referme brusquement la porte.

Chapitre 8

Marie-Victoria

Appo et moi ne travaillons pas dans le même arrondissement. Ses bureaux sont situés derrière le Crayon, cette tour que les Lyonnais finissent par trouver presque attendrissante à force d'être moche. Appo doit souvent caser des rendez-vous pros sur ses heures de déj, et du coup, c'est comme si le temps devenait extensible pour elle. Moi, en revanche, je bosse vers Saxe Gambetta, et si ma pause dépasse les soixante minutes, je m'expose à des regards lourds de reproches. Toute cette entrée en matière pour vous démontrer que, si ma sœur fait l'effort de se déplacer jusque dans le fin fond du 3e pour déjeuner avec sa sœurette, c'est qu'il y a de l'orage dans l'air.

Je lui ai donné rendez-vous dans un japonais que j'aime bien. Je m'installe à ma table préférée, à côté de l'immense aquarium où des foutus poissons rouges barbotent dans un paysage marin des plus kitch : épave dorée, amphore grecque, végétation luxuriante, billes chinoises multicolores, et même plongeur en plastique avec son mignon petit harpon. Ce décor me fascine, et juste pour pouvoir l'observer encore et encore, et parvenir à me convaincre que, oui, il y a un être humain qui a conçu l'aménagement de ce truc, je reprendrais bien le menu M3 avec quatre makis saumon-avocat tous les jours de ma vie. Pour patienter, je relis pour la quatre cent cinquante-sixième fois le SMS que m'a envoyé le projectionniste.

Mademoiselle Marie-Victoria, comme je vous disais je vous envoie un sms. Maintenant vous avez mon 06. À bientôt, oubliez pas il vous reste encore 7 entrées à utiliser faut profiter. Hakim.

Il avait tenu parole, récupérant manifestement mon numéro sur le questionnaire de l'abonnement. Je relis, soupire et aperçois le parapluie « Rencontres Internationales de la Chrétienté. Tous avec Jean-Paul II » de ma chère sœur. Donc pour la quatre cent cinquante-sixième fois, je laisse le SMS sans réponse.

Ma sœur pénètre dans le restaurant, me cherche du regard, me trouve et se dirige droit vers ma table.

— Tu pouvais pas choisir plus mal.

— Euh... tu manges plus de poisson ?

— Non, Vicky, c'est pas ça, mais j'en ai ras le bol des japonais, OK ? J'en ai marre, marre, marre ! Tu vois ce menu ? Tu le vois ? Rien que de lire dessus « Menu japonais », ça me GA-VE ! Tu m'entends ? GA-VE- !

— Tu... tu veux qu'on change ? Y a un Flunch juste à côté.

— Nan, on n'a pas beaucoup de temps, toi tu reprends dans... quarante-sept minutes, c'est ça ? Et moi je dois encore bosser mon dossier Fukushima jusqu'à pas d'heure.

— Ton client s'appelle vraiment comme ça ?

— Nan, je l'appelle comme ça pour me défouler.

Parfois l'humour de ma sœur m'échappe. Parce que c'en est pas vraiment en fait, je crois que c'est plus une sorte de déviance mentale. Je préfère ne pas essayer de creuser.

— Mais j'ai pas tout compris, qu'est-ce que vous faites exactement avec eux ?

— Justement, tout le problème est là, pour le moment on ne fait RIEN avec eux. Sauf que moi MON JOB, c'est de développer le secteur Asie, OK ? Alors je suis dans la merde. Ça fait trois mois qu'une équipe de nez bosse sur une création d'arôme fraise, rien ne leur va. Et tu sais ce qu'on me sort ? « Votre fraise est trop française, il faut la japoniser. » Nan, mais c'est quoi ces conneries ? Je vais finir par les envoyer chier avec leur panier Yoplait à la con !

— Appo... tu voulais me parler d'un truc concernant Mam ?

— Oui, pardon, je me laisse un peu déborder en ce moment. Désolée.

Ça oui, ça ne m'a pas échappé. En revanche, j'ai le sentiment que ça ne vient pas seulement de son boulot. Elle a déjà bossé sur le lancement d'un yaourt à boire parfum aloe vera en Corée du Sud, alors les Japonais, c'est du gâteau. Non, elle me cache quelque chose, je le sens. Et quand elle m'appelle Vicky, c'est qu'elle touche le fond.

— C'était comment, le cours de Mam ? J'ai même pas pris le temps de lui demander... Et d'ailleurs Mamy n'arrive pas à la joindre sur son portable, elle snobe sa propre mère ou quoi ?

— Je crois qu'elle a apprécié. Tu connais Mam, en ce moment, elle est presque aussi loquace que moi. Et pour ce qui concerne Mamy, quelle personne saine d'esprit aurait envie de décrocher en sachant que les trois premières questions vont être « Il y a combien d'hommes dans ton cours ? », « Ils sont mariés ? » et « Ils ont une bonne situation ? » ? Honnêtement ?

— Oui, bon, tu as peut-être raison.

Après avoir commandé (menu M3 remasterisé pour moi, mixte brochette pour ma sœur), Appo en vient enfin à ce qui motive sa venue. Comme nous étions convenues que c'était à elle, en tant qu'aînée, de faire le lien entre nous, Mam et Dad (lequel n'a tenté aucun contact avec sa femme depuis son départ), elle s'est résolue à passer un coup de fil à notre père hier. Résultat, elle est totalement tourneboulée.

— Je lui ai expliqué, mais très calmement, tu vois, que Mam avait déjà un avocat pour le divorce, que c'était M. Halpern, et là je peux te dire que j'ai quand même bien senti qu'il tiltait !

— Tu m'étonnes ! Il a une super-réputation, et en plus il a toujours défendu uniquement les femmes. C'est le big boss !

— Attends, attends, parce qu'à ce stade encore, tout va bien. Sauf que je commence à lui parler des comptes et de la nécessité pour Mam de continuer à toucher l'espèce de pseudo-salaire qu'il lui versait.

— Au passage, tu trouves pas ça trop dingue comme système ? Genre, ton mari te verse un salaire ? C'est pas un peu humiliant le truc-là ?

— Vicky, ouvre les yeux. Mam est femme au foyer. À partir du moment où elle ne possède rien, comme un appartement *uniquement à elle* qu'elle pourrait louer pour toucher une somme fixe par mois par exemple, comment tu veux que ça se passe autrement ?

— Ça me dégoûte... je trouve ça horrible...

— Bon, Vicky, ressaisis-toi s'il te plaît, je n'ai pas fini. Donc je lui parle de la nécessité qu'il aura de préserver le niveau de vie de Mam, et là, devine ce qu'il me répond ? « Les pensions, c'est d'un autre temps. »

— *Whaaaaaat ?* Il est malade ou quoi ? Il délire ?

— J'étais tellement sidérée que je lui ai demandé de répéter sa tirade de vieux con. Et il m'a redit la même phrase mot pour mot. Il a même osé ajouter « déjà qu'elle peut rester dans l'appartement »...

— Attends, ils sont mariés sous quel régime ?

— Communauté de biens. Donc, de toute façon, Mam aura 50 % du prix de vente de l'appart, inutile de nous inquiéter pour ça. Et, par précaution, j'ai vérifié avec le notaire. Papy avait légué à oncle Michel et à Mam une somme importante. Bizarrement, et je dis ça parce que tu sais bien que c'est toujours Dad qui a le mot de la fin dans ce domaine, la somme est intacte. Donc Mam aura de quoi s'acheter un petit appartement, pas un palace, mais un endroit à elle. C'est déjà ça.

— T'es un cador, ma sœur. Mais qu'est-ce qu'il fout, Dad ? Il ne peut pas être sérieux ?

— Je crois qu'il est surtout sérieusement à côté de ses pompes. Ou sérieusement égoïste et con, comme tu préfères. Je vais faire intervenir M. Halpern, et c'est clair qu'un avocat va rétablir l'ordre. Mais ça peut prendre du temps, la procédure de divorce aussi, parce que tu vas voir que notre obstacle *number one*, ça va être...

— ... Mam, oui, je m'en doute. Elle va refuser de divorcer. Tu sais, tous les soirs j'essaye de discuter avec elle mais c'est pas simple. Elle me demande tout le temps si Dad aime cette femme, si je pense qu'il va revenir. Tu vois un peu Mam avec son air de Chat potté me demander quinze fois en une demi-heure : « Dis, Victoria, tu crois qu'il va revenir à la maison ? » C'est un supplice. J'ai à la fois envie d'aller dégommer ce gros débile et en même temps de prendre Mam dans mes bras mais...

— Tu prends jamais personne dans tes bras.

— Ouais, c'est ça. Bon. Le truc, c'est que je dois garder Mam un peu plus longtemps chez moi, c'est ça ? On est toutes d'accord que ça serait malsain qu'elle retourne cours Franklin ? En plus, la dernière fois on sait ce que ça a donné, elle a passé son aprèm à regarder le compte se vider à coups de fleurs, de chocolats et de week-ends à la plage. Mais il s'est cru à la Saint-Valentin ou quoi ?

— Oui, si tu tiens le coup, ce serait super qu'elle reste encore un peu chez toi, Vicky... Mais ça va pas régler notre problème. On ne va pas se mettre à entretenir Mam comme Dad l'a fait pendant presque trente ans. On ne peut pas la laisser conserver de mauvaises habitudes. Divorcée et femme au foyer, tu vois un peu à quoi ressembleront ses journées... ?

— T'inquiète, je crois qu'elle commence à en avoir un aperçu plutôt net.

— Bon, donc la solution, c'est de prendre l'attitude de ce gros con comme un tremplin. Mam DOIT travailler.

— *You're kidding me ?*

— *Certainly not.* Et arrête de parler anglais, j'ai l'impression d'être au boulot.

— Ça parle *english* chez Yoplait ?

— Ça parle pas japonais en tout cas, donc l'anglais reste ma solution de secours, tu m'excuseras. Bref. Y a des postes libres chez vous ?

— Comment ça « chez vous » ?

— Dans le cabinet médical où tu travailles Vic... ? Est-ce qu'ils cherchent, je ne sais pas moi...

— Oui, vas-y ? Ça m'intéresse que tu ailles au bout de ta phrase. Mam a un deug en histoire de l'art, spécialité vaisselle en Mésopotamie. Je sens que ça mène tout droit vers une carrière en cabinet de kinésithérapie !

— Tu sais, Vic, nous allons devoir faire preuve d'imagination toutes les quatre si on veut...

— Comment ça « toutes les quatre » ? Toutes les cinq, tu veux dire ! Je refuse de m'occuper de l'orientation de Mam *sans* Mam. Tu déconnes ou quoi ? Ça serait l'infantiliser encore plus que Dad le faisait ! Et déjà, si je puis me permettre, c'est par là qu'on aurait dû commencer au lieu de chercher à la recaser au bout de deux minutes ! Mais bon, personne ne m'écoute dans cette famille.

— D'accord, d'accord, sur ce point précis, tu n'as pas tort. Bon, eh bien voilà, l'affaire est réglée, demain soir...

— ... Appo, demain soir, c'est mercredi, elle aura son deuxième atelier cuisine.

— Très bien, jeudi soir dans ce cas, on se fait une séance chez Chaton.

— Elle ne reçoit pas les faire-part jeudi justement ?

— Si, je crois, mais c'est quoi le rapport ?

— Elle va être stressée à l'idée qu'on renverse un CV sur un carton de faire-part, qu'on trouve ça moche ou que Mamy s'en serve comme éventail. Non, laisse tomber, on fait ça chez Mamy ou chez moi, à la rigueur.

— OK, bon, on dit séance *Rescue Mam* jeudi soir chez toi. On dresse la liste de ses compétences, on lui fait un CV, une lettre de motivation et on épluche les offres.

— Cool, j'ai trop hâte.

— Si tu pouvais arrêter d'être toujours aussi caustique... Elles ne sont pas si mauvaises ces brochettes en fin de compte.

Voilà, non seulement je mets mon espace privé à disposition pour une nouvelle réunion déprimante, mais en plus je travaille à la réconciliation France-Japon, dans l'ombre, et personne ne me donnera jamais de prime... Comme ma sœur se décrispe, j'en profite pour l'interroger sur son quotidien. Je lâche que je serais ravie de passer mon vendredi après-midi avec mes neveux adorés. Perfide, j'ajoute : « sauf si Hubert a prévu de sortir plus tôt pour s'en occuper ». Je sens qu'elle a envie de se confier, elle est sur le point de céder, je le devine à son regard hésitant et à ses lèvres un peu tremblantes. Alors je joue la carte ultime : la tendresse de *Tatan Vicky* envers les gosses.

— Après, je comprendrais vraiment que leur père veuille passer un peu plus de temps avec ses fils, mais moi, tu me connais, je suis un peu perso, et j'avoue que ne pas voir Paul-Antoine et Louis une semaine de plus, ça serait un peu... douloureux, tu vois ?

— Nan, mais ne t'inquiète surtout pas, Vic, ce qu'il

a fait n'est pas amené à se reproduire souvent, enfin, j'en doute.

Parfait, elle se lâche. Je commande deux sorbets haricots rouges pour entériner le climat de confiance.

— Ah bon ? C'était exceptionnel pour lui de sortir un peu plus tôt pour s'occuper des enfants ?

— Oui. Disons qu'en ce moment il veut me montrer qu'il serait capable d'en faire plus pour m'aider. À la maison, il fait même la vaisselle, et la semaine dernière il m'a proposé de faire les courses, à condition que je lui dresse une liste.

— Whaouuuu, putain, trop cool, l'exploit ! Lui qui en branle pas une !

— Pardon ?

Merde, trop vite.

— Nan, mais je veux dire, euh... Hubert, à part quand il était chez Mam et Dad, où là, je suis d'accord, il faisait bien illusion, on ne peut quand même pas non plus dire qu'il t'aide à fond, si ? C'est limite toi qui fais tout à la maison, je me trompe ?

— Je pense que tu exagères, Hubert essaye vraiment de faire de son mieux, il... enfin... il essaye. Mais de toute façon, là, il voulait juste me prouver que, dans un contexte différent, si la situation l'exigeait, il pourrait vraiment aider beaucoup plus, tu vois, ne pas me laisser tout assumer seule justement.

— Mais... Appo ? Qu'est-ce que tu entends par « si la situation l'exigeait » ?

Ma sœur baisse dangereusement la tête au-dessus de sa coupe de glace. Je vous jure que les poissons rouges se précipitent tous dans la putain d'amphore. Elle prend une profonde inspiration et redresse le visage, peinant à dissimuler la larme qui lui coule sur la joue.

— Hubert veut deux enfants.

— Pour moi un Paul-Antoine + un Louis, ça fait deux.

— Non, je veux dire, deux enfants de plus.

Chapitre 9

Aliénor

Je n'avais pas envie de sortir, pas la force de franchir le seuil de l'appartement de Marie-Victoria. Déjà, il y a quinze jours, j'ai dû prendre sur moi pour aller à cet atelier culinaire. Le prof est un excentrique, il parle un peu fort, j'aimerais bien qu'il baisse d'un ton, mais ce n'est pas méchant, il paraît, seulement... exalté. Il y a un aristocrate très distingué, mais le genre d'hommes qui vous raterait une vinaigrette. Un autre, un peu fort, me rappelle un acteur américain, je ne sais plus lequel. La jeune femme un peu garçonne que j'avais pour voisine de table a eu un geste délicat. Je dois me tromper, peut-être tout simplement qu'elle a eu un... faux mouvement, mais l'espace d'un instant — je pensais au gratin de cèpes qu'adore Jean-Igor — j'ai cru qu'elle cherchait à me consoler.

Vendredi dernier, je suis restée à la maison. Je ne suis pas allée au musée des Beaux-Arts, où, un vendredi par mois, Jean-Igor et moi faisions la nocturne. C'est vraiment formidable les nocturnes. Il y a moins de monde, on profite du lieu et des œuvres autrement. Avec un groupe d'amis, nous louons les services d'un jeune guide. Généralement ce sont des étudiantes déjà habilitées à diriger des visites. Mais là... je ne pouvais pas imaginer les revoir... y aller toute seule, c'était s'exposer à des questions. Et s'il avait décidé d'y aller, lui ? Avec *elle* ? Est-ce qu'il lui présente déjà nos amis ? Est-ce qu'il va faire avec *elle* les mêmes activités qu'avec moi ? Elle aime la randonnée, elle aussi ? Je ne comprends pas. C'est... Après tout ce temps passé ensemble, est-ce que ça peut s'effacer d'un coup ? Est-ce qu'on peut tirer une croix sur une vie avec une femme, une vie de famille ?

Marie-Victoria serait fâchée de me trouver ainsi, mais je dois dire que je me sens bien sur le parquet. Couchée comme ça, les yeux fixés au plafond, il y a des petites taches d'ailleurs, il faudra que je lui propose de badigeonner ça avec un peu de Javel, ça ne fait pas net, voilà, ça fait négligé. Marie-Victoria est au travail à cette heure-ci. Quand elle va revenir, elle sera fière que je lui apprenne ce que j'ai fait cet après-midi. Je n'avais pas envie de sortir, mais je me suis quand même forcée à aller au club de lecture. Il n'y a que des femmes de militaires. C'est normal, mon mari était dans l'armée. Carole est de la marine, Anne de l'armée de terre, Françoise aussi, Jeanne, c'est l'air, et Antoinette, là, c'est un peu différent tout de même, elle est mariée à un gendarme. Oui, je sais bien qu'ils défilent ensemble au 14 Juillet, mais ce n'est pas tout à fait la même... enfin, ce ne sont pas les mêmes gens en fait. Elles ont croisé Jean-Igor lors de cocktails, à la messe de Noël organisée par le gouverneur général militaire de Lyon, deux fois au moins, et à quelques dîners chez nous. Il faut dire que Jean-Igor et moi, nous aimons recevoir. Nous avons le chic pour ça. Les convives se sentent chez eux, vraiment accueillis. Nous, enfin, *je* cuisine, nous, enfin, *je* prépare l'appartement, je brique, je broque, tout est impeccable. C'est bête, ça me fait pleurer de penser à ça. Tout me fait pleurer, ceci dit, en ce moment. Je vois bien que ça fatigue les filles.

Quand j'appelle maman pour prendre de ses nouvelles, parce que je me dis que c'est tout de même moi, sa fille, c'est donc à moi de prendre de ses nouvelles, je pleure. Quand Marie-Victoria me propose de faire quelque chose, je pleure. Quand Marie-Apolline téléphone le matin, je pleure. Et quand Marie-Quitterie m'envoie des SMS pour me raconter au jour le jour les préparatifs de son mariage, je crois bien que je pleure aussi...

Il y a tout de même un moment où j'ai réussi à ne pas verser une larme pendant trente minutes au moins. Quand j'ai écouté l'album de cet homme dans ce petit cinéma d'art et d'essai. Le jeune projectionniste est tout à fait sympathique.

J'ai regardé sur Internet. Ce Gil Scott-Heron est un Noir activiste. Un homme engagé et un artiste accompli. Ce n'est pas moi qui le dis, je l'ai lu sur Wikipedia. Je suis aussi allée faire un tour sur son website et j'ai pu lire les commentaires enflammés de sa communauté de fans. Bon, il a pris un peu de drogue, mais ça a l'air d'être quelqu'un de bien. J'ajoute qu'il a écrit deux ouvrages, ce n'est pas rien. Un polar. Jean-Igor en lit beaucoup. Et ses mémoires. Il a enseigné les lettres à la fac. Un prof, comme Marie-Quitterie. C'est un beau métier.

Normalement quand nous nous retrouvons pour le club de lecture, le principe est que chacune apporte un livre qui va tourner. À la dernière séance, Carole a apporté un livre de... comment s'appelle-t-elle déjà ? Elle met des animaux dans tous ses titres à rallonges ? Oh oui, seigneur, Katherine Pancol. Cela n'a pas vraiment emballé. Mais il faut jouer le jeu, encore une fois, c'est le principe. Nous sommes censées faire des découvertes, nous échanger des romans. Enfin, pour le moment je lis essentiellement les prix littéraires et les têtes de gondoles. Mais ça me détend. De quoi ? Je me le demande.

Je connais Anne depuis l'âge de dix ans. Sa sœur aînée était avec moi en classe. Mais Aude et moi avons redoublé — pour bavardage : les filles ne sont pas au courant, évidemment —, et Anne a sauté une classe parce qu'elle savait lire, résultat, nous nous sommes retrouvées toutes les trois, malgré nos années d'écart. En grandissant, Aude et moi nous sommes éloignées. Elle n'était pas... enfin, elle ne pensait qu'à sa carrière, elle a choisi un métier d'homme, ingénieur. Et chose étrange, les garçons ne l'intéressaient pas. Je veux dire, vraiment pas. Je me suis toujours demandé si elle ne préférait pas... enfin... passons. Au fil du temps, c'est avec Anne que j'ai véritablement lié amitié, et nous voilà, à cinquante-cinq ans pour moi et cinquante-trois pour elle, à faire le pari d'être acceptées dans le club de lecture tenu par Françoise de Beauregard. C'est une aristocrate et fille de général. Son mari est mort lieutenant-colonel, et il était très apprécié. Elle aime être entourée de femmes plus jeunes — ce serait mentir que de dire « entourée par la jeunesse ! » — et a eu cette idée d'ouvrir un club de lecture qui officie dans son petit duplex de la place du Maréchal-Lyautey.

Anne et moi avons été admises la même année qu'Antoinette — enfin, dans le cas d'Antoinette, c'est quand même étonnant ; accepter une femme de gendarme, comme dit Jean-Igor, est au moins le signe de la grande ouverture d'esprit de Françoise de Beauregard. Il y a eu beaucoup de défections, et aujourd'hui nous sommes six irréductibles. Françoise est un peu pète-sec mais sait se montrer généreuse et hospitalière. Carole a sans conteste un côté vulgaire, elle a un piercing au sommet de l'oreille, c'est quand même quelque chose... et puis elle a cette fâcheuse tendance à mettre les pieds dans le plat. Jeanne est la femme au foyer la plus accomplie qui soit. Quant à Antoinette, je passe mon tour, je n'ai pas grand-chose à lui reprocher mais pas grand-chose non plus à dire à son sujet. Ce n'est pas ce que j'appellerais une personnalité saillante. Les après-midi sont agréables en leur compagnie, même si nous passons plus de temps à manger des scones de chez Mariage Frère et à boire du *lapsang souchong* qu'à parler grande littérature.

Je me suis donc obligée à m'arranger un peu et je les ai retrouvées. Anne me fixait d'un regard pénétrant et navré dès que j'ai franchi le seuil de la porte. Et là, j'ai compris. Le SMS. François, son mari, avait dû le recevoir. Elle savait. D'ailleurs, je dis des bêtises, Jean-Igor est tellement sociable ET organisé, il devait avoir également enregistré le numéro de portable d'Anne dans son répertoire. Quand j'ai compris tout cela, je me suis mise à pleurer. Je ne sais pas ce qui m'a pris, normalement en public on reste maître de soi, j'ai appris à donner le change, faire bonne figure est plus qu'un problème d'éducation, c'est... c'est... un devoir. À ma grande stupéfaction, elles m'ont demandé si tout allait bien, m'ont apporté des mouchoirs triple épaisseur, et m'ont pressée de leur raconter ce que j'avais sur le cœur. Alors, je ne sais pas pourquoi parce que ce genre de choses... on lave son linge sale en famille habituellement... mais j'ai dit que Jean-Igor et moi étions... que Jean-Igor était... j'ai du mal ne serait-ce qu'à y penser.

Françoise de Beauregard a cherché à me rassurer : « Ma petite amie, ne vous en faites pas, c'est une toquade, les hommes en ont souvent à cet âge-là. Ce ne sera pas le dernier. Il va revenir, croyez-moi. » Carole a renchéri en affirmant que la crise de la cinquantaine n'était pas un mythe, ayant lu un très bon article dans le *ELLE* sur le sujet. Et Antoinette d'ajouter élégamment que, parfois, les hommes partaient pour de bon, que d'ailleurs le taux de divorce en province atteindrait bientôt celui de Paris. Anne est la seule à n'avoir rien dit mais je lisais dans son regard une forme de tristesse et peut-être aussi, je le crains, de pitié. Après ce petit incident, j'ai demandé à faire comme si rien ne s'était passé et nous avons écouté religieusement Carole nous présenter le dernier Fred Vargas. J'ai encore eu un pincement au cœur puisque c'est l'auteure préférée de Jean-Igor même s'il aime aussi beaucoup Tocqueville.

De retour à l'appartement de Marie-Victoria, je me suis demandé si j'allais lui rapporter les propos de Françoise de Beauregard. Cela l'énerverait probablement, elle n'a pas l'air d'apprécier que je me projette dans un futur où Jean-Igor revient. Et pourtant, c'est tout de même son père ! Que pourrait-elle, elle et ses sœurs d'ailleurs, souhaiter de mieux pour moi ? Tout rentrerait dans l'ordre.

Tout doit rentrer dans l'ordre.

Jean-Igor n'a pas essayé de me joindre. Je vérifie tout de même mes SMS encore une fois. On ne sait jamais, si un SMS de lui était arrivé et que je ne l'avais pas vu. Jean-Igor ne m'envoie jamais de mails, ce n'est pas dans ses habitudes, mais dans le doute, je vérifie aussi ma boîte Gmail et mes courriers indésirables. Je le fais trois fois par jour. Il va bien finir par écrire ou téléphoner. Il doit bien penser à moi. Rien qu'un peu. Plus que deux heures avant le retour de Marie-Victoria. Je songe sérieusement à ne pas bouger et à rester sur le parquet jusqu'à son retour, tant pis si elle m'engueule en arrivant. Je crois que je m'ennuie.

Je ne me suis jamais ennuyée. Enfin, à partir des années 1990, je veux dire. Avant, c'était dur. Au début de notre mariage, pour le bien de la carrière de Jean-Igor et sa bonne intégration, nous vivions dans des appartements de caserne au sein de garnisons, en Allemagne et un peu partout en France. Ce n'est que tardivement que Jean-Igor a quitté l'armée pour le privé. Vers quarante ans, il est entré chez Lotus. Il ne s'agace plus des gens qui confondent Lotus le papier hygiénique avec Lotus les produits presque artisanaux. Il y a des envieux partout, comme dit souvent Jean-Igor.

Internet a sans doute libéré de nombreuses femmes au

foyer comme moi. Dans le monde militaire, nous sommes encore nombreuses, mais à part dans cette... sphère socio-professionnelle, si je puis dire, je me considère, et beaucoup de mes congénères font de même, comme une espèce en voie de disparition. Et c'est heureux. Je n'aurais pas apprécié que l'une de mes trois filles ne travaille pas. C'est très important pour elles, pour leur génération, de travailler. Mais, j'y mets un point d'honneur, elles doivent aussi savoir tenir un intérieur, cuisiner et penser à tout. Quand je vois l'état de l'appartement de Marie-Victoria, je me demande tout de même si je n'ai pas loupé quelque chose. Un peu de relâchement vis-à-vis de la petite dernière à n'en pas douter.

Je me considère toujours comme une femme de militaire. Quelle souffrance cela a été de devoir tirer une croix sur la carrière de Jean-Igor. Il a retrouvé un très haut poste, c'est vrai, nous garantissant un train de vie très confortable, je ne vais pas dire le contraire. Mais tout de même. Cette discipline, ces valeurs, ces uniformes... ça me serre le cœur. Ça, c'était en 2007. Il y a dix ans déjà. En 1990, Jean-Igor a acheté le premier ordinateur pour la maison, et j'ai découvert Internet. Une sorte... d'amie. Ensuite, avec son évolution fulgurante, là, c'est devenu tout simplement formidable. Je me suis même essayée au téléchargement. J'ai revu des épisodes des séries de ma jeunesse, *Le Prisonnier*, *Amicalement vôtre*, *La croisière s'amuse*. Et puis j'ai commencé à suivre des séries. C'est palpitant, ce *Game of Thrones*, vraiment. Très inventif. Je sais bien que de nouveaux épisodes ont dû sortir, mais je n'ai plus trop le cœur à ça depuis que... depuis qu'il...

Enfin, je dois me ressaisir, Françoise de Beauregard a raison. Tout va rentrer dans l'ordre.

Chapitre 10

Max

— Jess a été vraiment très pénible. Elle a fait irruption en plein pendant une séance hyper-tendue. Tu vois le numéro dont elle est capable. Léna était sur un dos. Un paysage de forêt, uniquement des pins avec d'immenses troncs élancés, tu visualises ? Donc, Léna tatouait cette jeune femme particulièrement sensible. Je ne parle pas de son caractère mais de sa peau. Elle saigne énormément, et du coup Léna a dû diviser la séance en deux. La trentenaire à la peau sensible... Pauline, voilà, c'est son prénom, une prof de danse swing, je crois, hyper-jolie, coupe au carré, enfin, je vais te rendre très jalouse si je continue !

— N'essaye pas, tu sais que ça fonctionne très bien avec moi !

— Je plaisante. Donc, sa peau est tellement délicate qu'à chaque tracé il faut essuyer le sang. Ça ralentit vachement la cadence. Bref. Donc là-dessus Jess débarque.

— Il va bien, le chien moche ? Celui dont tu connais toujours pas le prénom, d'ailleurs ? Il s'appelle peut-être « chien » ?

— « Moche », c'est pas le terme, il a juste une tronche écrasée...

— Mais ça y est, tu l'as adopté !

— Te fous pas de moi, ma puce.

— Moi, j'aimerais bien qu'on ait un petit chat rayé.

— Emily ?

— J'ai rien dit, j'ai rien dit...

— Donc Jess débarque mais pour raconter un truc... sans aucune importance. Le truc pas du tout urgent qu'elle aurait très bien pu nous dire plus tard. Je crois que c'était une histoire de T-shirt... tu sais pour le Salon, ils veulent que tous les exposants portent un T-shirt « Salon du Tatouage. Lyon. First edition » pour qu'on soit identifiables. Un truc noir, sobre, palpitant, quoi.

— Elle a un nouveau mec ?

— Comment t'as deviné ?

— Maxou, à force de passer du temps à ton contact, je développe les mêmes compétences que toi.

— Vu ta façon de dessiner, crois-moi, le tatouage, c'est pas pour tout de suite.

— Tu oublies que je suis AUSSI au contact d'enfants de cinq ans à qui je fais faire des gribouillages savants tout en essayant de comprendre pourquoi ils ne prononcent aucune voyelle ou emploient le mot « boulouch » à la place de « bonjour » !

— Tout s'explique... mais bref, bien vu ; elle a un nouveau mec. En fait, elle était euphorique toute la journée, d'où le grand débarquement avec la danseuse, ou son espèce de zèle absolument insupportable. Tu sais le rendez-vous avec Laurie, la dermato ? Dis-toi qu'elle me l'a rappelé CINQ fois, CINQ !

— Oula en effet... elle est sous le charme. Au fait, ça avance, justement, ton Grand Projet secret avec un G et un P majuscules ?

— J'attends encore un dernier rendez-vous avec la

chimiste et je te raconte tout. Ce que je peux te révéler, et uniquement parce qu'on a signé un contrat de confiance...

— ... De mariage.

— Oui, c'est bien ce que je disais. Donc : nous touchons au but. Si tout continue de fonctionner, je vais pouvoir présenter le projet peu de temps après le Salon du tatouage lyonnais.

— C'est génial ! Au fait, en parlant de but à atteindre, quand est-ce que tu me prépares un menu raffiné entrée-plat-dessert ?

Emily a une façon très à elle de faire des demandes détournées. Sa dernière phrase doit être entendue comme une tout autre question : « Pourquoi tu ne me racontes pas le déroulé complet de ton atelier de cuisine numéro 2 alors que je suis certaine que c'est le meilleur cadeau que je t'aie fait, et que tu dois t'éclater comme une malade ? » Chez une autre personne, je trouverais ce trait de caractère détestable. Pourquoi ne pas me demander simplement comment était le cours ? Mais chez ma femme, je trouve ça désarmant. Donc comme je sais que rien ne peut lui faire plus plaisir, je lui fais revivre mon fameux deuxième travail d'Hercule à La Popotte des potes. Ceci dit, j'exagère, je commence à lui avouer, et ce n'est pas loin d'être vrai, qu'après une journée passée à supporter Jess en grosse montée de libido, me retrouver à suivre l'enseignement d'un maniaque de la sape (j'ai cru mourir en le découvrant dans un pantalon cigarette en vichy rose) qui ne parle que de casseroles, c'est presque reposant.

Je retrouve les mêmes visages que la dernière fois, et le prof annonce immédiatement à quelle sauce nous allons être mangés. J'ai horreur des sushis. C'est Léna qui m'a transmis son aversion pour ce met pseudo-sain et enchanteur. Un jour, elle m'a ouvert les yeux en me disant : « Ils sont l'incarnation parfaite du rêve d'un *serial killer* japonais pour qui le summum de l'orgasme culinaire, c'est un putain de doigt de riz avec une tranche parfaite de poisson cru par-dessus. Rien ne dépasse, c'est neutre et bien ordonné. Le cauchemar. » Au regard inquiet d'Emily, je vois que cette entrée en matière dépréciative est un peu longue et je passe aux points positifs... En fait, c'était assez jouissif à préparer. En témoignent d'ailleurs (et à cette annonce je vois le visage de ma femme s'éclairer) les six sushis reproduits suivant une recette originale de notre professeur, qui patientent dans un tup au frigo. Pour la partie expérience sociologique, les choses se corsent.

Le cadre sup dynamique a tenté un rapprochement. Il m'a demandé, confiant, si ça faisait plaisir à mon petit mari que je lui rapporte de bons plats cuisinés le soir. Puis il s'est lancé dans une tirade sur l'aptitude naturelle de la femme en cuisine, aptitude qu'il avait personnellement observée et qui lui faisait penser que, définitivement, en dépit de tous les changements de notre ère moderne et décadente dans les rapports hommes-femmes, certaines choses relevaient de l'ordre naturel du vivant.

Je lui ai répondu, un grand sourire aux lèvres, que ma petite femme était très satisfaite, et qu'en tant que mauvaise cuisinière naturelle, je me passais bien de ses analyses à la mords-moi-le-nœud. Emily me fait les gros yeux ; pour elle, ce n'est qu'un petit cadre dynamique innocent, tâchant juste de sympathiser, et je ne suis pas obligée de chercher à le remettre dans ses buts à la moindre bêtise. Je passe donc à mon préféré. Michel Wherlin est absolument touchant. Le carnet à dessin qui dépassait de son sac a piqué ma curiosité. Il a montré ses aquarelles, et tout le monde est venu le complimenter sur ses paysages. Des montagnes et des collines uniquement, mais avec un traitement de la couleur surprenant. « C'est parce que je vois mal, a-t-il dit. Alors je me trompe dans les couleurs, mais on m'a dit que c'était bien comme ça. » Effectivement, des feux d'artifice de rouge, jaune, rose, beaucoup de rose. A priori pas adaptés pour des paysages de montagnes, mais en fait renversants ! Boris a qualifié son travail d'appétissant, c'est dire que ce type est quand même obtus... Ensuite, je décris bien évidemment le costume en lin de Marlon Brando (en même temps, quand on s'appelle Wolfgang, on a un rang à tenir), très élégant, et l'humour caustique, presque anglais, de l'aristo, Philippe. J'ai appris au détour d'une tranche de saumon qu'il habite sur une vedette, pardon, une péniche, la moitié de l'année. Sur les quais de Saône, pas loin du quartier Confluence.

— Et la bourge un peu coincée ?

— Je te gardais bien entendu le meilleur pour la fin.

Il faut dire qu'elle est l'élément du groupe qui me captive le plus. Emily me connaît, les espèces en voie de disparition me fascinent. J'ai compris à une réponse adressée à notre prof qu'elle est femme au foyer et, pire, femme d'un mec qui a dû être militaire. À part notre marin d'eau douce, qui doit faire partie de l'espèce qu'elle fréquente habituellement, je suppose que nous constituons pour elle une faune originale, bien loin de ses valeurs et encore plus de son éducation. Elle n'est pas tout à fait conforme à ce que j'appelle les « Cyrillus ». Non, son carré est strict mais relativement moderne, je crois que je peux oser le terme. Ce n'est que la deuxième fois que je la vois mais je n'ai pas relevé d'inclination pour les serre-têtes ou les foulards Hermès, pas plus que pour les pantacourts et les cols Claudine avec gilets boutonnés. Cependant, je note la présence systématique du collier de perles, assorti d'une chaîne discrète que je devine être un bijou de baptême. Elle porte une alliance et une bague de fiançailles, ce genre de marguerites avec pétales en diamants dont je n'ai jamais compris l'esthétique. Comme lors du premier cours — j'ai raconté l'épisode à Emily bien sûr —, j'ai parfois la sensation qu'elle est au bord des larmes, sur le point de craquer nerveusement.

Elle parle très peu et obéit docilement à tous les ordres que donne l'autre malade, même quand ils sont idiots. Genre, « repartir sur des bases saines avec le thon », pour reprendre son expression, c'est complètement con, mais il faut croire que Marie-Chantal, elle, trouve un sens au fait de recouper quinze fois du poisson pour obtenir un rectangle parfait à bordures lisses. Boris nous ayant demandé de reprendre les mêmes places que la dernière fois, elle était ma voisine de gauche donc j'avais une magnifique vue sur son profil — nez un peu fort, avec une petite bosse à sa naissance et nombreuses taches de rousseur sur le visage.

— Et elle a un accent ?

— « Un accent » ?

— Ouais, un accent bourge, quoi ? Genre Valérie Lemercier !

— Nan, mais Emily, Valérie Lemercier ne parle pas comme ça en vrai, elle imite un accent.

— Je sais bien, je sais bien, mais, justement, ça doit être passionnant de rencontrer quelqu'un qui parle comme ça dans la vraie vie !

Ça, je pense que c'est la déformation professionnelle : ma femme est passionnée par les accents et tics dans la façon de poser la voix. Par exemple, à notre époque, une personne saine d'esprit n'aime pas Canteloup ou Laurent Gerra. Elle, si. C'est une des rares choses qui nous divisent.

— Et tu es sûre à 100 % qu'elle est femme au foyer ? Parce que, moi, si j'étais femme au foyer, je crois pas que je viendrais à un cours en fin de journée. Au contraire, tu vois, j'en profiterais pour aller au ciné à 16 heures, et les ateliers, je me les mettrais vers 14 ou 15 heures, ou alors le matin. Euh non, attends, déjà pour commencer le matin je dors et j'émerge vers 11 h 30-35...

— ... Emily ? Tu tiens vraiment à partager avec

moi ton emploi du temps imaginaire de femme au foyer parfaite ? Parce qu'à mon avis, tu n'y es pas du tout.

— C'est-à-dire ?

— Je pense que tu deviens femme au foyer parce que ton mari te fait miroiter que c'est pour le bien de tous. Monsieur ramène le pèze, et toi en échange tu fais ton taf à la maison : machine, cuisine, éducation des gosses, tu gères ton foyer à l'ancienne, quoi. C'est ça ton boulot. Et l'arnaque, parce que je suis quand même persuadée que, pour une femme de sa génération en plus...

— Ouais, c'est vrai ça, tu m'as pas dit ? Tu lui donnes quel âge ?

— La petite cinquantaine, je pense. Ouais, t'es d'accord ? C'est plus rare à cette génération. Dix ans de plus que nous en gros... Donc l'arnaque, c'est qu'à un moment donné ton mari et ton éducation, ton milieu si tu préfères, te conditionnent pour que tu trouves cette situation idéale. Sauf qu'à un moment, ça pète.

— Quand les enfants quittent la maison, tu veux dire ?

— Oui, à commencer par là. Tout d'un coup, si t'as conçu ta vie de femme au foyer avant tout comme une vie de mère, tu dois flipper. Mais il y a d'autres facteurs, j'en suis certaine. Par exemple, ton mec veut tout à coup de la femme active, de la *business woman*, il découvre que ça existe, et c'est le feu d'artifice...

— C'est horrible.

— Oui, j'imagine. En tout cas, je pense toujours ce que je t'ai dit après le premier atelier. Cette nana a peut-être les apparences de la femme au foyer parfaite mariée à un général ou je ne sais quoi, mais dans sa vie... quelque chose est en train de partir en couilles sévère. Je sens un truc pas net ; soit elle est en plein divorce, soit son mari est en train de mourir d'un cancer du gland.

— C'est horrible.

— J'ai l'impression que tu trouves beaucoup de choses

horribles ce soir, ma puce. Attends, je vais te raconter un truc qui va te faire rêver.

Et me voilà exposant à Emily les prémices des futures histoires torrides que je devine. Parce que notre Marie-Chantal se fait draguer sévère. Ou est sur le point de. Après tout, je ne la piste pas après les cours... De l'aristo ou du Marlon Brando, je ne sais pas qui passera à l'attaque en premier, mais la bourgeoisie lyonnaise a son petit charme... Ça doit être le mystère du collier de perles...

— Qu'est-ce qu'ils sont bons, tes sushis, Maxou !

Emily n'a pas pu résister. Elle attaque directement aux doigts mes pauvres créations.

— C'est quoi celui-là ? On dirait de l'œuf mayo sur du riz, c'est marrant !

— C'est censé être une mousseline de pois chiche, merlan et asperges blanches mais quelques détails ont dû m'échapper.

— Mais ils sont revisités, en fait, tes sushis, là ? C'est pas mal, hein, mais c'est pas comme dans les restos. Mais enfin bon, t'es douée, hein, ça, je le sens, t'es super douée !

Tant qu'elle exagérera à ce point, je saurai qu'elle m'aime encore.

— Au fait, m'interroge-t-elle la bouche pleine, il est comment, le nouveau mec de Jess ?

— Personne l'a encore vu, ma puce.

— Nan, mais je suis sûre qu'elle a dû glisser son nom des tonnes de fois dans la conversation, alors... Je sais pas, moi, t'as pas des indices ? Un trait de caractère un peu saillant ?

— Aventurier, je dirais.

— Ouhhhhh...

— Comment ça « ouhhhhh » ?

— L'aventurier. Je te le dis. Je le sens pas.

Chapitre 11

Marie-Victoria

Hier, je n'ai pas osé parler à Mam des problèmes d'Appo. D'abord, pour une fois, elle n'avait pas l'air trop mal, elle soupirait moins et avait vidé trois boîtes de Kleenex au lieu des cinq habituelles. Soit elle se ravitaille dans mon dos, soit, et je préfère cette hypothèse, elle va un peu mieux, ou du moins, elle entre dans une nouvelle phase. Ensuite, j'avais assez peur de sa réaction face à ma propre indignation. Certes, Mam a trois enfants, ce qui en fait déjà une paria aux yeux de sa belle-famille où toute génitrice qui se respecte est capable d'enfanter quatre à six fois. Mais allait-elle supporter d'apprendre que sa fille paniquait à l'idée de devoir multiplier sa progéniture actuelle par deux ? N'allez pas considérer que cela entrait dans la liste des devoirs conjugaux. S'ajoutant à la liste suivante : permettez à votre tendre époux un acte de rencontre charnel par semaine en moyenne haute, tous les quinze jours en moyenne basse, efforcez-vous d'intégrer un coup-surprise pendant les vacances d'hiver et d'été — vous pouvez faire l'impasse à la Toussaint, fête des morts oblige — pour vous assurer son bon équilibre et son calme à la maison. N'oubliez pas de toujours conserver au réfrigérateur les aliments qu'il affectionne tout particulièrement. Habillez-le et préparez-lui sa tenue la veille au soir. Ainsi, votre tendre époux ne perdra pas son temps — qui est précieux et qu'il emploie à gagner le tribut pour vous faire vivre, petite chanceuse, va ! — à des pensées futiles telles que : avec quelle couleur de chaussettes assortir ma pochette de veste ? Surtout, épargnez-lui tout tracas inutile. Si vous êtes déprimée, gardez-le pour vous. Si vous avez une petite peine, enfouissez-la bien profondément. Sourire, maîtrise de soi et refoulement sont les trois ingrédients du couple idéal.

Mais aujourd'hui que je vois Mam revenir de son deuxième atelier de cuisine avec un... entrain ?... j'exagère, un sourire aux lèvres, je me dis que c'est l'occasion de lui glisser un mot à propos de ma sœur. C'est le problème : à force de vouloir protéger ma mère en lui épargnant la peine et les soucis d'autrui, je risque de l'encourager à se centrer encore et toujours sur elle-même, et à se noyer dans ses problèmes de couple. Au départ, Appo et moi n'arrêtions pas d'engueuler Chaton parce qu'à chaque fois qu'elle appelait Mam ou lui envoyait un SMS, c'était pour lui parler de l'album souvenir de son « EVJF » — souvenirs douloureux, je ne préfère pas m'étendre —, de la teinte des dragées (pochette en tulle ET dragées elles-mêmes), faut-il ou non prendre la petite Artémis pour demoiselle d'honneur alors qu'on sait tous que cette gosse a un gros problème comportemental — demoiselle d'honneur au mariage d'une cousine germaine, elle a soigneusement brûlé les cheveux de la gamine de devant avec son lumignon. La petite salope. Tout ça parce que Bertille tenait le voile de la mariée et pas elle. Bon, bref, tout le monde lui est tombé dessus, sauf qu'à bien y réfléchir : Chaton avait raison ! Il faut lui sortir Dad de la tête, et tous les moyens sont bons. En parlant du loup, il m'a encore laissé un SMS. Monsieur veut déjeuner avec moi. J'ai hésité à lui répondre une vacherie mais j'ai préféré carrément m'abstenir. Il doit être tellement occupé à emmener la femme de sa vie dans tous les bleds de France qui comptent des hôtels de charme... je devrais sans doute me sentir flattée qu'il consente à me consacrer une heure ou deux de sa précieuse nouvelle vie. J'ai demandé à Chaton si Dad lui avait fait le même coup. Grosse gaffe parce qu'en fait, non, il ne lui a rien proposé du tout. Elle avait l'air terriblement blessée. Quel con. Il ne réalise même pas que sa numéro 2 est la seule à désirer le voir.

Mam se dirige droit vers mon minifrigo et s'apprête à y déposer un tupperware. Mon estomac ne tient plus, et je la supplie de me laisser y goûter tout de suite.

— C'est quoi ?

— Des moules en gelée.

— T'es pas sérieuse ?

Effectivement, elle ne l'est pas. Il s'agit de magnifiques et appétissants sushis revisités. Je suis doublement soulagée. Mam a fait de l'humour, et ça en un mois... C'est vraiment la première fois. On s'installe sur mes gros poufs pour manger. J'ai vu ça dans un film d'action avec Jennifer Lopez qui s'appelle *Ma nuit avec un psychopathe maniaco-dépressif*. Le film n'est pas un chef-d'œuvre, mais tous les conseils sont super adaptés pour gérer Mam. Donc, depuis qu'elle est là et qu'elle accepte à nouveau de manger autre chose que des Gerblé aux écorces d'orange avec 85 % de fibres, on mange au plus près du sol. Ça fait une transition avec le kilim et mon parquet. Passer à la table direct serait trop brutal. Donc, je sors des assiettes, des couverts, et je me jette sans vergogne sur mon dîner. Une bonne soirée commence, je vais me régaler. Il n'y a plus qu'à trouver le moment propice pour parler à ma mère du petit problème de sa fille aînée. Faut pas tarder non plus avant que l'autre forcené ne lui injecte du sperme dans son Earl Grey. Je le crois capable de tout, le Hubert.

— Il t'a déjà proposé de sortir avec lui, le jeune homme du cinéma ?

Je manque d'avaler de travers mon deuxième sushi.

— Mam ? Ça va pas la tête ? Honnêtement, j'allais limite manger un sushi au caviar là, et à cause de toi je viens de l'avaler tout rond !

— C'était du riz à l'encre de seiche et du maquereau à la truffe.

— Oui, bon, merci pour la précision, mais Mam, sérieusement ? Tu veux ma mort ou quoi ?

— J'ai quand même eu l'impression que tu lui plaisais beaucoup, tu sais ?

— Peut-être, enfin non, ça m'étonnerait. Et puis je m'occupe pas de ça.

— De savoir si tu lui plais ou non ?

— Mais non, Mam, je m'occupe pas des mecs, euh, des hommes, tu vois ?

— Tu es sûre ? Tu sais, tu es à un âge où...

— Comment ça, je « suis sûre » ? On ne peut plus sûre. Ça va, on a vu à l'œuvre cette espèce de malfrats, on sait où ça mène. Entre l'autre qui fait des tableaux pour recenser les ronds de serviettes de son putain de futur mariage, la machine à reproduire et, le plus beau specimen, Dad qui se barre comme un bâtard genre « j'ai le démon de minuit à cinquante piges », c'est tellement original ! Ça va, franchement. Crois-moi, je suis bien bien, mais alors bien bien sûre de moi.

Oups. Je me suis encore lâchée. Je sens que la moyenne Kleenex va refaire un bond. Et meeeerde... elle va se mettre à pleurer... Oh non, c'est pas vrai...

— Je suis désolée, ma chérie, je suis vraiment désolée, je ne voulais pas te vexer mais...

Elle se mouche dans une serviette en papier Monop' imprimée chat jouant avec sa mignonne pelote. Preuve qu'elle touche le fond.

— ... Mais je ne voudrais pas que tu crois ça à cause

de moi, tu comprends ? Je ne voudrais pas que tu trouves tous les hommes médiocres à cause de moi... Je...

La tournure que prend cette conservation ne me convient pas du tout.

— ... ton père est un homme bien, tu sais !

— *Était*, Mam. *Était.* Tu vas quand même pas te mettre à l'encenser, non ? Je veux dire, qu'on crache pas sur l'homme avec lequel on a vécu trop, euh, autant de temps, je veux bien, je peux comprendre. Mais faut pas être maso non plus ! Bientôt tu vas nous expliquer que c'est ta faute s'il t'a quittée ? Ou tu vas aller lui demander pardon de ne pas avoir fait sa valise toi-même ? Il aurait pu partir plus tôt comme ça, hein ! L'esprit léger ! Il n'aurait pas eu à checker qu'il avait bien emporté assez de slips pour tenir un siège avec l'autre pétasse !

Et voilà. Merde. J'ai déclenché un tsunami de larmes. Tout ce que je déteste. Je dois calmer Mam, du mieux que je peux. Les salto émotionnels, là, ça me crispe. Je tente un joker.

— Tu... tu veux le dernier sushi ?

— C'est gentil, non merci, prends-le.

— Vache ? De la viande crue ? Carrément ! Fallait oser quand même le sushi carpaccio ! L'association de ouf ! Mais... c'est toi qui a coupé la viande aussi fine ? C'est impressionnant, Mam, on dirait du papier à cigarettes !

— Je... je me suis fait aider, ajoute-t-elle en s'attaquant cette fois à *ma* serviette en papier.

— C'est le prof qui l'a découpé pour toi, tu veux dire ?

— Non, c'est Wolfgang.

Je me lève et me précipite dans la salle du bains à la recherche d'un paquet de mouchoirs. À ce rythme elle va perdre le peu de dignité qui lui reste et se moucher dans sa chemise Inès de la Fressange. De retour sur mon pouf, j'essaye d'être le plus innocente possible tout en tentant de lui soutirer un maximum d'informations. Pas vraiment dans mes compétences.

— Ah, pardon Mam, c'est que tu m'as parlé du prof qui a l'air bien taré, de sa maniaquerie des couteaux !

— Oui, il nous a fait un laïus de dix minutes sur les vertus d'un couteau bien aiguisé et pertinent, dit-elle en se tamponnant délicatement les narines avec un trois épaisseurs.

— C'est quoi un couteau pertinent ?

— Eh bien, un couteau qui a un usage précis et qu'on utilise uniquement...

— ... OK, OK Mam, j'ai compris. Tu m'as déjà parlé du prof mais pas des autres élèves... Hum ?

Et là je vous assure, je ne rêve pas, il est fugace mais il est bien là. Un sourire.

— Eh bien, il y a un jeune de l'âge de ta sœur, de Chaton, je veux dire. Très propre sur lui. Il a un gros poste dans...

— ... Mam, c'est flippant, tu parles vraiment comme Mamy !

— Il y a (gros reniflement) un vieux monsieur très bien, bon, la seule chose, c'est qu'il est protestant, tu sais comment ils sont...

— Non, je ne sais pas, Mam.

— Une jeune femme, enfin, elle a une coupe très spéciale avec une partie rasée et une grosse mèche de cheveux bruns sur le dessus, tu vois, comme ça (reniflement de moyenne intensité doublé d'une imitation capillaire peu convaincante). Écoute, elle est très mauvais genre, elle est couverte de marquages.

— De tatouages, tu veux dire ?

— C'est ça. Une vraie peinture rupestre ! C'est terrible, à cet âge... alors qu'elle a vraiment une belle silhouette et de jolis traits. Toutes ces jeunes femmes se bousillent... elles se bousillent, je te dis ! Et je me demande si elle ne serait pas... tu vois ce que je veux dire ?

— Bon, Mam, non, je ne vois pas, je ne vois toujours

pas : on avance, on avance, t'as passé tout le monde en revue là, t'es sûre ?

Mam se mouche une dernière fois, se lève pour aller jeter son tableau de chasse (deux serviettes de table et six Kleenex, belle prise), va se laver les mains dans la salle de bains, revient, me demande avec un air très tendre si je veux un petit dessert... et c'est là que je comprends. Qu'elle me mène en bateau, la fourbe.

— Je veux bien un Mamie Nova rhubarbe s'il te plaît.

— Tu... tu n'achètes plus de Yoplait ?

— Enfin Mam ! C'est pas parce que t'as une fille qui bosse chez Yoplait qu'on est toutes condamnées à manger des paniers aux fraises avec morceaux ! Merde à la fin !

J'ouvre sèchement deux de mes superyaourts rhubarbe bien crémeux, j'impose mes choix de courses, et voilà. Vu l'œil étincelant de ma mère à la première cuillerée, je sais qu'elle aussi assumera bientôt de passer à la concurrence. On dira rien à Appo et voilà tout.

— Mam ? T'essayes de te défiler là, en fait ?

— Marie-Victoria, mais qu'est-ce que tu veux dire ? Oh ! ma chérie, tu entends ? On sonne !

Mam manque de se vautrer sur son pouf, se précipite sur l'Interphone avant de se tourner vers moi avec cet air conquérant bizarre qu'elle prend toujours quand elle répond au téléphone ou à l'Interphone.

— C'est ta sœur.

Réponse qui m'a toujours paru du plus haut comique, quand on sait qu'elle est plutôt bien placée pour savoir que j'en ai deux...

Chaton apparaît.

— Coucou Mam, salut Vic ! Je suis terriblement désolée d'être en retard, Eugène m'a fait remarquer à raison qu'on n'avait pas pensé à créer des timbres personnalisés pour les faire-part alors il m'a fait toute une sélection de sites et...

— Euh... Chaton ? En retard pour quoi ?

— Ben, la réunion ! Mam ! On va te préparer un CV d'enfer, tout le monde va s'arracher ta candidature, tu vas voir !

— Chaton... c'est demain soir la réunion.

— Vous allez me préparer un CV ? Mais enfin, les filles, pourquoi je... enfin, vous savez bien que je n'ai jamais...

— Jamais travaillé, Mam, oui, on sait, mais t'inquiète, apparemment on est dans une société où la reconversion est possible.

— Enfin là, Vic, il me semble difficile de parler de reconversion professionnelle justement, étant donné que Mam n'a rien fait auparavant qui...

— Je t'arrête tout de suite, ma petite Marie-Quitterie. Je n'ai pas travaillé, certes, mais je n'ai certainement pas « rien fait » ! Je vous rappelle que j'ai élevé trois enfants, j'ai pris en charge votre éducation, et quand votre père était en opération, je...

La distance de sécurité qui me sépare de ma sœur m'empêche de lui foutre un bon coup de pied dans le mollet. C'est la pire coach de vie de la Terre.

— On sait tout ça, Mam, c'est juste Chaton qui aime trouver les bons termes, son amour de la langue française est sans bornes, elle est prof, tu te souviens ?

Ne perdant rien de ses habitudes d'hôtesse parfaite, Mam se ressaisit et invite ma sœur à prendre place sur l'un des poufs.

— Mais, attends ? Vous mangez des Mamie Nova ? Je croyais qu'y avait que moi ! J'osais le dire à personne !

On glousse un peu toutes les trois. Chaton montre à notre mère la photo d'elle et Eugène sélectionnée pour le timbre des mariés — je suis sûre que Mam est comme moi, c'est-à-dire qu'elle ne distingue à peu près rien sur un foutu timbre de cinq millimètres de côté, sauf qu'elle hoche la tête avec une telle conviction que Chaton a l'air transportée de bonheur.

— Mais ça marche, l'idée de Mamy ? Je veux dire...

sans vouloir te choquer Mam… tu rencontres des… ? Tu vois ce que je veux dire ?

Elle vient de ruiner toute ma stratégie. Je mets un dîner complet à sécher ses larmes, je vois carrément un film avec J.Lo pour déchiffrer et anticiper les mécanismes de son cerveau, je me tue à la détendre un peu, et Chaton, avec sa manie de poser systématiquement LA question qu'il fallait éviter, gâche tout.

— Peut-être que ce n'était pas une mauvaise idée.

Nos yeux se braquent sur le visage de Mam, paupières baissées, voix quasi inaudible. Au bout d'un silence d'au moins deux minutes qui se veut probablement pudique et réfléchi, elle murmure enfin :

— Je crois que j'ai un petit rendez-vous.

Rescue Mam

Marie-Victoria

Mot d'ordre officiel : Conseil d'orientation professionnelle pour Mam. Non officiel : C'est qui ce Wolfgang ? ? ? Trouver des infos et vite ! !

ParticipantES : Mamy et les trois grâces + Mam en *guest star*.

Cheffe : *no comment.*

Rédactrice : le cerveau de la bande. *Guess who ?*

— Il faut le suivre, le prendre en filature.

— Mamy ! Parle moins fort, Mam va t'entendre !

Nous sommes retranchées dans la cuisine miniature où je vérifie la cuisson des deux tartes chèvre-épinards Picard (je n'ai pas hérité des talents de cuisinière prétendument inscrits dans nos gènes familiaux). Évidemment, Chaton s'est empressée hier d'annoncer aux filles la nouvelle la plus excitante de ces dernières semaines.

— À tous les coups, il est allemand, déclare Mamy. Ou alors autrichien ? Des gens sérieux, les Autrichiens. Un peu carrés peut-être. Ils aiment bien respecter les règles. Comme des Suisses mais en pire. Non, en fait, ça n'ira pas pour Aliénor, il lui faut quelqu'un d'un peu fun, tu n'es pas d'accord ?

Mam est dans le salon avec Chaton et Appo, allongées sur le canapé-lit que j'ai encore eu la flemme de replier. Je me suis fait charrier à propos de mon installation « rideau baldaquin de fortune ». Mes sœurs ne respectent rien. Mam affiche un demi-sourire concentré pendant que ses deux aînées s'acharnent sur la rédaction d'un CV et d'une lettre de motivation. Personne n'a encore osé poser de question frontale, résultat, j'ai été harcelée toute la nuit d'hier par SMS.

Il est du genre BCBG ou Bobo ? (Appo)

Il a une bonne situation ? (Mamy)

Tu es sûre qu'il est français ? (Mamy)

C'est quoi son nom de famille ? (Mamy)

Ya pas qqun de célèbre qui s'appelle comme ça ? (Chaton)

Évidemment j'ai tout autant envie qu'elles de savoir qui est cet individu, de vérifier si ses intentions sont louables (enfin, il s'agit tout de même de ma mère, je n'ai pas non plus envie d'en savoir trop…), de quelle nature est ce futur rendez-vous. Mais plutôt que de me mouiller en première, je compte sur l'indiscrétion et l'impatience de Mamy ou de l'une de mes sœurs pour satisfaire ma curiosité. Et, depuis hier, je suis assez refroidie sur mon impulsivité.

Qu'est-ce qui m'a pris de lui répondre ? Insomnie ? Fatigue ? Coup de folie ? Probablement un mélange des trois. Envie de sortir avec un mec inoffensif, a priori gentil quoiqu'un peu bizarre, juste pour voir ? Je suis assez grande pour assumer une sortie sympa sans lendemain ou un coup d'un soir… Je l'ai déjà fait mais je m'en passe aisément. Là, il doit bien avoir autre chose qui motive ma réponse mais je sèche, je ne trouve pas quoi.

Ce garçon est tellement aux antipodes non pas de mon genre, car je ne suis pas sûre d'en avoir un, mais de ce qui est susceptible de me séduire un tant soit peu. Entre le jogging-casquette, la taille microbe et les expressions non répertoriées... Non, honnêtement, son capital glamour est inexistant. Reste qu'hier, il devait être 4 heures du mat, et je me suis dit que ça ne me coûtait pas grand-chose de lui écrire un SMS. Sa démarche consistant à m'envoyer son numéro avait au moins ceci d'élégant que ça ne m'obligeait à rien. Ça laissait juste une porte ouverte. Et nous pouvions très bien sortir en tout bien tout honneur. Ça me donnerait l'occasion d'élargir un peu mon cercle de connaissances. Je ne suis jamais sortie avec un Maghrébin après tout. Amicalement parlant, je veux dire. Le plus exotique que j'aie fait, c'était Luis, un Espagnol. Il avait le dos tellement poilu que j'ai cru défaillir quand il s'est déshabillé. À côté de ça, mes demi-jambes, c'est le désert de Gobi. Oui, d'ailleurs il faut que je songe à retourner faire un tour chez Body M...

— ÇA SENT LE BRÛLÉ ! ! !

— Oui, merci Mam, on s'en occupe ! Mamy, tu m'avais dit que je pouvais te faire confiance pour le temps de cuisson, t'abuses !

— C'est à cause de ton four, ma chérie, regarde ! La vitre est bizarre, on dirait que la pâte est jaune alors qu'en fait elle est noire !

Dix minutes et un paquet de *penne rigate* plus tard, le canapé-lit supporte le poids de cinq gazelles. La conversation est toujours complètement *business*.

— Mam, t'es d'accord, dans « compétences », on met rigueur en premier ?

— Appo, tu sais que Mam utilise super bien l'ordi ? Sans déconner, hein ! Je l'ai vue faire, c'est ma coloc après tout !

— On ne devait pas manger une tarte ? Pourquoi j'ai des pâtes dans mon assiette, moi ?

Heureusement Chaton a le don pour nous écarter des conversations métaphysiques... Mam manque de défaillir quand je donne l'autorisation officielle de manger les pâtes sur le lit. Son sens de la bienséance va décidément trop loin. C'est tentant de la rudoyer un peu. En fait, ça donne envie de crier : « Ouais, les filles, ce soir c'est dîner barbouillage, vous avez le droit de foutre de la sauce pesto sur les taies d'oreillers si ça vous chante, et de parsemer les draps avec des *pene rigate* prémachées ! » Mais ça serait assez sadique.

Comme c'est moi la caution RH (junior), on me demande conseil pour lister les personnes ou établissements auxquels remettre le CV et la lettre de Mam. Chaton et Appo ont opté pour une rédaction façon « confession intime » pour le modèle de lettre type, qu'on fera évoluer en fonction des cibles. Il est convenu que nous allons poster la candidature spontanée de Mam à l'attention des musées de Lyon, du service culturel de la mairie, des boutiques mode un peu luxe et des enseignes déco prestigieuses.

— Mam, je te vois tellement vendre des écharpes en fil d'Écosse aux Galeries Lafayette ! (Appo)

— Grave ! ! ! Ou des parfums sur mesure ! (Moi)

— Tu es formidable, Aliénor ! Tu es très intelligente, je pense même que tu es plus intelligente que Jean-Igor, je l'ai toujours pensé ! (Mamy)

— Mamy, t'es hors sujet, là ! (Chaton)

— Pour une fois que ce n'est pas toi, ma petite chérie ! (Mamy)

Je suis obligée d'aller chercher le dessert pour éviter que la conversation ne dégénère davantage. On est toutes d'accord sur le fait que Dad se comporte comme un gros con, mais ce n'est vraiment pas le moment de comparer son QI avec celui de Mam.

Au moment où j'apporte cinq mugs de tisane « nuit

tranquille » accompagnées de chocolat fleur de sel (je ne sais pas cuisiner, mais je sais accompagner), Chaton pose enfin la question que nous attendions toutes :

— Alors ? Il cuisine bien, Vladimir ?

Mam la reprend doctement sur l'importance de ne pas se tromper de prénom surtout quand ils sont, je cite, « quand même très connotés ».

Bon, ceci dit, à un détail près, ma sœur a visé juste, puisque Mam accepte de se livrer un peu...

Elle raconte que Wolfgang était son binôme lors de l'atelier consacré aux sushis revisités. Ce n'est pas elle qui a choisi, c'est leur prof qui les a placés ainsi. Ledit Wolfgang l'a aidée à couper de la viande (entrée en matière de fou furieux) et, tout en tranchant le plus finement possible la pièce de bœuf, a demandé d'un ton très innocent (je cite Mam) si par hasard cela l'intéresserait éventuellement (le mec qui prend tellement de pincettes !) de l'accompagner pour une séance des assises de la traduction à la Villa Gillet.

Nous tombons légèrement des nues. Parce que la Villa Gillet, c'est super beau, mais dans le genre « proposition pour te faire atteindre l'orgasme par la pensée », rencontrer des traducteurs croulants assis sur des sièges inconfortables en bouffant des petits-fours décongelés... On a vu plus efficace.

— Mam, pourquoi il te propose ce lieu à ton avis ? demande prudemment Appo.

— Eh bien, il est traducteur, du français vers l'allemand, il me l'a dit lors de notre rencontre au premier cours. Je lui ai dit que je trouvais cela formidable ! Alors il a dû penser que cela allait m'intéresser.

— OK, donc genre c'est purement culturel ?

— C'est-à-dire, Marie-Appoline ? Je ne comprends pas le sens de ta question ?

— Mam, fais pas ta sainte-nitouche ! On te demande

pas si t'es intéressée par les assises de la traduction, on te demande si ce type est intéressé, quoi ?

— Marie-Victoria, je ne suis pas ta camarade de classe !

— Ouais, pardon, j'aurais dû te poser la question par SMS.

J'ai le droit à un « Vic ! ! ! » crié par quatre âmes scandalisées par mon insolence, sans doute parce qu'elles pensent que je fais allusion à l'autre débile. Essayez de vous exprimer librement quand vous êtes la petite dernière, franchement ! Je vis entourée de censeurs.

Mam reprend d'une voix apaisée :

— Mes chéries, ne vous angoissez pas pour moi. Je suis ravie d'avoir un petit rendez-vous culturel. Rien de plus. Cela va m'obliger à me faire chic, à me changer les idées. Mais je ne cherche pas un mari. Votre père est tout pour moi. Il n'y a personne d'autre. (Murmure de protestations dans la salle.) Et il va revenir. Il va revenir, même s'il doit prendre un peu de temps pour le comprendre, c'est la meilleure chose à faire. Il ne peut pas faire une chose pareille.

Et merde. Retour à la case départ.

Il reste un long chemin à parcourir pour faire comprendre à Mam qu'elle existe en tant que personne indépendante et non seulement comme objet de son mari. Qu'elle peut survivre sans lui (la preuve). Qu'elle peut survivre à son divorce. Que Dad n'est pas son horizon. Sauf que c'est un peu comme essayer de convaincre Mamy d'aller à la messe tous les dimanches. C'est envisageable mais il faut vraiment ruser. Quand j'étais au collège, les parents sont allés jusqu'à lui faire croire que la messe de minuit serait filmée pour TF1. Elle a choisi un décolleté en conséquence et nous a accompagnés avec un entrain sincère. Mamy a toujours rêvé de passer au JT. Elle pense que c'est la consécration. Pour autant, elle n'est pas prête à fabriquer le plus gros cookie du monde ni à commettre un acte répréhensible (quoique...). Bien sûr, elle a détesté constater être tombée dans le panneau et en a voulu aux parents. Bon, sauf qu'à cette fameuse messe du 24 décembre, elle a rencontré, direct *in* Saint-Joseph-des-Brotteaux, Jacques, son « attentif ». Comprendre : l'homme avec qui elle passe beaucoup, beaucoup de temps. Voilà, je retrouve le fil de ma pensée. Il faut que j'explique à la bande que, si on doit faire croire à Mam que les assises de la traduction, c'est le festival de Cannes, il FAUT le faire. Si on doit lui faire croire que la Villa Gillet est recommandée par *ELLE* à Lyon, *idem.* On doit réussir à la sortir un peu de ses habitudes pour créer la possibilité d'une rencontre.

Appo va probablement me traiter de cynique qui ne sait pas voir la magie de la vie quand je vais lui exposer ma théorie, mais elle aura tort. Je vois bien qu'il se passe parfois des choses imprévues et positives. Sauf que la magie, faut lui donner un petit coup de main de temps en temps.

Bilan de la séance :

Cher Wolfgang, on compte sur toi pour changer les idées de notre mère. Et t'as pas intérêt à lui montrer ta collection d'estampes trop vite. Sinon, sache que nous sommes quatre furies prêtes à venir régler ton sort, verstehen ?

Chapitre 12

Marie-Victoria

Elle mourut dans d'atroces souffrances dès le retrait de la première bandelette.

Je ne sais pas ce qui m'a pris. Enfin si, je sais pertinemment ce qui m'a pris justement. Je suis rentrée avec l'intention de m'épiler les aisselles et les demi-jambes, et voilà que la manager me propose : « Tant qu'à y être, vous voulez pas faire une complète ? » Je connais la galette complète, mais son équivalent en poils, non. Et maintenant que je me retrouve sous les mains de Khadi la délicate, qui a préféré conserver son Malabar rose dans la bouche, je m'en veux. Ma propre stupidité me désole.

— Va être content votre bonhomme !

— Je n'ai pas de petit ami.

— Ah ouais, c'est vrai, vous l'avez dit la dernière fois, je me rappelle trop ! C'est juste que j'y crois pas, quoi, franchement vous êtes pas un thon, y a des trucs pas logiques dans la vie. Je suis révoltée.

— « Révoltée », là, en ce moment même ? Alors que vous vous apprêtez à me...

— Nan, vous inquiétez pas, mademoiselle, y a pas de souci. Ça, c'est mental. Moi je suis professionnelle, ça veut dire que le mental et mon activité pro, c'est vraiment deux choses séparées.

— Là, je respire, merci.

— Ben non, au contraire je vous conseille de pas respirer quand j'enlève celles des côtés, OK ? Vous allez voir, ça atténue grave la douleur.

La douleur, justement, je ne suis pas sûre que Khadi ait envie de me l'épargner.

— Vous voulez pas faire un sexy échancré ?

— Pardon ?

— Nan, parce que, moi, le côté « simple défrichage », j'veux bien, mais sincèrement on s'épilait comme ça y a, je sais pas moi, loooooongtemps, genre... les années 1980, quoi ? Vous voyez ? Moi je pense que Grace Jones elle s'épilait comme ça. Elle gardait la masse de t... euh, de poils, pardon. Mais vous là, faut vivre avec votre temps !

— Ah... euh... Alors d'accord. Va pour le sexy échancré.

Et voilà, je succombe une fois de plus aux promesses des Temps modernes.

— Franchement, c'est le jour et la nuit, je dis ça, je juge pas, hein ? Mais faut reconnaître que c'est frais, là ! Enfin, c'est encore un peu rouge, mais d'ici deux heures, ça sera trop parfait.

— Euh... merci, c'est fini ?

— Pour le maillot, ouais. Mais vous avez demandé une complète ? C'est marqué sur votre fiche. Allez, vous inquiétez pas ; ça va aller vite.

Pour me détendre, enfin, je pars du principe qu'elle le fait dans ce but, Khadi me raconte des anecdotes de ses clientes « les plus chelous ». Je prie pour ne pas venir gonfler le palmarès.

La femme qui rentre, se déshabille, s'installe, et repart à chaque fois toujours aussi velue parce qu'elle craint d'être allergique au gluten de la cire.

Celle qui veut chaque fois garder ses poils dans un sac congélation. « Honnêtement, je sais pas ce qu'elle trafique avec, mais ça me fait flipper. Si ça se trouve, c'est un truc de psychopathe. »

Celle qui demande des formes, et là Khadi manque de s'étrangler avec son chewing-gum : « Mais pas des cœurs genre pour la Saint-Valentin, ça je dis pas, moi-même j'le fais, c'est normal. Là je vous parle de la meuf qui veut carrément ressortir avec la t... pardon, enfin vous voyez, en forme de baleine, de chat ou de poisson ! Genre, elle croit quoi ? Que je vais lui faire des pochoirs animaux de la jungle aussi ? »

Son hilarité manque probablement de faire fuir d'effroi la cliente de la cabine d'à côté parce que la gérante débarque en trombe, sans même frapper.

— Euh, Khadi, vous maîtrisez un peu votre émotionnalité s'il vous plaît ? Déborah s'occupe de la femme du maire à côté, elle mène une vie très stressante, là, elle a besoin d'un peu de calme. Je compte sur vous pour instaurer une ambiance sereine dans votre cabine, c'est d'accord ? Et on accélère un peu, vous avez une jambe entière qui attend à l'accueil et elle a un séminaire qui commence dans une demi-heure.

— Y a pas de souci, Samsara.

Mais dès que la gérante sort de la pièce, Khadi m'interroge (enfin, je pense que c'est rhétorique), offusquée :

— Sérieux, la femme du maire ? On est à Lyon, hein ? C'est pas Michelle Obama quand même ! Et puis moi, la meuf qui vient pour être au calme en se faisant épiler... nan, mais j'sais pas moi, va te faire faire un soin, on en a des bien, en plus. Ce mois-ci, on a une offre détox visage, vous repartez avec la face, euh, le visage, lisse mais lisse, ultra-détendu genre.

Je regrette presque de ne pas avoir essayé ce soin quand je quitte l'institut, à peine dix minutes plus tard. Ma semaine s'est bien terminée, à l'exception du nouveau scandale de Renée, qui trouvait que le tableur Excel du futur planning de rentrée manquait de gaieté. Car la joie, ça, c'est l'enseignement *made in Renée*, et ça commence comme ça, tout simplement par un fond orange ou rose dans une case. Donc, à part l'incident Colorama, bonne semaine, j'ai appris que j'allais participer aux prochaines procédures de recrutement pour un kiné qu'on doit embaucher en octobre. J'ai passé un chouette vendredi après-midi, hier avec mes neveux. On a regardé un Miyazaki, *Kiki la petite sorcière*, et on n'a pas compris parce qu'il n'y avait aucun méchant. Ça, comme j'ai dit à Paul-Antoine et Louis, c'est suspect, strictement impossible dans la vraie vie, vous voyez, de ce point de vue, même Cendrillon est plus réaliste. Je ne sais pas s'ils ont été sensibles à cette minute sociologique. Paul-Antoine a demandé si « Grand-Mam était seule comme un chien ». J'ai répondu que, quand on avait la chance de vivre en colocation avec moi, on pouvait se sentir tout sauf seul, car ma présence compte doublement. D'ailleurs même quand je ne suis pas là elle compte. J'ai maudit intérieurement Appo et l'autre tache d'Hubert et me suis promis de leur rappeler d'éviter certaines expressions fâcheuses devant les gosses. Ces monstres d'innocence.

Week-end tranquille en perspective. Je dois voir Suzanne dimanche, je me suis enfin décidée à lui téléphoner. Nous nous retrouvons pour un verre au Café des négociants, vers 17 heures. Ça m'arrange de ne pas quitter Mam trop longtemps les week-ends, même s'il faut qu'elle reprenne les rênes de sa vie. Or justement, elle sera dimanche après-midi chez Françoise de Beauregard, donc parfait.

Mam a refusé catégoriquement de nous dire quand avait lieu son petit rendez-vous culturel, mais Appo a fouiné. Les assises de l'ennui de la Villa Gillet ont commencé hier et s'étendent jusqu'à lundi. Hier soir, Mam a passé la soirée avec Chaton et Eugène à monter les faire-part. Apparemment il s'agissait de trucs en kit. Ils ont dû se marrer. Je suis sûre que futur gendre parfait est aussi doué avec ses petites quenottes qu'avec sa petite quéquette.

Le genre de surhommes qui vous découperait du papier crépon en forme d'étoile rien qu'avec sa canine droite.

Donc nous sommes samedi, et je sors ce soir. Rien de bien méchant. Comme je vous le disais, j'ai commis l'erreur d'envoyer un SMS au projectionniste bizarre, SMS qui ne se voulait ni encourageant, ni explicite, ni engageant. Sobre. Digne.

> Merci pour votre numéro. Je l'ai bien enregistré dans mon répertoire.

Et qu'a répondu ce jeune homme quelques minutes plus tard (et dois-je y déceler une pointe d'ironie ?) ?

> je suis soulagé je vous invite a fêter ça samedi soir après le travail je connais un endroit très bien qui fait des cocktails sans alcool

Je ne sais pas si la proposition est censée me mettre en joie... Je suis plus mojito que lait grenadine. Il doit être musulman ? Je ne vois que ça.

D'autant que ce soir, je vais avoir besoin de noyer ma haine du père et ma lassitude dans le rhum. Ce matin, nouvel épisode dramatique : je m'approche de la bouilloire quand je constate qu'elle est déjà fumante. Mon cerveau pourtant embrumé à cette heure précoce de la matinée y voit la preuve de la présence de ma mère dans la cuisine. Mon intuition est bonne. Elle est dans mon dos, assise à la minitable, la tête pratiquement enfoncée dans son bol de Earl Grey, en larmes et en train de tester des variations subtiles de reniflement. Gore. Je prends sur moi et lui adresse une parole chaleureuse et rassurante :

— Ça va pas ?

— Merci, Marie-Victoria, tout va très bien.

— Mam, s'il te plaît, tu peux élargir un peu ton choix de réponses ?

— Pardon ?

— Non, rien. Bon, qu'est-ce qui ne va pas ?

Et là je repère l'ennemi, son vieux téléphone tout pourri planqué à côté des tartines beurre-crème de marron. Un jour les portables vont muter et gagner le gène du caméléon. Ils se camoufleront de mieux en mieux dans notre entourage, ces saletés. On passera notre vie à les chercher, et ça sera le début de leur règne tout-puissant.

— T'as reçu un texto, Mam ? Un appel qui t'a contrariée ? Allez, parle, j'ai pas la force de déployer des trésors d'ingéniosité pour t'interroger, là, il est trop tôt.

— Tu, tu as un mouchoir ?

Évidemment que j'en ai, mon appart est carrément devenu un distributeur géant.

— C'est ton père. Jean-Igor et... cette femme, ils vont dans le Luberon. Chez les Sainte-Beuve. Pour le week-end.

Tiens, les bons samaritains... Je parie que c'est monsieur qui a choisi d'inviter Dad et la connasse, pardon, la femme de sa vie, profiter de leur modeste propriété familiale à la campagne. Mélange de curiosité malsaine (c'est tellement bien quand ça va mal chez les autres ! Tu as vu, Anne-Marie chérie, comme nous nous entendons bien à côté d'eux ?) et de solidarité entre couilles. Il va falloir que je dise à Mam que beaucoup de gens — qui ne sont pas des amis mais à peine plus que des connaissances mondaines — vont se comporter comme ça. On invite d'abord le mâle, le puissant. Celui qui a décidé, le fort, pas la victime. Oh ! attention, ça ne les empêchera pas de reprendre contact avec Mam, si elle est sage, d'ici quelques mois, pour l'inviter à une petite dînette ou à un thé entre filles. *Entre filles*, j'insiste, parce que je suis issue d'un milieu où l'on évite à tout prix de fréquenter une femme seule si on est soi-même en couple. Vous avez dit « Moyen Âge » ? On ne sait jamais quels tours peuvent lui jouer ses hormones dans cette période. Et si elle se mettait à sauter sur nos maris ou tombait enceinte par *eye contact* ?

— OK, Mam. Qui t'a dit ça ?

— C'est Constance d'Andocq. Elle vient d'appeler. Je n'ai pas décroché mais elle a laissé un message vocal.

— Celle qui t'invite jamais chez elle mais qui t'envoie chaque année un prospectus pour acheter le vin que produisent ses chers parents ? OK, première chose, Mam, quand tu reçois une info visant à te blesser, avant de te concentrer sur le contenu, tu t'attelles à la source. Donc la d'Andocq, tu l'envoies chier la prochaine fois qu'elle appelle, compris ?

Je vois la bouche de Mam se tordre à cette référence anale, mais là je me dois d'employer les grands moyens. Je me lance dans un acte spectaculaire. Sous les yeux effarés de Mam, je prends son portable, appuie sur le bouton vert, rappelle le dernier numéro du journal. Mam est tellement éberluée qu'elle garde les mains des deux côtés de son bol de thé désormais froid, la bouche légèrement entrouverte.

— Allô, Constance ? Non, non, c'est sa fille, oui Marie-Victoria, c'est ça. Sur son portable, oui. Non pas celle qui se marie bientôt, non, la petite dernière, c'est ça. Non, je comprends, trois enfants, c'est beaucoup d'informations à retenir. Vous allez bien ? Je suis ravie de l'apprendre. Dites-moi, j'ai appris que vous aviez laissé un message vocal à ma chère mère ce matin. Très bien. Alors comme vous êtes sans doute une femme occupée, je vais vous la faire courte. La prochaine fois que vous avez une info croustillante à transmettre au sujet de mon père, écrivez-la dans votre journal intime, je suis certaine qu'il reste le meilleur confident que vous puissiez trouver, et en plus vous dépenserez moins qu'en allant voir un psy ou en invitant vos amies pour le leur raconter autour d'un thé. Nous sommes d'accord ? Ah, je suis contente, j'avais peur de devoir vous le répéter. Ah, une dernière chose, vous serez gentille d'arrêter d'envoyer vos prospectus sur le Château d'Andocq. Honnêtement, même dans une vinaigrette, ça ne passe pas. Sur ce, au revoir Constance, je vous souhaite un excellent week-end !

Je raccroche. Mam ne pleure plus du tout.

— Allez Mam, tiens, je te ressers un thé, le tien doit être froid depuis longtemps.

Chapitre 13

Marie-Victoria

Jusqu'à l'apparition de cet homme, la fin d'après-midi s'était pourtant bien passée. J'avais rendu une brève visite à Mamy pour lui parler de la situation d'Appo. Elle m'avait écoutée, l'air grave — en plus d'être concernée par ma propre consternation, elle voulait surtout être sûre que notre entretien ne se prolonge pas trop, de peur de rater le début de l'émission spéciale consacrée à son idole. Laurent Delahousse.

— Mamy, mais t'es pas sérieuse ? Ils font vraiment une émission d'une heure cinquante sur *lui* ?

— Ma petite chérie, *Madame Figaro* l'a élu « personnalité préférée des Français » trois années de suite, c'est le pendant masculin de Brigitte.

(Son regard s'illumine : Jacques, son attentif, a quinze ans de moins qu'elle. Mais Jacques est un peu le sujet tabou de notre famille — dont la devise est : « Sois franc -- avec tes voisins. » Donc Brigitte Macron, pour ma grand-mère, c'est un peu la femme ultime.)

En sortant du 4, rue Waldeck-Rousseau, j'ai reçu et effacé aussitôt un SMS de Dad. Le sketch du week-end en amoureux dans le Luberon m'a exaspérée, et je n'avais aucune envie de l'ouvrir.

Je suis repassée à la coloc déposer quelques courses. Au moment où j'allais entrer dans la salle de bains — juste vérifier que ma tronche n'était pas trop ravagée pour ce soir —, j'ai aperçu un rayon de lumière sous la porte. J'ai glissé un œil furtif dans l'entrebâillement. Mam se pomponnait. Elle ne m'avait manifestement pas entendue rentrer. J'avais l'info en avant-première et allais pouvoir faire pâlir mes trois acolytes. Je les imaginais déjà :

— *Elle a mis quelle jupe ? Pas une trop courte quand même ?* (Appo)

— *Sortez couvert !* (Mamy)

— *Mais ? Elle a rencard ?* (Chaton)

Je suis repartie à pas de loup, satisfaite. Espérons que le traducteur ne soit pas une pauvre tache. Dans tous les cas, ça donne à Mam l'occasion de penser à quelqu'un d'autre qu'à son tendre époux, même si ce n'est qu'une soirée.

Le temps d'arriver à La Fourmi à 19 heures, heure à laquelle je devais passer chercher Hakim, j'avais reçu trois photos de chignons bas (merci Chaton de soumettre ta coiffure au vote à texto levé), un selfie d'Appo posant avec mes deux chouchous (après un atelier mousse au chocolat vu l'état de leurs bouches !) et un SMS moins réjouissant de Suzanne :

C'est quoi le délire avec tes parents ?

J'avais choisi d'ignorer son message. J'aurai l'occasion d'en parler avec elle dans moins de vingt-quatre heures, et par ailleurs le « délire » de mes parents n'était pas censé la concerner plus que la naissance d'un troisième panda roux au parc de la Tête-d'Or.

Je ruminais encore un peu en entrant à La Fourmi. Et puis là. Je suis tombée sur *lui*. À l'accueil du cinéma, en train de punaiser une immense affiche de *Bagdad Café*. Un homme svelte, cheveux blond foncé, cendré sur les tempes, lunettes à fines montures, visage fin, peau très blanche. En chemise léopard moulante.

Décidant de braver mes préjugés vestimentaires, j'ai pris mon ton de jeune fille de la bourgeoisie terriblement gênée à l'idée de m'adresser à un inconnu pour lui poser une question d'ordre personnel. Il n'est pas si compliqué à maîtriser, toute la subtilité est dans le « Excusez-moi de vous déranger *mais* » d'ouverture.

— Excusez-moi de vous déranger MAIS pourriez-vous m'indiquer où se trouve Hakim, le jeune homme qui travaille ici ?

— Je suis sincèrement désolé, a-t-il répondu sur un ton conspirateur, en délaissant son activité manuelle. Hakim ne travaille plus ici. J'ai été obligé de le virer après qu'il a agressé sexuellement une personne du quartier. Une habituée du cinéma, vous voyez, elle avait quatre-vingt-dix ans, et pendant la séance de *Au-dessous du volcan*, il...

— JC, tu peux arrêter de raconter des horreurs à Mlle Marie-Victoria ?

Nous y sommes. Jusqu'à l'apparition de cet homme, la fin d'après-midi s'était pourtant bien passée.

Monsieur chemise léopard explose d'un petit rire inquiétant tandis qu'Hakim se précipite sur moi, manquant de faire tomber sa casquette (rouge, Lacoste) qu'il renfonce nerveusement sur son crâne.

L'homme se tourne vers moi, il a les traits jeunes mais je suis quasi sûre qu'il cache bien son jeu. Il doit être un peu plus âgé que Mam.

— Marie-Victoria ? J'adoooore ! Enchanté ! Moi, c'est Jean-Charles Figolu.

L'espace d'un instant, je me demande s'il ne se fout pas de moi, ET pour mon prénom ET pour son nom de famille. Est-ce qu'il s'appelle vraiment comme ces infâmes biscuits mous à la figue que j'ai dû subir pendant les trajets Lyon-Saint-Étienne quand nous rendions visite à nos grands-parents paternels ?

Hakim vient à ma rescousse (je suis quasiment figée tellement ce type me met mal à l'aise).

— Marie-Victoria, je vous présente JC, pardon, Jean-Charles ; monsieur est le propriétaire de La Fourmi.

— Oui, Hakim me doit tout, je lui ai quasiment donné la becquée. Vous prendrez soin de lui, Marie-Victoria ? Vous me le promettez ? Ça m'arrive une fois tous les deux ans de devoir bosser ici pour le remplacer, et en plus je vais louper une heure trente de branlette sur Laurent Delahousse, donc faites-moi plaisir, d'accord ? Ne gâchez pas tout.

Hakim se cache le visage dans les mains. M. Figolu doit l'avoir habitué à son franc-parler, mais je ne peux pas bénéficier d'un traitement de faveur tout de même ? Comme s'il avait lu dans mes pensées, Hakim m'enlève le bénéfice du doute :

— Ne vous inquiétez pas, mon patron aime bien taquiner les jeunes filles comme vous.

— C'est-à-dire... comme moi ?

— Euh, pardon (il enlève subitement sa casquette et la tord nerveusement entre ses doigts), je voulais pas dire exactement ça, je voulais...

— Les filles un peu BCBG dans mon genre, c'est ça ?

— Je... je... euh...

— Il s'amuse d'un rien, votre patron ! Ceci dit, il n'avait pas besoin de parler pour me traumatiser, sa chemise suffisait amplement.

— Ah, vous aimez pas le tissu ? Les motifs, c'est bien, pourtant, ça change du noir.

— Oui, c'est sûr, d'ailleurs j'ai hâte de vous voir troquer votre jogging contre un trois-pièces zèbre. Ah oui, j'oubliais un détail ; pour vous punir de votre réplique vexante, c'est moi qui vous emmène au ciné cette fois. On va voir *mon* genre de films. Donc maintenant vous me suivez, on prend le métro et on file au Pathé-Bellecour. Et vous pouvez me tutoyer. Moi je ne vais pas me gêner.

— Vous êtes pas sérieuse, Marie-Victoria, c'est pas logique là, j'suis désolé, pardon, mais vous allez pas me dire que vous avez trouvé ça bien ?

— J'aime tous les *Xmen*. Je suis une inconditionnelle. Dans dix ans, même s'ils font un *Xmen, l'ultime soubresaut* avec Wolverine en déambulateur, j'irai le voir. Et dis-moi « tu ». Ou je vais mal le prendre.

— Désolé, j'y arrive pas... Ah, il faut commander. Vous prenez quoi, Marie-Victoria ? Moi, je vais prendre une grenadine, s'il vous plaît... Euh non, un PAC avec une goutte de sirop d'orgeat, monsieur.

— Je prendrais un verre de proseco. Il vient de quelle région ? Ah ? Bon, tant pis. Je prends quand même. Merci.

— Vous êtes très snob, lance Hakim aussitôt le serveur parti.

— Pardon ?

— Ben ouais, quand vous commandez, ça fait quand même très chic.

— « Chic » et « snob », ce n'est pas exactement la même chose. Mais c'est sûr que je n'arrive pas à ton niveau de classe. PAC orgeat, c'est un grand cru, non ?

— Moi, je bois pas d'alcool. Et c'est bientôt le ramadan alors je fais toujours comme ça, je fais le plein de vitamines. Y en a plein dans le PAC, ça veut dire pomme-ananas-carottes. C'est super bon pour la forme, ça.

— Oui, c'est comme la compote industrielle, c'est bourré de vitamines. Tu supportes ton patron ? Il te martyrise ? Tu es victime de harcèlement professionnel ?

— Euh... non ? Pourquoi ? J'adore JC Figolu, c'est pas seulement le patron, c'est comme mon parrain la fée.

— Tu l'appelles toujours « JC Figolu ».

— Ouais, c'est son nom de rappeur.

— Il rappe ? Cet homme en chemise léopard rappe ?

— Mais non, j'ai pas dit ça, rien à voir, j'ai dit « c'est son nom de rappeur », ça veut dire, c'est son pseudo, quoi ! Pour vous par exemple, toi, pardon, ben je sais pas moi, c'est...

— Y a une méthode ? Ça m'intéresse ? Comme ça je te donne le prénom de mes sœurs, et tu leur trouves leur nom de rappeur, ça me fera très plaisir. Sinon, je propose... DJ ApP, Queen Quitterie et La Santa ViK ; ça fonctionne ?

— Elles s'appellent comment, tes sœurs, en vrai ?

Hakim manque de défaillir quand je cite le prénom de mes deux aînées chéries.

— Et c'est pas trop dur à porter ? Pardon, hein, mais ça, j'ai jamais connu.

— Elles tiennent le coup, c'est pas facile tous les jours, mais elles survivent. Moi aussi.

— Pardon hein, je m'excuse, je voulais pas manquer de respect.

Entre deux excuses, nous avons le temps de parler de tout et de rien. Hakim enchaîne les breuvages les plus inédits et moi les verres de proseco (de moins en moins décevant).

Il me raconte ses débuts à La Fourmi. Sortant de la fac de Lyon-II, après un parcours sans conviction en éco-gestion, il cède à la pression familiale et entame un stage à la BNP. Il est malheureux comme un pape et, le soir, pour se changer des idées, il va voir des vieux films, assister à des rétrospectives ou à des projections d'art et d'essai à La Fourmi.

— Je passais devant par hasard, souvent, j'ai un cousin qui travaille à la pizzeria dans la rue Vauban.

— Euh... Pizza Monti ?

— Ouais, c'est ça ; vous connaissez ? Tu aimes la

pizza ? J'aime bien. Son poulet tomates pecorino là, c'est ma préférée.

— Mais, euh... ton cousin tient une pizzeria ?

— Quoi, mademoiselle ? Tu crois que y a une loi qui dit qu'un Arabe, ça fait pas de pizza ?

— Non, non, je... j'exprime mon étonnement.

— Tu vois, c'est bien, au moins les gens comme vous ils mangent hallal souvent, avec un peu de chance, vous allez finir par nous adorer !

Il explose de rire, manifestement très satisfait à la fois de pouvoir me charrier et de son ironie cinglante. Du coup, je ris aussi.

Il continue de me chahuter à intervalles réguliers, tout en rentrant dans les détails de son parcours cinéphile. Hakim se rend de plus en plus souvent à La Fourmi qui devient son endroit de prédilection en même temps qu'un refuge. Il enchaîne les deux séances du soir et discute avec l'individu bizarroïde chargé de la caisse et de la fermeture du cinéma. Avant de comprendre que l'énergumène, qui enchaîne les propos les plus crus tout en étant le plus cultivé des hommes, est surtout le projectionniste et propriétaire de l'établissement.

— Moi je pensais, les types qui connaissent tout du ciné, c'est ceux des magazines, *Télérama*, *Première*, *Les Cahiers*, et aussi des gens de la télé qui vont dans des soirées chics à Cannes et que leur pyjama, c'est un costard. La vérité ! C'est tout le contraire ! JC Figolu, il porte des T-shirts éponges, tu connais ? Mais ça, c'est quand il déprime. Et aussi des chemises avec des ananas. J'te jure, jamais j'ai vu ça. Il connaît tout, qui a réalisé ou monté tel film, c'est qui qu'a écrit le scénario, les actrices, si par exemple elle a un gros, pardon, un peu des grosses fesses, qui c'est la costumière qui va cacher les parties moins bien... et quand elles ont reçu un prix... c'est un truc ! Mais un truc ! De malade !

Il a manifestement quelques difficultés pour décrire le

corps féminin, mais il parle avec aisance et admiration de son patron. Un soir, Jean-Charles Figolu lui lance : « Devenir projectionniste, ça t'intéresse ? »

Hakim n'y avait jamais réfléchi et manifestement c'est le dernier souci de Jean-Charles : « Bon ben, demain tu viens plus tôt, je te montre comment ça marche. Si tu t'adaptes et que tu comprends vite, t'as un poste de projectionniste ici. Si tu y arrives pas, tu passes ton tour. »

Il lui laisse deux mois pour apprendre les rouages du métier. Jean-Charles a un impératif : dans deux mois, son père sort de l'hôpital, à Monaco, ville dont il est originaire, et il veut s'y installer ponctuellement pour s'en occuper. Hakim sèche son stage, et au bout de trois semaines, c'est un vrai miracle, le métier lui entre dans la peau. Ça fait maintenant huit ans qu'il y travaille. Le père de Jean-Charles est parfaitement rétabli mais Jean-Charles a gardé Hakim à La Fourmi comme assistant principal — et unique.

Depuis deux ans seulement, Hakim a quitté l'appartement familial, à Villeurbanne, où ses parents habitent toujours avec Momo et Rose, son frère et sa sœur.

— Momo, c'est un fou. J'aimerais pas trop que vous le rencontriez parce que mon frère, il dévisse trop souvent.

— Tu, Hakim : T, U. Le Larousse dit quelque chose a propos de « dévisse » ? C'est quoi, un verbe conjugué ?

— Sérieusement ? Dévisser, pardon mais tu connais pas ? Dévisser, quoi ! Tu dévisses. C'est quand t'essayes d'être normal, et puis tout à coup y a plus de règles, personne existe, et là tu fais vraiment exactement tout ce que tu voudrais faire. Tu t'en fous du reste. C'est ça, dévisser.

Hakim m'apprend encore quelques verbes improbables pendant cette soirée où nous passons littéralement du coq à l'âne, même si c'est le thème « cinéma » qui revient le plus souvent sur la table. À mesure de nos discussions, je sens qu'il est de plus en plus atterré d'être en face d'une spectatrice aussi inculte, dont les références ultimes sont *Avengers*, *Le Château dans le ciel* et *Les Aristochats*. Il s'imagine sans doute qu'une bourge accomplie doit manier le point de croix, le piano et le repassage, tout en accumulant les connaissances dans des domaines aussi variés que l'art de la table, le cinéma et l'Histoire de France.

Quand il me demande pourquoi ma mère ne se sentait pas bien lors de notre fameuse séance musicale, je suis un peu désarçonnée. Normalement, un quasi-inconnu n'est pas censé me poser frontalement ce genre de questions, n'est-ce pas ? Mais face à une franche curiosité ou plutôt à une forme d'intérêt bienveillant, je décide de lui dire la vérité. Sa réaction me ferait presque rire si j'avais le cœur à ça.

— Mais pourquoi il fait ça, il est fou ?

— Euh... c'est-à-dire ?

— Tu peux pas lâcher une femme comme ça ! Il a quoi, votre père ? Cinquante ans. Il est depuis des millénaires avec votre mère, et en plus elle travaille pas. C'est pas normal, ça, d'habitude les hommes qui font ça, pardon, hein, je veux pas manquer de respect, mais leur femme, elle travaille dans une entreprise ou je sais pas, mais elle gagne de l'argent en tout cas. Ou alors ils ont des... j'veux pas vous choquer, hein mais, des maîtresses, ils font ça discret, quoi.

— C'est probable. Enfin, ceci dit, les femmes au foyer sont en voie de disparition, c'est plutôt pour ça en fait que la situation n'est pas courante.

— J'sais pas. Je peux dire la vérité ? J'ai le droit ? Et vous vous êtes demandé s'il était vraiment amoureux de la personne ? Si ça se trouve, il était vraiment malheureux parfois, il peut souffrir, et personne le sait, et là il rencontre quelqu'un d'autre, et il est plus heureux avec elle.

Bien sûr, la question d'Hakim est cruelle. Parce qu'elle est pertinente. Depuis le début, mes sœurs, Mamy et moi nous sommes instinctivement tournées vers notre mère pour la défendre, parce que nous la considérons comme la victime de cette histoire. Mais je n'ai pas pu éluder totalement les questions qu'il me pose.

— Hakim, je suis d'accord avec toi, je ne peux pas ne pas le prendre au sérieux parce que ça m'arrange. Tu as raison, si ça se trouve, il est vraiment amoureux de cette femme. Mais qu'il le soit ou non, au fond, peu m'importe, ce que je ne tolère pas, c'est qu'on se comporte comme ça, avec la femme de quelqu'un. Et d'autant moins quand cette femme s'avère être ma mère.

Alors Hakim lâche le mot qui me ferait presque avaler mon quatrième mojito (j'alterne) de travers :

— AH ! Je vois ! J'ai compris ! Dans votre famille, c'est un peu *girl power* !

Chapitre 14

Max

— Elle ne PEUT pas me faire ça. C'est impossible. Tu m'entends ? Elle ne PEUT pas !

Comme 98 % des travailleurs sains de cette planète, j'adore le vendredi. Je vais pouvoir profiter de ma femme, voir des amis, dessiner et lire tranquille... Mais là, ce vendredi-là, aujourd'hui oui, il est à peine 10 heures, et Léna est déjà obligée de me brumiser le visage pour que j'évite l'hypertension.

— Calme-toi, Max, calme-toi, on va trouver une solution.

— Comment ça, « calme-toi ? » On est à trois semaines du Salon, TROIS ! J'apprends hier que je dois présenter le projet en séance de clôture, tu te rends compte de ce que ça veut dire ?

— Oui, Max, c'est méga-classe, ça va nous garantir une visibilité de fou, on sait toutes les deux l'enjeu que ça représente et on va se soutenir et y arriver. Sans elle.

Voilà. Emily avait raison. Une fois de plus. Elle disait ne pas sentir *l'aventurier* de service.

Ce matin, j'ai été étonnée de trouver la porte fermée en arrivant au Salon. Normalement, c'est Jess qui ouvre. Un vide inhabituel m'attendait. Et puis une enveloppe en papier, genre kraft, sur le bureau de l'accueil, à mon attention.

Salut Boss !

Quand vous lirez cette lettre je serai déjà dans l'avion en train de planer au-dessus d'un océan ou d'un désert trop inconnu ! ! ! ! Tristan et moi on a eu un délire tour du monde l'autre fois quand on a commandé Deliveroo et il m'a dit : pourquoi on le fait pas ? Et en fait il a trop raison, pourquoi on le fait pas en vrai ? J'ai pas de bébé et mon job ça va c'est pas non plus le truc le plus important de ma life (même si sérieux j'adore travailler avec vous boss, je le jure) ! Faut profiter ! On a qu'une vie ! Comme dit le tatoo de Justin Bieber : YOLO !

Tristan c'est un aventurier de ma-la-de donc je vous préviens je pense qu'on va vraiment aller dans des coins super paumés, des vrais bleds, il m'a prévenue, le wifi c'est mort de chez mort mais ça vaut le coup vu que je vais voir des paysages de ouf et à c'quip y a des endroits on sera obligés de manger local sinon tu te fais trucider direct. Si vous lisez : « La tête d'une Française retrouvée sur un pic en bois pour avoir refusé de manger du rôti de sauterelle » faudra pas vous étonner lol ! ! ! Mais franchement, vous inquiétez pas pour moi, j'suis à jour niveau tétanos, et comme dit Tristan, Carpe diem, on verra bien sur place comment on gère pour le fric et le logement. Au pire il a une tente, mais vous verriez ça ! Le palace ! C'est tellement confortable (c'est pas leur merde de chez Quechua là, vous savez l'arnaque soi-disant elle se monte toute seule !) que je me dis mais à quoi ça sert de payer ton loyer quoi ?

Bon, Boss, j'ai encore des bagages à finir, mais vous voyez je trouvais ça mieux de passer le matin vous déposer une lettre de démission parce que c'est plus poli qu'un mail et en plus de ça, vous allez halluciner grave : devinez qui c'est qu'a fait l'enveloppe ? C'est Tristan ! ! Il fabrique du papier recyclé à base de mégots trouvés dans la rue. C'est pas une idée concept de MA-LA-DE ?

Boss, je vous envoie tout mon respect, sérieux je vous adore, et j'adore aussi Léna, faudra lui dire de ma part, je compte sur vous parce que là j'ai vraiment pas le temps d'écrire deux lettres.

À plus dans le bus (ou plutôt dans la pirogue, LOL ! ! ! !) ;-))))))

Jess

P-S : Je vous laisse Max, je peux pas le prendre avec moi. C'est en votre honneur qu'il s'appelle comme ça alors en même temps je me dis que quelque part c'est un signe du destin il faut trop qu'il soit à vous, c'est de la logique astrale ! ! ! ! !

Le post-scriptum a bien failli m'achever. Elle a laissé la bestiole... c'est-à-dire ? Dans MON Salon ?

J'ai pris une profonde inspiration avant de contourner le bureau. Le mogwaï était là, dans son ridicule panier imprimé tartan. J'avais presque l'impression qu'il retenait sa respiration.

Jess. Je te hais.

Une demi-heure plus tard donc, Léna m'a retrouvée dans un état lamentable. Le chien, toujours à la même place, me fixait avec des yeux inquiets.

— Au fait Max, dit Léna après m'avoir aspergé pour la quatrième fois le visage de gouttelettes d'Évian, tu savais pas que son clebs s'appelait comme toi ?

— Non, Léna, NON. Il m'avait bien semblé l'entendre l'appeler par son, enfin mon nom, mais tu m'excuseras, je suis partie du principe que Jess était saine d'esprit — maintenant je sais que ce n'est pas le cas —, et qu'elle n'aurait pas donné à un putain de carlin le prénom de sa boss !

— En même temps, c'est flatteur, tout le monde l'adore, ce chien, regarde comme il est...

— ... mignon avec sa tête écrasée ? Avec ses yeux globuleux et ses bruits d'âne à l'agonie ? Léna, épargne-moi ton numéro de *Trente millions d'amis* là, c'est pas le moment. Et puis d'ailleurs, t'as qu'à le prendre toi, le clébard. T'es célibataire et t'aimes les animaux.

— Max. Je suis célibataire depuis sept ans. Si j'avais eu envie d'un chien ou d'un pélican pour me tenir compagnie, je serais allée à la SPA il y a un bail. En plus je te rappelle que j'ai Félix un week-end sur deux et qu'il est à peu près allergique à toutes les espèces du règne animal.

— Ouais, pardon, tu sais comment je suis quand je suis énervée, excuse-moi.

— Je t'excuse, et maintenant tu vas te prendre un café, et ensuite on se fait un point pour gérer cette petite crise, OK ? T'en fais pas, Max, on en a vu d'autres toi et moi. Quant au projet, on va tout faire pour que ça se passe bien, et tu vas tout déchirer. Mieux : ce que tu vas leur présenter, ça va être un séisme dans le milieu, tu m'entends ? Allez, va faire rugir la Nespresso. Ah et, Max ? Oublie pas de remplir la gamelle d'eau de ton nouveau copain.

Je jette un œil au machin sur pattes. Il me fixe toujours de ses yeux ronds et, soudain, bondit hors de son panier pour venir se coucher sur mes Converse.

— Bon. Toi, oui, toi, je suis d'accord pour faire un effort. C'est pas non plus comme si j'avais le choix, ceci dit.

— Heeeeeiiiiiiiiiinnnnnnn ?

Léna a déjà filé dans sa pièce, sans doute à la recherche d'un croquis. Elle a un bracelet de cheville à faire ce matin, c'est moi qui lui ai refilé le bébé.

— Non, non, je parle toute seule.

— C'est ça ! Je suis sûre que vous allez vous entendre Max et toi. Et Emily va l'adorer !

Là elle marque un point. Parce que effectivement, Emily a un cœur tellement énorme qu'elle serait capable d'adopter un écureuil galeux et unijambiste.

Après un rapide motif de squelette style fête des morts mexicaine sur une omoplate et un lettrage obscur dans le creux d'un poignet, je peux enfin faire le point avec Léna. Connaissant mon manque d'imagination en situation de stress, Léna prend tout en main méthodiquement. La plus grosse tâche va être de gérer les demandes de rendez-vous sur le Salon. Les inscriptions ouvrent demain. Les organisateurs ont décidé de « créer le désir » en les rendant possibles uniquement deux semaines avant l'ouverture. Résultat, dès demain, toutes les personnes souhaitant se faire tatouer sur place par Léna ou moi pourront nous contacter en envoyant leur projet. À nous de faire le tri et d'accepter un nombre de demandes réalistes, avant de fixer les rendez-vous à proprement parler en les agençant correctement avec les autres activités : conférences auxquelles moi ou Léna souhaitons assister, démo, rencontres pro, moment d'échanges entre collègues, etc.

— J'ai trop d'encre à faire cette semaine sans compter que j'ai rendez-vous avec le réparateur, tu sais pour l'autre dermographe, le rouge, celui qui m'a lâchée en plein boulot, tu te souviens, l'année dernière, pendant la canicule ?

Effectivement, je me rappelle cette scène d'anthologie : une minette venue se faire tatouer le prénom de son mec sur l'épaule. Moi je lui oppose un « non » direct mais elle réussit à convaincre Léna — il faut savoir qu'il y a des jours où ma collègue a l'empathie chevillée au corps. Donc Léna se lance puis vient me voir en pleine séance, manifestement paniquée.

— Max, j'ai un problème avec la petite brune qui voulait le nom de son copain là.

— Je t'avais dit de ne pas céder.

— Oui, enfin là c'est trop tard en fait, j'ai commencé. Mais ma machine a lâché.

— Tu déconnes ?

— Non. Et je viens te supplier à genoux de me prêter la tienne.

— Tu ne veux pas ma brosse à dents aussi ? Elle peut pas revenir ? Tu fais intervenir Titi sur ton dermo, au pire il vient demain et tu demandes à la gosse de patienter un peu, c'est l'affaire de quoi ? Quarante-huit heures grand max.

— Euh non, là, ça va être compliqué à vivre quand même.

— Je ne comprends rien à ce que tu me racontes Léna, explique-moi !

— Le prince charmant s'appelle Constantin.

— Merde.

— Ouais, comme tu dis.

— C'est ballot quand même.

La gamine ne pouvait pas attendre plusieurs jours avec son *con* sur l'épaule.

Bref, évitons ces sympathiques moments de nostalgie parce que Léna est tout de même en train de me rappeler qu'elle ne pourra pas faire le boulot de Jess à sa place. Jess : s'il existe un sentiment plus terrible encore que la haine, sache que c'est exactement ce que je ressens pour toi en ce moment.

— On n'a pas le choix, il nous faut quelqu'un en renfort logistique.

Léna inscrit la liste des urgences sur sa tablette. Plus

elle se concentre et prend un air grave, plus elle me rappelle sa mère. Leila est morte d'un cancer il y a six ans, peu de temps après l'ouverture d'Indelible Ink. Au moins elle aura vu l'inauguration du Salon et la promesse de notre duo de choc. Elle nous a formées en même temps, alors que j'étais juste une pauvre graphiste en mal de changement et que tout le monde me refoulait quand je demandais un apprentissage. J'ai prévu de lui dédier le projet que je présenterai lors de l'ouverture du Salon d'ailleurs, mais Léna l'ignore encore, je lui réserve la surprise.

— Max ? Tu m'écoutes ? T'es d'accord avec la liste de compétences ?

— Euh... oui, oui. Tu as raison sur tous les points.

— Parfait, on est bon. Enfin y a quand même un élément important qu'on ne peut pas se permettre de négliger, autant ne pas se voiler la face.

— Lequel ?

— On est vendredi, et en gros si la semaine prochaine tu n'as toujours personne, disons en milieu de semaine maximum, t'es dans la grosse merde. Moi aussi, d'ailleurs. On va à peine avoir le temps de la former qu'on va lui donner des tonnes de choses à réaliser pour nous dans l'urgence. Toi tu vas être de plus en plus râleuse à l'approche du jour J...

— Là, je m'inscris en faux !

— ... Ne joue pas la carte de la mauvaise foi, Max ! Donc, je résume : trois tonnes de travail sans personne pour faire une passation, dans de grosses conditions de stress et entourée d'une équipe à cran. En plus, si c'est le profil passionné du tatoo, elle va s'emmerder grave puisque là, c'est clairement le job de Jess sans le versant créa. Notre nouvelle recrue va souffrir.

— T'as pensé à appeler Priscilla ? Elle avait remplacé Jess y a deux ans pendant sa grippe super longue, tu te souviens ? Elle était très bien, cette fille, non ?

— Jess, j'ai évidemment envoyé un SMS aux quatre

filles qui avaient eu à remplacer Jess pour des raisons X ou Y. Avec l'arrivée du Salon, elles sont toutes déjà hyper-bookées.

— Et c'est quoi la conclusion de tout ça ?

— Qu'il nous faut quelqu'un de vraiment *desperate.*

— Comme *Desperate Housewives* ?

— Non, comme sans espoir de trouver un job. Il nous faut la meuf qui a trop besoin d'un job, qui tuerait pour ça, quoi. J'suis désolée de le dire comme ça mais je dois...

— C'est bon, c'est bon, Léna, allez, on s'en tient là. Imprime-moi ta liste de missions sur du bon vieux papier, s'il te plaît...

— Ouais. Et en parlant de papier, c'est quoi, cette vieille enveloppe kraft ? Vise un peu, on dirait des poils pubiens incrustés à même la feuille, c'est pas monstrueux ?

Je laisse Léna à ses analyses microbiologiques et retourne me préparer un café serré. Le mogwaï a décidé de me suivre apparemment, j'entends son petit pas traînant dans mon dos à chaque fois que je bouge.

Je ne sais pas si c'est la caféine qui me booste mais soudain une idée improbable me vient.

Notre *desperate* candidate, je la tiens.

Chapitre 15

Aliénor

Je suis légèrement en retard, et ce n'est pas dans mes habitudes. La ponctualité est une question d'éducation. Je respecte mon entourage, j'arrive à l'heure. Et là, il a fallu que le bus s'embarque dans une déviation, à cause d'un accident de cyclistes. J'arrive donc chez Françoise de Beauregard à 16 h 04 et suis outrageusement dévisagée par Antoinette, Anne, Carole et la maîtresse de maison elle-même. Je présente mes excuses les plus sincères, m'installe, sors de mon petit Longchamp, le gris, mon exemplaire de *La Dernière Fête*, que j'aimerais partager avec elles et le Goncourt du premier roman, attrape l'assiette que me tend gentiment Carole, qui sait que je ne prends jamais mon scone sans beurre, et me verse un petit Lampsong. Quatre minutes de retard, ce n'est pas dans mes habitudes, mais de là à me scruter comme si j'avais soupçonné Inès de la Fressange de mentir sur son âge !

— Bon, Aliénor. On va vraiment échanger des recettes tout l'après-midi ?

Seigneur ! Carole a toujours une façon tellement abrupte de dire les choses...

— Tout restera entre ces murs, Aliénor, glisse Antoinette.

— Oui, mais là vous nous devez tout de même un petit récit ! ajoute Françoise.

Anne a forcément vendu la mèche. Elle me regarde d'ailleurs avec un air navré. C'était la seule, en dehors de mes filles, à qui j'avais confié avoir accepté l'invitation d'un des membres de l'atelier culinaire. Bon. Nous en sommes là. Surtout, faire en sorte de rester digne et esquiver la question.

— Puis-je avoir un nuage de lait ? J'ai du mal à boire mon thé nature !

— Aliénor, mon petit. J'irai chercher le lait quand vous nous aurez parlé de votre soirée.

Elles ont l'air surexcitées. Un peu embarrassée de cet intérêt pour mon rendez-vous culturel, j'essaye tout de même de raconter mon samedi soir, en m'efforçant de décrire la nature de l'intervention de Pascal Quignard sur le *Sexe en Occident* et la pertinence des propos de son traducteur mandarin.

— Il avait bien choisi sa thématique, dis donc !

— Wolfgang, c'est tout de même peu commun comme prénom, il est étranger, non ? Ou alors ses parents sont des amateurs de musique classique ?

— Nan, mais, les filles ? lance Carole avec un air de désespoir. Vous n'allez pas me faire croire que ça vous intéresse de connaître le programme des conférences de la Villa Gillet ! Bon, Aliénor, en un mot, question sexe en Occident, Wolfgang connaît sa partition ?

J'avale trop vite mon morceau de scone et manque de m'étouffer. Antoinette, assise à ma droite sur une ravissante bergère Louis XV, est même obligée de me tapoter le dos. Mon Dieu, mais c'est terrible de me poser la question aussi... enfin aussi... Françoise va nous exclure du club, c'est sûr, c'est terminé. On va m'exclure de tous les cercles qui comptent, et je vais finir seule. Avec ma fille. Pire que de vivre seule avec un chat... Seigneur...

— Je suis bien d'accord avec Carole, mon petit. Vous nous devez un récit détaillé. Et autant dire que je n'ai aucune envie de parler de Marc Levy et compagnie aujourd'hui.

Françoise s'y met aussi ? Mais qu'est-ce qu'elles ont toutes ?

Les questions pleuvent : « Tu étais habillée comment ? Et lui ? Il t'a invitée à dîner ensuite ? Est-ce qu'il est arrivé à l'heure ? Vous avez abordé des sujets intimes ? C'est le fils de qui ? »

Je réponds vaguement aux quatre premières questions et hésite à poursuivre...

— Écoutez, mesdames, ne mettons pas notre Aliénor mal à l'aise, lance Françoise. Tout ce qu'on peut vous dire Aliénor, c'est que nous sommes heureuses pour vous. Même si les choses finissent par rentrer dans l'ordre, vous avez besoin de vous occuper de vous et de retrouver un peu de... confiance. Si cet homme a un faible pour vous, tant mieux, et vous êtes ravissante : il a bien raison de vous inviter ainsi.

— Françoise a raison, intervient Antoinette. Quand Nicolas m'a trompée, j'aurais adoré que quelqu'un s'intéresse à moi, juste pour lui montrer qu'il avait eu tort de faire ça

Silence de mort dans le petit salon bleu roi (probablement une teinte Farrow and Bowl).

— Tu ne nous as jamais parlé de... cet épisode, Antoinette ? tente prudemment Carole.

— Non, c'est vrai, mais je vais voir un psy maintenant, j'ai même pu lui parler de ça. Nicolas trouve très bien que j'aille voir un psy.

— Pourquoi tu nous en as pas parlé à nous ? insiste Carole.

— J'avais peur de... enfin j'avais peur que vous ne vouliez plus de moi dans le club de lecture.

Nous échangeons des regards consternés. Seule Anne fixe sa tasse de thé l'air pensif et mal à l'aise.

Brusquement elle se lève, récupérant son imper Burberry dans un geste sec, presque agressif.

— Anne, vous nous quittez déjà ?

— Oui, vous m'excuserez, Françoise, mais je trouve ces conversations tout à fait déplacées. Une femme doit souhaiter le retour de son mari, pas batifoler à gauche à droite alors même qu'elle lui reproche un... écart de conduite. Si pour vous le mariage n'a pas le même sens que pour moi, je le regrette. Mais là, c'en est trop. On ne parle pas de ces choses-là... comme ça... autour d'une tasse de thé ! On lave son linge sale en famille, mais pour vous « famille » ne doit pas non plus signifier grand-chose. Au revoir.

Elle est trop bien élevée pour claquer la porte mais son départ est tout de même tonitruant. Exquise hôtesse, Françoise tente tout de suite de rétablir le calme.

— Mesdames, ne prenez pas cela contre vous. Malheureusement les problèmes de couple mettent certaines personnes un peu plus... rigides, disons, dans une impasse. Affronter ces conversations signifie ébranler un mode de vie qu'elles ont habilement bâti et supportent jour après jour dans l'abnégation la plus totale. Antoinette, je vous présente mes excuses. Si vous avez jugé utile de nous cacher cet événement malheureux, c'est sans doute que nous nous sommes montrées un peu trop froides à votre égard ou ne méritant pas votre confiance. Sachez bien que je le regrette.

— Oui, Françoise a raison, poursuit Carole. Faut qu'on soit solidaires les filles. Si on a peur de se raconter nos histoires on continuera à entretenir l'hypocrisie de notre milieu militaire. Ça va ! Honnêtement, qui ne sait pas que Marc Blanchard est en fait un homo refoulé qui se tape tous les officiers de réserve qu'il trouve à son goût ?

Cette fois même Françoise fait tomber un petit morceau

de biscuit dans sa tasse. À part le « plouf » caractéristique, on entend les mouches voler. Mais Carole est lancée.

— C'est comme partout, certains hommes trompent allègrement leurs femmes, même si le contraire existe aussi parmi les femmes de militaire. Vous voyez Elfège Grisart ?

— Oui, bien sûr, j'étais à la remise de Légion d'honneur de son mari il y a trois mois.

— Bon, Antoinette, tu crois vraiment qu'Elfège a besoin qu'un conseiller free intervienne sur sa box DEUX fois par semaine ?

— Nannnn !

— C'est pas vrai ! ! !

— Mon petit, moi je suis chez Orange, et le réparateur est un superbe Maghrébin. Très élégant.

— Je vous le dis, les filles, dans l'armée — et toi Aliénor, je te compte dedans même si on sait toutes que ton... mari est dans le privé maintenant ! —, les femmes sont encore trop soumises. Elfège ne quitte pas son mari parce que, comme nous toutes, elle ne travaille pas et qu'elle n'a même pas la fortune de ses parents pour lui venir en aide si jamais elle se retrouve dans une mauvaise passe...

— Oui, de ce point de vue, j'ai toujours eu de la chance, je vous l'accorde, Carole. Ma famille n'a jamais connu le besoin et, de fait, même sans travailler, ma situation financière a toujours été plus florissante que celle de mon époux !

— Eh oui, Françoise ! Et il nous faut deux choses pour ne pas devenir des épouses soumises : du fric et un cerveau qui marche.

— Que veux-tu dire par là, Carole ?

— Ce que je veux dire, Aliénor, c'est que, tant qu'on continuera à lire uniquement *Maison et Travaux*, à parler des rallyes de nos enfants et du nouveau prêtre coréen de la paroisse, on aura du mal à trouver notre place. Il faut qu'on échange, il faut qu'on s'ouvre sur le monde, qu'on se renseigne sur tout, il faut qu'on lise Virginie Despentes !

— Qui est cette jeune femme, Carole ?

— Une vraie mitraillette ! Je l'apporterai au prochain rendez-vous du club si vous voulez.

— Volontiers, je ne suis pas contre un peu de variété.

Notre rendez-vous dure bien plus longtemps que d'habitude. Antoinette raconte, les larmes aux yeux, comment elle a découvert que son mari soi-disant en séminaire à Lille passait en fait deux jours par semaine avec sa maîtresse.

— Je me suis dit qu'il devait se lasser de moi et me trouver moche avec le temps, après je me suis acheté de la lingerie spéciale, alors que franchement, les porte-jarretelles, c'est quand même tout sauf pratique. Je ne savais pas quoi faire. Il dit l'avoir quittée, mais depuis, dès qu'il a un séminaire ou un déplacement professionnel, je passe mon week-end à pleurer parce que j'ai peur qu'il retrouve quelqu'un.

— Et vos enfants, Antoinette ?

— Oh ! vous savez, Françoise, ils sont encore petits, Auguste me demande juste si je veux un mouchoir, et Blanche ne comprend rien, heureusement.

Carole raconte comment elle a obtenu de reprendre une formation payée par son mari, après avoir arrêté ses études, très jeune, pour se marier, et la satisfaction qu'elle a ressentie quand elle a gagné son premier salaire en tant que conseillère de vente chez *Jacadi*.

— J'ai senti qu'il me regardait différemment, je vous assure. J'aime profondément Didier mais je suis à peu près sûre qu'il me voyait uniquement comme une mère de famille desespérée à l'idée que les enfants, forcément mon unique raison de vivre, allaient quitter le nid.

— Ne m'en parlez pas, Carole ! J'ai eu six enfants, vous savez. Et après les trois premiers je... je n'ai pas su dire non. Je crois qu'Hubert était persuadé que c'était l'unique moyen de me rendre heureuse, et que ça m'occupait, vous voyez ?

Je sais que les femmes de militaires ressentent souvent la solitude. Jean-Igor est resté jusqu'à l'âge de quarante ans dans l'armée, et j'ai connu de longues périodes de ce fameux « célibat géographique », sans nouvelles, mes trois filles sur les bras.

Ce qui me surprend, c'est de constater que ces femmes n'attendaient que de pouvoir un jour parler de tout cela librement.

Face à tant de confiance et de confidentes, je me décide à relater la partie romantique de mon samedi soir.

— Nous sommes sagement assis, Wolfgang et moi, à écouter l'auteur et son traducteur discuter du mot « pubis » — Seigneur — et de sa possible interprétation en mandarin, quand Wolfgang sort de sa besace en cuir un petit carnet. Je me dis qu'il veut prendre des notes, et en effet il se met à gribouiller frénétiquement sur son carnet. Sauf que c'est à moi que s'adresse le petit mot.

N'allez pas croire que j'ai choisi exprès le thème de la conférence. Je vous dois des excuses, j'ai inversé les jours, je voulais vous emmener à un débat sur les traductions de termes de botanique au XVIIe.

Il est possible que son mot ne soit pas ironique, et comme il me tend le carnet ET un stylo, je réponds à mon tour en ajoutant sous ses deux lignes :

Un cours d'allemand débutant aurait sans doute été plus approprié.

Je m'étonne de ma propre audace et espère qu'il ne va pas trouver ma plaisanterie déplacée. Mais à mon grand soulagement il fait mine de ne pas avoir compris (enfin je suppose).

L'institut Goethe en propose de formidables, je pourrai vous présenter son directeur si vous le souhaitez.

Nous continuons à échanger sur le petit bloc-notes comme deux collégiens pendant quasi toute la durée de la conférence. Je constate que mes tentatives d'humour ou de complicité ne font pas mouche. Au fond il avait peut-être vraiment envie de partager de la culture. Rien d'autre, les filles, désolée...

Mon auditoire trouve cette forme de communication originale et romantique. Je préfère m'arrêter là. L'atmosphère du salon bleu roi a beaucoup changé au cours des dernières heures. On y sentait une sorte de tension palpable, « bonnes manières obligent ». Elle a fait place à quelque chose d'autre, comme un souffle... d'insolente liberté.

En quittant la place du Maréchal-Lyautey d'un pas vif, je gambade comme une jeune fille de cinquante-trois ans. Il y a tout de même une partie de mon rendez-vous culturel que je ne pouvais pas raconter, même à des personnes de confiance (un *tea time* reste un *tea time*). Une fois la conférence et nos échanges épistolaires de proximité terminés, Wolfgang m'a proposé de faire un tour dans le somptueux parc de la Villa Gillet. J'ai fait mine d'observer la végétation et en ai profité pour détailler un peu mon accompagnateur. Il est très grand, ça je l'avais compris. Épaules très larges et carrées. Une stature assez massive. Au moment où je passais à son ventre (pour constater qu'il en a un, un bon petit ventre, un peu replet, créant comme une légère proéminence sous sa chemise en lin taupe). Là. Là. Seigneur... je ne peux même pas raconter cela à mes filles, elles risquent de me prendre pour une... je suis leur mère après tout. Ouh, Seigneur, Jean-Igor ne s'y prenait pas du tout comme ça ! Et en pleine nature ! Je suis tout à coup plaquée contre le tronc d'un très joli bouleau. Je me dis que le choix est un peu audacieux, l'arbre paraît tout frêle, je ne sais pas si c'est une très bonne idée de... enfin, ce fut très court mais pas pour des raisons hum... physiologiques, non, non. En pleine action, une musique d'aire d'autoroute a retenti et... Wolfgang a décroché son portable ! Pantalon baissé, il s'est retourné vivement, parlant en allemand avant de raccrocher et de se retourner vers moi, à peine confus :

— C'était Mutti, je réponds toujours quand c'est Mutti.

Bien sûr, j'étais estomaquée — de stupeur j'en ai redescendu ma jupe, à peine soulevée par cette force de la nature. Rhabillée donc, décente, mais sous le choc ! Il a dû sentir que j'étais un peu sidérée, et nous nous sommes quittés très peu de temps après cet... échange. J'ignorais totalement que certains hommes répondaient à leur mère dans ces moments-là. Comme quoi, à cinquante-trois ans, j'ai encore beaucoup à apprendre.

J'ai beaucoup pensé à Jean-Igor sur le chemin du retour. Bien conservé à son âge. Bon, les poils gris et pas ces petits abdos saillants qu'il avait étant jeune et sportif. Tout ça, c'est du passé. Moi aussi je change, j'ai changé. Cellulites et vergetures, j'ai commencé tôt. Prise de poids. J'ai plus de hanches mais toujours aussi peu de poitrine. Peut-être qu'elle en a plus que moi. Oui, c'est peut-être là que tout réside. Tout s'explique. Est-ce qu'il trouve cette femme mieux fichue que moi ? Est-ce qu'il préfère... ce qu'elle lui fait ? Il n'a toujours donné aucune nouvelle, ou alors les filles me cachent des choses. Je sais qu'elles font tout pour me protéger.

Dans le métro je suis prise d'un léger fou rire que je contiens vite, évidemment. On ne va pas importuner les gens comme ça. Mais tout de même, quelle soirée !

Chapitre 16

Marie-Victoria

Je me suis vraiment fait avoir. Une fois de plus.

Appo m'a téléphoné pour me dire qu'exceptionnellement, ce vendredi, j'irai chez Chaton pour garder Paul-Antoine et Louis pendant que mes sœurs tiennent séance. Le piège, c'est qu'Appo et Chaton ont posé une demi-journée de RTT. Atelier dragées entre sœurs. Tu parles d'un programme ! Je n'ai jamais compris la tradition des dragées. C'est sec, à peine comestible, on les garde trois plombes après la noce, et elles finissent immanquablement dans un placard à vêtements (Mamy les confond avec le sachet de lavande désodorisant) ou, pour ma part, dans le tiroir à couverts, à côté de l'horrible rebouche-bouteille en forme de Mickey et des cure-dents. Chaton nous met au parfum : suite à un retard de la maison Bernachon, les précieuses confiseries censées arriver ce matin aux aurores ne seront pas livrées avant 19 heures. Nous allons tout de même monter les boîtes, histoire de gagner du temps, nous explique Chaton, se voulant probablement rassurante.

— Je ne comprends pas ? Tu les mets pas dans des machins roses ?

— Tu sais, Vic, ta vision du mariage est totalement rétrograde. De l'eau a coulé sous les ponts depuis les sachets en tulle, crois-moi.

— Mais oui, Vic ! Pinterest, ça sert à quoi à ton avis ? Tu te souviens, Chaton, le mariage de Béthule et Amaury ? C'était tellement adorable comme concept : des dragées pralinées de chez Cousin dans des minimontgolfières en osier !

— C'est quoi, leur délire ?

— Vic, tu n'as vraiment aucune fantaisie...

— Bon, OK, les filles, j'ai compris : il faut épater les invités en leur servant des foutues amandes enrobées dans le packaging le plus aberrant possible. Maintenant, votre histoire de boîte... c'est quoi le principe ?

— Pourquoi Tatan elle a l'air qu'elle va mourir ?

— Retourne devant la télé, Paul-Antoine, Tatan va très bien, elle a peur de nous décevoir parce que les activités manuelles ne sont pas son point fort, c'est tout.

Chaton nous distribue à chacune une dizaine de cartons rigides imprimés origamis. Il faut découper une sorte de patron en suivant des pointillés, puis plier aux endroits indiqués. Afin de monter une boîte de la taille d'un hamster. Ma fin est proche.

— Bon, si on divise en trois, ça nous fait une cinquantaine chacune !

— Génial.

— Et ensuite, on n'aura plus qu'à ajouter les petites dragées et à fermer le tout avec un ruban !

— Merveilleux.

Je me trouve soudain moi-même lourde et décide d'arrêter de faire du mauvais esprit, ne serait-ce que pour éviter que l'atelier ne dégénère. Sauf qu'Appo sort exactement le genre de phrases qui me fait oublier toutes mes bonnes résolutions.

— Hubert a de nouveau une quantité de travail invraisemblable ! Le pauvre, il est tellement épuisé ! Il faut qu'il se donne à fond, on lui fait pressentir un poste encore plus intéressant. Donc là il ne doit pas compter ses heures...

— Ah ouais ? Je croyais au contraire qu'il était censé se montrer ultra-disponible en ce moment ? Pour te prouver... quoi déjà ? Ah oui : qu'il s'occuperait à fond de la future famille du Dr March !

— Mais Vic, le Dr March n'a que des filles !

— C'est une image, Chaton, je veux dire, une famille de quatre, quoi ! Une famille nombreuse, si tu préfères !

— Vicky, je ne vois pas pourquoi tu montes dans les tours, ça n'a aucun rapport.

— Ah ouais ? Le mec qui veut deux enfants de plus et qui te promet qu'il sera ultra-présent pour t'aider mais qui avant même de lancer la machine à reproduire commence *déjà* à te montrer que s'il doit finir à 22 heures tous les soirs pour sa carrière, c'est normal et même plus que souhaitable ? Tu trouves vraiment que ça n'a aucun rapport ?

— ... Attention, les filles, hein, vous découpez bien en suivant les pointillés !

— T'inquiète, Chaton, t'inquiète, on va les soigner tes boîtes en carton.

— Mais... Appo, je croyais qu'après les deux garçons, tu ne voulais pas d'autres enfants ?

— Chaton, tu sais bien comment ça fonctionne ? Monsieur passe avant. Et faudrait pas le contrarier, ça pourrait avoir des retombées négatives sur son plan de carrière. C'est vrai qu'Appo est juste une grosse débile de docteur en chimie et qu'elle occupe juste un poste clé chez « mange ton Yop et tais-toi ».

— Yoplait, Vicky, je travaille chez Yoplait.

— Oui, ben honnêtement tout ce qu'il te reste à faire au fond, c'est d'arrêter de travailler pour te consacrer dès maintenant à tes deux futures grossesses et à l'éducation de Jason et Pimprenelle, comme ça tu es vraiment sûre d'en faire le plus heureux des hommes.

— Vicky, tu n'es pas obligée de manquer de respect à Hubert.

— C'est vrai. Et toi tu ferais mieux de t'obliger à te respecter un peu plus. Nan, mais sérieusement, Appo ! T'es brillante, t'as un superposte, tu ne vas quand même pas te laisser avoir là ! Oh ! les filles ? 2018 ! ! ! On ne va pas reproduire éternellement les mêmes schémas quand même ? Vous me tuez, des fois...

Appo se lève, les yeux légèrement brillants, rejoint mes neveux et fait mine de se soucier de l'avancée des relations entre le Roi Triton et sa progéniture (certain·e·s parmi vous l'auront compris, on a mis les gosses devant *La Petite Sirène*). Chaton s'enfuit dans la cuisine pour nous préparer une petite collation.

J'oublie sans cesse la leçon numéro 1 des femmes Duransson : si tu as un problème ou un sujet important dont tu as besoin de parler, surtout tais-toi (et souris).

Mam a le bon goût d'arriver pile à ce moment-là, rompant du même coup l'atmosphère légèrement tendue que j'ai réussi à instaurer.

Cette semaine s'était pourtant déroulée sans heurts. Enfin, à l'exception de mon café avec Suzanne, que je choisis volontairement de ne pas évoquer maintenant. Mam a fait des mystères au sujet de sa soirée Mozart et littérature de vieux, même si à voir ses yeux de Droopy depuis le week-end dernier, on sait toutes qu'il s'est passé quelque chose. Mamy m'a téléphoné mardi soir. Elle a vu Dad au rayon préservatif et gode du Monoprix de la rue de la Rép'.

« Tu sais ils ont sorti une petite collection de godemichés très colorés, fun comme vous dites. Mais ton père ? Il avait l'air très mal, je te le garantis. »

Ne pas se soucier de savoir ce que fait Mamy dans ce rayon, elle est capable de m'expliquer que les pansements spécial corne sur les orteils sont rangés au même endroit. Ne pas lui rappeler que la formulation « comme vous dites » m'énerve encore plus que « comme disent les jeunes ».

Mam débarque donc, mouchoir à la main, larme à l'œil. Et comme si cela ne suffisait pas, le petit Louis débarque lui aussi dans la cuisine en pleurs.

— Jean-Igor m'a envoyé un SMS.

— Maaaaaaman ! ! ! Ariel elle a plus sa queuuuuue ! ! ! ! ! ! ! ! ! ! !

Ce petit a déjà bien intégré les questions de castrations symboliques. On néglige la profondeur psychanalytique de la plupart des Disney.

Bon, procédons dans le désordre.

— Et mon Loulou, tu sais ce que va faire Tatan ? Elle va finir de monter des boîtes en carton pour tante Marie-Quitterie adorée, et ensuite elle va t'emmener au cinéma avec ton frère, d'accord ? Allez, retourne vite dans le salon, que Paul-Antoine te montre comment on rembobine un DVD.

Une bonne chose de faite. Je me retourne vers la mère éplorée pour la rassurer au sujet de sa progéniture.

— Je comptais le faire vendredi prochain mais devant l'urgence de la situation... Ils passent *Le Roi et L'Oiseau* à La Fourmi. On va à la séance de 18 h 30, c'est un horaire spécial gosses. Et je te les ramène ensuite bien sûr, t'inquiète Appo.

— Ah oui, le fameux cinéma d'art et d'essai dont le projectionniste est après toi.

— Qu'est-ce que tu racontes ? T'as des indics défaillants, je ne vois que ça.

Bon, ça fait tellement de bruit maintenant qu'on ne peut plus les ignorer : attelons-nous à sécher les larmes de tyrex de ma chère mère.

— Mam, raconte !

Le mouchoir bien serré dans son poing (au cas où

quelqu'un aurait envie de le lui voler, je suppose), elle s'installe avec nous autour de la petite table (ronde, en marbre, comme dit Eugène, « le marbre, ça change tout »). Chaton a l'air affolée à l'idée qu'elle imbibe une de ses boîtes à dragées et s'empresse de créer un no man's land autour de notre mère, ce qui est assez comique à observer.

— Il m'a envoyé... ça...

Le vieux Samsung circule comme un narguilé, passant de main en main. Nous sommes toutes sans voix. Heureusement que les sanglots de Mam (associés aux cris de joie des gosses en provenance du salon) créent un semblant de fond sonore.

Tu me manques.

Je n'aime pas ça. Du tout. Et je dois me retenir de raconter les emplettes dont Mamy a été témoin il y a, je le rappelle, deux jours seulement. À quoi joue ce crétin ?

L'aînée prend les choses en main.

— Bon, Mam. Tu as reçu ça quand ?

— Il y a une heure environ, j'étais à la maison, enfin, à la coloc, j'ai allumé mon portable pour envoyer une réponse, enfin, des SMS.

(Notre mère fait partie de cette espèce en voie de disparition qui allume son portable *quand elle a besoin de communiquer.*)

— D'accord, et qu'est-ce que tu as fait ?

— J'ai pleuré.

— Non, je veux dire, tu lui as répondu ?

— Non, je ne savais pas quoi faire... je me sens perdue.

Le débit de larmes est affolant, il FAUT intervenir, je ne vais pas tenir le coup nerveusement. Allez, Appo, trouve quelque chose ! C'est toi la manager du groupe non ? Merde, Chaton s'y met aussi.

— Tu es contente de recevoir ce message de Dad ? Tu pleures de joie ?

— Mes chéries, vous... vous croyez que ça veut dire que votre père veut revenir ?

— Ça doit surtout vouloir dire qu'il se ménage une issue de secours au cas où Femme de sa vie s'aperçoive de la vraie arnaque dont elle a hérité.

Merde. Je me suis lâchée.

— Tu... tu crois... tu crois qu'il fait ça pour... Oh ! Seigneur...

— Le Seigneur n'a rien à voir là-dedans, Mam, et toi Vic, si tu pouvais faire preuve d'un peu de douceur avec ta propre mère de temps en temps ! Bon. Dad essaye de communiquer. C'est la première fois depuis son départ je crois, donc signe positif, il change d'attitude.

— Oui, enfin, merci, Appolpote, mais dans tous les cas, rien à battre que Dad veuille revenir ou non ! La vraie question c'est : est-ce que Mam en a envie ou non, merde ?

— Marie-Victoria, je t'ai déjà dit qu'on n'emploie pas la troisième personne quand ladite personne est dans la même pièce !

J'ai réveillé Mme de Rothschild. Tout n'est donc pas perdu. Elle poursuit :

— Évidemment que j'ai envie que votre père revienne. C'est tout de même la chose la plus souhaitable. Et, comme dirait Françoise de Beauregard, « tout finira par rentrer dans l'ordre ».

À voir nos airs consternés, elle arrête rapidement son beau discours.

Chaton, un ruban vert d'eau dans la main, une paire de ciseaux crantés dans l'autre, murmure presque :

— Même après ce qu'il a fait ? Moi je pense pas qu'Eugène pourrait revenir après... enfin...

Silence de mort (décidément, ça devient un leitmotiv lors de nos retrouvailles en famille).

Comme les mioches qui, une fois tombés, prennent une grande inspiration (et vérifient au passage qu'ils ont du public) avant de pleurer pour de bon, Mam inspire profondément... Vite, vite, trouver quelque chose ! Je me lance :

— On laisse tomber ce SMS pour le moment, Mam. Vois les choses de façon positive. T'as pas quelque chose à nous annoncer ? Cherche bien, voilà, inspire, entre au plus profond de toi-même...

— Recentre-toi, Mam, recentre-toi !

— Chaton a raison, recentre-toi, tu as cinq minutes pour énoncer un événement positif de ta semaine (j'ai lu ça dans le manuel *Vivre au côté d'un possible serial killer*, faut leur faire voir le bon côté des choses, à tous moments, les contraindre à voir ce qu'il y a de beau et de bon dans leur existence. Ça évite au *dark side* de s'exprimer).

— J'ai... J'ai bien quelque chose...

— On t'écoute, Mam, libère ta parole...

— J'ai... J'ai un job.

— Tu as QUOI ? ? ?, se mettent à hurler en symbiose trois furies.

Chapitre 17

Marie-Victoria

Hakim est en pleine discussion avec un homme en slim léopard. JC Figolu. Tout s'explique.

— Il a vraiment pris un coup de vieux, écoute, tu n'imagines pas, j'étais déçu, mais déçu...

— Vous parlez de Laurent Delahousse ? Mamy était du même avis que vous.

— Alors c'est forcément quelqu'un de bien. Elle rêve sans doute tout comme moi de se faire prendre par Laulau...

M. Figolu se tourne vers mes neveux, manifestement très impressionnés par le motif de son pantalon (ce cher Hubert les a habitués à une sobriété toute 6e arrondissement, le pantalon rouge en velours étant le sommet en matière de fantaisie).

— Vous aimez mon pantalon, les enfants ? Devinez combien de mignons Mufassa il a fallu tuer pour le faire, hum ?

— Bonjour, monsieur, mais Mufassa, c'est un lion.

— C'est bien, petit, tu ne t'en laisses pas conter. J'espère que tu dis « bonjour » au début de chaque phrase.

À mon attention :

— Je suppose que vous venez pour la séance de

l'intégrale *Evil Dead* remasterisé ? Un chef-d'œuvre du film d'horreur !

Hakim, qui n'a pas eu le temps d'en placer une, soupire et saute quasiment par-dessus le comptoir avec trois tickets pour la séance du *Roi et l'Oiseau.*

— Et ma carte d'abonnement ? Je viens pour écouler les places, vous savez, il en reste encore...

— Je sais. Je me charge de déduire la prochaine fois, y a pas de problème et bonne séance. Au fait, enchanté, jeunes gens !

Il retire la casquette (verte, Lacoste), l'applique contre son cœur et se baisse en une légère courbette pour saluer mes neveux un à un (décidément estomaqués par cette entrée en matière...). Paul-Antoine tente une percée devant le gentil monsieur à la casquette :

— Monsieur, s'il te plaît, je peux avoir pour nous deux du pop-corn ?

— Et moi, alors ? Ingrat ! Tu refuses de nourrir ta propre tante ?

Hakim s'empresse de nous verser deux paquets de pop-corn sucré et un salé pour Louis, qui a des goûts contre nature.

— Hakim les déduira aussi sur votre carte, lance son satané patron, visiblement désireux de me mettre mal à l'aise jusqu'au bout.

La salle est déjà pleine de gosses et de mères ou nounous ayant écopé de la corvée ciné. Zéro père à l'horizon. Leur BA sera pour une autre fois sans doute... Au bout de quelques minutes de délibération intense avec Paul-Antoine pour déterminer lequel des deux pots de pop-corn est le plus rempli, je sens quelqu'un s'asseoir à ma gauche. Se vautrer à ma gauche plutôt.

— Alàlàlàlà, mais je m'excuse, je sais pas ce qu'il a avec vous, il est pas possible en ce moment, je m'excuse de la gêne occasionnée.

— Pas de problème, Hakim, ou pour reprendre tes propres mots : « y a pas de soucis ».

— Vous vous foutez de ma gueule, là, en fait ?

— Faut éviter le mot « gueule » quand on n'est pas à la maison.

— Merci de bien vouloir remettre mon ami Hakim en place, Paul-Antoine, c'est très aimable de ta part.

— Vous allez pas parler pendant le film, hein ? Si c'est pour parler, faut pas parler, alors vous pouvez sortir, on parle dehors, on parle pas devant le film.

Ça, c'est tout petit Louis, quand il a une idée, il s'arrange pour la répéter trois fois dans une même phrase, c'est moins lourd et plus subtil.

De toute façon, je ne suis pas sûre de tenir le coup plus de trente minutes de Bergère et Ramoneur. Considérant la sortie de mon impertinent neveu comme une bénédiction, je glisse un mot à Hakim, confie le comportement de Louis à la surveillance non violente de son aîné et quitte la salle 2. Il m'accompagne à l'accueil, et nous nous asseyons dans l'espèce de minicanapé deux places très confortable qui semble nous tendre les bras.

— Je suis votre ami ?

— Ben oui, je pense oui.

— Moi je dis ça, je répète, c'est tout, c'est ce que vous avez dit au petit garçon.

— Oui, Hakim, eh bien, voilà, c'est dit : nous sommes des amis.

— C'est génial, vous êtes ma première amie bourge.

— C'est génial, t'es mon premier ami considérant le port d'une casquette en dehors d'un terrain de tennis comme envisageable.

— Celle-là, c'est une spéciale, en fait, elle est dédicacée par Anthony Robbins, tu vois, y a son nom là-dessus.

Je dois pratiquement toucher sa casquette avec mon nez pour apercevoir un semblant de logo aux initiales de cet individu.

— Qui est ce type ?

— C'est pas un type, c'est un génie. Un peu comme un gourou. Vous voyez, le mec, il était franchement mal. Son entreprise, elle démarrait moyen, sa femme et ses gosses, il s'en occupait pas comme il faut, sa maison, elle était petite, sa...

— Oui, oui, j'ai saisi le principe, sa voiture était pas grande et son chien neurasthénique. Venons-en au fait.

— Eh ben, du coup, du jour au lendemain, il a dit : « Pourquoi j'ai pas la vie que je veux ? Je vais changer. Je vais me comporter autrement, je vais me sentir fier et je vais regarder les choses comme elles sont positives. »

— Je pense que je suis toujours... Et ?

— Eh ben, ça marche ! Le type il envoie du bien, il reçoit du bien. Maintenant tout fonctionne dans sa vie, la vérité, même ses conférences, un succès de ouf !

— Parce qu'un type comme ça donne des conférences ?

— Bah oui, j'te dis, il a même écrit trois bouquins, y en a un, *L'Éveil de votre puissance intérieure*, ça, je kiffe, toujours sur ma table à côté du lit, je lis deux-trois pages et je m'endors. C'est positif, ça t'aide. Par exemple votre maman, vous devriez lui faire lire ça, je promets, c'est un cadeau à lui faire, ça. Tiens, regarde.

Il me tend son iPhone ouvert sur la page d'accueil du site officiel d'Anthony Robbins. Une sorte de Schwarzenegger matiné de Vin Diesel. L'air très pénétré. De lui-même. Le râtelier étincelant. Des muscles qui déborderaient du polo de marque s'ils le pouvaient.

— C'est du développement personnel pour bourrins quoi.

— Eh ? Mais dis pas ça, regarde-moi, si vous me dites que vous lisez un truc bizarre sur votre religion, je respecte.

— Je lis rien de bizarre. Je lis pas. Et d'ailleurs, à chaque fois que tu croises une fille un peu BCBG, tu l'imagines en grenouille de bénitier ? Tiens, ma copine

Suzanne, elle... euh, c'est moi ou on a vue sur l'entrejambe de ton boss là ?

Effectivement, pendant notre conversation, Jean-Charles Figolu a eu la bonne idée de grimper sur un escabeau pour faire les vitres du cinéma. Comme le canapé fait face à la vitrine, ça donne une vue plongeante sur son paquet.

— Ah ! ! ! Je suis désolé ! ! ! Faut fermer les yeux, Marie-Victoria !

— Certainement pas ; pas de sexe avant le mariage, mais d'ici là j'ai le droit d'accroître ma collection visuelle anatomique.

Hakim est livide. Manifestement les allusions sexuelles le traumatisent. Je tiens un indice précieux pour le jour où j'ai vraiment envie de le taquiner. J'adore plaisanter sur le « pas de sexe avant le mariage », tout en sachant qu'il existe encore quelques — jeunes — dinosaures dans mon entourage qui persistent à ne pas comprendre qu'on peut respecter sa future femme (et coucher avec elle), ou tester le mec avant de s'apercevoir qu'au lit c'est quand même une cata. Bref. En matière de mec, je suis pour tester l'échantillon avant d'adopter la crème. Mais revenons à ma copine Suzanne qui, justement, n'est pas de la même école...

— Puisque tu as l'air fasciné par les familles de catholiques BCBG coincés qui colonisent plusieurs arrondissements de notre belle ville...

— Vous vous comptez dedans ?

— Bien entendu... donc, je vais te raconter mon verre de dimanche dernier avec un de ces spécimens, ça vaut le détour.

Je me lance dans une brève contextualisation de Suzanne. Boucles brunes et taches de rousseur sur un joli visage rond, très petite taille. Nous fûmes inscrites de force par nos mamans à la danse classique, lesquelles, amies depuis la fac, étaient persuadées de faire de nous deux des inséparables. Loupé. Il a fallu attendre la sixième pour que je calcule Suzanne (et vice versa). Les années passant, nous nous voyons moins. Je refuse catégoriquement de devenir scout, je déserte les rallyes et les soirées de préparation des Jeunesses chrétiennes. Bref, j'ai tout faux. Les *fêtes* organisées par Suzanne m'angoissent : on y retrouve toute la faune qui a fait sa scolarité dans la même école privée que moi, devenus brillants étudiants en droit, prétendants à Science-Po Lyon ou déjà en train d'observer Papounet travailler pour mieux reprendre sa place plus tard. Ces trois dernières années, les *tea time* entre filles tournent presque exclusivement autour d'un seul sujet : les enterrements de vie de jeune fille. La première fois que j'ai entendu le sigle « EVJF », très honnêtement, j'ai cru qu'on parlait d'un nouveau modèle de sac Longchamp ou d'un fonds de dotation pour les victimes du Tsunami. J'ai rapidement été mise au parfum. On évoquait, en reprenant un macaron à la rose, la somme dépensée pour celui de Dauphine ou Elvire, la petite séance de Spa à tant d'euros, les locations du service d'un cuisinier à tant d'euros et bien sûr l'originalité des mesures prises pour que ce petit week-end *girly* (mais respectable) soit fun au possible. J'ai été repérée très vite (quand je ne parle pas, ça s'entend), et Suzanne a eu la mauvaise idée, un jour où je faisais l'effort de venir, de me demander mon avis sur l'EVJF qu'elle préparait pour sa future belle-sœur.

Je me suis un peu lâchée.

J'ai expliqué d'un ton docte (celui qui énerve beaucoup mes sœurs) que l'EVJF était une invention américano-capitaliste et qu'au départ seul son homologue masculin existait, destiné, *rappelons-le*, à permettre à monsieur de se dépuceler (si ce n'était pas déjà fait) avec la Mme Caroline du coin, tandis que mademoiselle, elle, comprendrait à peine ce qui lui arriverait le soir des noces.

— Vous êtes une pénible en fait ?

— Hakim, je peux poursuivre ou bien je vais être

interrompue toutes les deux secondes par des remarques déplacées ?

Je continue mon récit, en même temps que M. Figolu son nettoyage de vitre, s'amusant, je pense, de plus en plus à plaquer ses parties contre la grande vitre.

— Bref, je me suis coupée de Suzanne pendant un moment, ces derniers temps, et j'ai reçu un SMS assez pénible de sa part il y a quelques jours : « C'est quoi le délire avec tes parents ? »

Quand nous nous sommes retrouvées, à 16 h 20 tapantes, au Café des Négociants, Suzanne m'a sauté dessus la mine concernée. J'ai préféré désamorcer d'entrée de jeu :

— Tout va bien, Suzon, ma mère n'est pas morte.

— C'est tout comme, crois-moi. Anne a tout raconté à Mamoune.

Ah oui, j'oubliais qu'Anne est très vaguement reliée à Alix Ducoté, dite « Mamoune », après qu'elles se sont rencontrées dans un même groupe de pèlerinage pour Lourdes. Je crois que leurs fils aînés passaient le bac la même année, et vu les lumières que sont Corentin et Clovis, un pèlerinage n'était pas de trop.

— Je me perds un peu là, ils peuvent pas avoir des prénoms normaux, les gadjos ?

— Hakim, vous avez promis de ne pas m'interrompre.

— Pardon, pardon...

Étrange question : Suzanne me demande comment nous réagissons, mes sœurs et moi, et à ma réponse (savoir : bien remontées contre Dad et à fond pour soutenir Mam), elle semble... soulagée. Elle m'explique pourquoi.

— Tu te souviens de ma marraine, Blandine Maggiard ? quarante-quatre ans cette année. Eh bien, figure-toi que... euh attends, j'ai un appel... c'est Jean-Gab, je le prendrai plus tard.

Jean-Gab : le copain parfait rencontré lors d'un rallye. Comme monsieur travaille au Qatar un mois sur deux, ça aide pour rester vierge une partie de l'année.

— ... Qu'est-ce que je disais ? Oui, donc, ma marraine, c'était l'année dernière, je me souviens, en pleine période pascale, a découvert que son mari la trompait.

— Alphonse ?

— Oui, Alphonse. Avec la prof de cathé des Lazo. Et manifestement c'était loin d'être la première.

— Tu délires ? Celle qui porte des gilets en laine assortis à ses chaussettes ?

— Celle-là même. Bref, Alix l'a foutue dehors. Bac + 5 puis femme au foyer, quatre enfants (ma copine Alice, tu sais, sa fille qui a pile notre âge, c'est la numéro 2). Et devine ce qui s'est passé ?

— Aucune idée, raconte !

— Tout le monde s'est retourné contre elle. La famille d'Alphonse a trouvé inacceptable qu'elle agisse de la sorte et lui a vivement conseillé d'accepter la situation, et éventuellement quelques excuses de l'amateur de tricot. Ses propres enfants l'ont menacée de ne plus lui adresser la parole si elle refusait de revenir sur sa décision.

— Et ?

— Et ils ont mis leur menace à exécution. Dis-toi qu'aujourd'hui, je suis *la seule* de ma famille à lui parler et à la voir régulièrement. Ses enfants ne lui parlent plus, et j'ai beau essayer de convaincre Alice que ça va finir par tuer leur mère, elle continue de rester sur ses positions.

— C'est dingue... je n'en reviens pas...

— En plus, dis-toi que ma marraine a été très courageuse, elle a repris des études et maintenant elle bosse comme informaticienne dans une start-up lyonnaise.

— Un métier d'homme.

— Oui, mais bon.

— Nan, mais Suzanne, je plaisantais...

— Ah ? Euh, bon, en tout cas c'est quand même dommage que les enfants ne pardonnent pas à leur mère.

— Pardon ?

— Bah oui, c'est dommage, ils devraient lui pardonner,

et Alphonse devrait la laisser revenir, souvent c'est ce que je dis à Alix, d'ailleurs, en tant que filleule, tu vois, qu'elle devrait revenir chez lui, enfin chez eux, et que...

— Tout rentrerait dans l'ordre ?

— Exactement ! Attends, tu permets, Jean-Gab rappelle, je le prends, excuse-moi...

Suzon s'éloigne, et je la vois minauder au téléphone avant de revenir.

— C'est Jean-Gab, tu sais comment il est avec le lait allégé... Je suis tellement tête en l'air qu'il a peur qu'un dimanche j'oublie d'en acheter, et s'il démarre sa semaine de taf sans son Matin léger... je ne te raconte pas.

Oui, surtout ,Suzanne, ne me raconte pas. Par pitié.

— Aya ! Mais ça, vous l'avez dit en vrai ?

— Non, Hakim, ça, je l'ai pensé très fort dans ma tête.

— Et le verre ensuite, enfin la suite quoi, ça s'est bien passé quand même ?

— Oh oui, on peut dire ça, Suzanne m'a parlé du mariage de Corentin, de sa vision du mariage, du fait qu'elle considère que vingt-huit ans, c'est déjà un peu vieux pour se marier et qu'elle va faire tache dans sa famille.

— Vous, vous êtes désespérée alors, pour vous c'est mort.

— C'est exactement, ça, Hakim. De toute façon je ne compte pas me marier.

— Hein ? J'suis déçu.

Il y a des fois dans la vie où vous arrivez à un tournant dans une relation. À cause d'une petite phrase, une broutille, une allusion aussi anodine que celle qui précède. Sauf qu'à cet instant, vous sentez que deux options s'offrent à vous. Vous saisissez la balle au bond et laissez la porte ouverte à un possible flirt. Ou vous faites comme si de rien n'était et vous vous épargnez les rapports de séduction à la mords-moi-le-nœud.

— Vous auriez aimé vous occuper du PowerPoint avec les photos de moi au plus fort de l'acné juvénile ?

— C'est ça. Mais je vous dis franchement, la fille qui tient même pas deux minutes devant *Le Roi et l'Oiseau*, je suis pas sûr que c'est bien qu'elle se marie.

— Développe ce point, Hakim, tu m'intéresses...

— Ben, la vérité, *Le Roi et l'Oiseau*, c'est THE dessin animé sur l'amour. Y a tout dedans, t'as l'amour filial, de l'oiseau pour sa femme et ses fils oisillons qui sont morts, t'as l'amour ultime, ça c'est entre la Bergère et le Ramoneur, t'as même une forme d'amour bizarre, ça c'est genre le robot diabolique à la fin, en fait il est tout gentil, vous me suivez ?

— Oui, et si je comprends bien, tant que je n'ai pas regardé ce dessin animé jusqu'au bout, le mariage n'est pas pour moi.

— C'est ça.

Il affiche un sourire satisfait, manifestement fier de sa... démonstration logique. Je renonce à tenter de le raisonner en lui montrant les failles de son discours, ça risquerait de porter atteinte à sa virilité.

— Vous savez, faut pas vous perturber à cause de votre amie, là, Suzanne. Le déterminisme, faut pas se voiler la face, ça existe quand même ! Parfois le milieu, ce qu'on entend, ce qu'on apprend, faut vraiment être très très décidé pour échapper à ça. Par exemple, la marraine là, elle échappe. Ça se voit tout de suite quand vous racontez.

— Tu as raison, Hakim. Je dois arrêter de faire mine de m'estomaquer quand une catho bourgeoise comme moi sort des aberrations rétrogrades. Au fond, je remercie le Ciel que des gens comme ça existent encore, ça me permet de ne pas oublier que, par exemple, être une femme même aujourd'hui, même dans un pays comme la France, c'est quand même un sacré combat quotidien.

— Dites, Combat-quotidien, y a vos neveux qui rappliquent !

Effectivement, Paul-Antoine et Louis se précipitent sur nous, parlant en même temps, chacun cherchant évidemment à me raconter EN PREMIER ce qu'il a pensé du film (me livrant une analyse hautement construite sur ce chef-d'œuvre, comprenant la description du chapeau de l'Oiseau que c'est le même que celui de la Bergère).

— Mais quand même, Jacques Prévert, vous connaissez ? C'est lui qui a fait les dialogues... et les jeunes, vous connaissez, Jacques Prévert ?

— C'est ton père ?

Hakim éclate de rire et salue de loin quelques mamans et gamins, sans doute habitués du quartier...

Nous nous relevons du canapé, j'ai des fourmis dans les mollets et les cuisses presque endolories. En fait, j'ai l'impression d'avoir fait une sieste en bavardant avec Hakim. Je me sens de nouveau comme dans la salle noire, lors de l'écoute du CD de Gil Scott-Heron. Simplement bien. Un peu cotonneuse aussi, mais d'une agréable manière.

— Vous bossez demain ?

— Pas de tableau Excel le samedi, j'ai cette chance...

— Bon, on sait jamais, peut-être qu'on va se voir très bientôt.

— Je n'en doute pas, j'aime fréquenter mes amis.

Hakim se tourne en direction de mes neveux.

— Je peux embrasser votre tante ?

— Berk ! Nan, c'est horrible !

— Beeeeerk !

Jean-Charles qui rentre enfin de son ménage de printemps à ce moment-là nous gratifie d'une moue dégoûtée.

Un baiser sur la joue. On n'a jamais vu plus innocent. Ni plus mignon. Même si j'ai horreur de ce mot et que je ne viens pas de l'employer, qu'on se mette d'accord.

Chapitre 18

Max

Emily a eu un cas déstabilisant ce matin. Un petit Grégoire qui ne parle pas. Ni à l'école avec ses camarades de maternelle. Ni avec son frère de deux ans son aîné. Ni avec ses parents, couple apparemment plutôt équilibré et disponible pour leur gosse. En fait le seul moment où il ouvre la bouche, c'est pour dire ; « Non, certainement pas. » À table, quand on lui sert des haricots verts.

J'adore déjà ce petit.

Il semble que les parents, rien que pour se rassurer et entendre le son de sa voix, préparent des haricots verts plusieurs fois par semaine. Le pauvre.

Nous discutons avec ma femme depuis plusieurs minutes de ce nouveau patient assez incroyable, visage angélique et regard malicieux, quand je m'insère dans la brèche pour raconter ma propre journée.

— Dis-leur d'essayer les haricots beurre.

— Quoi ? Ces légumes tout pâlots ?

— Écoute, comme dirait notre bourreau bien-aimé Boris... Attends, comment il a dit ça ? Le « Justin Timberlake », non, le « Kanye West » du légume ? Merde, j'ai zappé.

— Tu vois que tu commences à te prendre au jeu... Quand ce sera terminé, tu vas me supplier de te réinscrire à un nouveau stage !

— Ça finit dans trois semaines, deux jours avant le début du Salon du tatouage.

— Oh ! Maxou ! ! ! Tu ne crois quand même pas que j'avais oublié cette date !

— Non, *darling*, pour quelqu'un qui retient la date du jour où on a partagé une margarita pour la première fois, ce serait insultant.

Je vois bien qu'Emily préfère les anecdotes sur mon atelier culinaire à une énième complainte sur l'ambiance chez Indelible Ink en ce moment. Chaque fois que j'évoque le départ de Jess, ça me met dans une humeur de bouledogue, et Emily ne manque JAMAIS d'ajouter « Tu vois ! Je te l'avais dit ! Pas bon l'aventurier, pas bon ! », ce qui a pour effet de décupler ma rage. Typiquement le genre de remarques à la Panoramix que je ne peux pas supporter. Je me résous et me lance dans un récit détaillé du dernier cours, important surtout parce qu'il marque mon passage à l'acte : dénicher ma *desperate housewife* et nous sauver, Léna et moi.

D'abord, comme Emily raffole des *gossips*, je commence par lui décrire l'attitude de l'Allemand, Wolfgang, le prétendant numéro 1 de notre Marie-Chantal. Il s'est comporté bizarrement. Et le mot est faible. Je l'ai entendu DISTINCTEMENT, j'insiste, glisser à l'oreille de Collier de perles : « J'espère que vous ne m'en voulez pas, mais Mutti est toujours prioritaire. » Si ça signifie bien ce que je pense, vive le glam. T'as tout compris Wolfi, continue comme ça. Emily éclate de rire mais essaye de sauver Wolfgang (c'est son côté saint-bernard) en lui trouvant mille excuses possibles.

— Si ça se trouve, Mutti est un chiot, et il devait aller le nourrir, donc il a quitté leur rendez-vous galant, tu vois ? Pour le sortir ou lui donner ses croquettes ! Il est bien, ce Wolfgang !

Tiens, en parlant de clebs, j'ai oublié d'évoquer l'alien qui trône depuis le début de cette conversation sur les genoux de ma compagne. Il prend ses marques un peu trop vite à mon goût, ce troll. Évidemment Emily est déjà folle de lui. De toute façon, même si je lui rapporte un pékinois albinos qui a de la conjonctivite, elle est capable de l'accueillir à bras ouverts.

— Je ne suis pas convaincue du tout par ton hypothèse du chien. Non, moi je pense que c'est typiquement le mec qui... enfin je ne sais pas quel âge il a, mais probablement cinquante-cinq, cinquante-sept ? Eh bien, il est prêt à tout lâcher ou à passer à côté d'une supermiss collier de perles pour... sa mère.

— Un fils à maman ?

— Un type dévoué quoi.

— Et si elle est super malade ? C'est possible ça !

— Ouais, bref... rassure-toi pour Marie-Chantal, il lui reste un deuxième type à pécho.

— Tu parles de l'aristo qui vit sur une péniche ?

— Exactement, Philippe de Masquier. Lui aussi est toujours après elle. Il a des yeux de chien battu parfois quand il la regarde — ne m'en veux pas Maxi. Je ne suis pas sûre qu'elle ait capté quoi que ce soit pour le coup.

— Maxou, ce chien s'appelle *Max*, tu ne vas quand même pas l'appeler Maxi ! C'est pas le nom d'un magazine horrible en plus ? Avec les nanas en couverture qui ont toujours un string prêt à exploser et des seins gonflés à l'hélium ?

— Peut-être, mais je vais pas non plus m'appeler quand j'appelle un chien. T'imagines devant ma mère ?

— Ah oui au fait, elle a encore téléphoné...

— Toujours le même sujet ?

— Toujours.

— Qu'est-ce que t'as répondu ?

— Que ça m'étonnerait vraiment que tu aies changé d'avis depuis son dernier appel il y a... un mois ? Un mois et demi ?

Ma mère tient à ce que je la tatoue. C'est ma belle-mère en fait, mais c'est elle qui m'a élevée et je la considère vraiment comme ma *vraie* mère. Quand mon père l'a rencontrée, j'avais cinq ans. Ma mère s'était déjà barrée avec un autre mec en nous plantant là, ma sœur et moi, comme des vêtements un peu ringards qu'on laisse dans une benne du Secours catholique avant de déménager. Bref, tatouer ma propre mère, je trouve ça... enfin je n'y arriverai pas. Ça me crispe. Je sais bien que c'est un blocage. Mais je ne peux pas dessiner sur le corps de la personne qui m'a mille fois donné le bain, relevée quand je me vautrais pendant mes séances de roller, serrée fort contre elle quand j'étais triste même si je me transformais alors en petit corps rigide. Bref, je ne peux pas tatouer celle qui a été comme ma mère, donc comme celle qui aurait *porté* mon corps. Ça peut paraître tordu, mais c'est ce que je ressens. Et ça la rend très triste. Moi ça me désole de la rendre triste mais voilà. Le débat est clos.

— Peut-être qu'ils vont finir par sortir ensemble, M. Péniche et Marie-Chantal...

— Mouais... Au fait, tu sais que j'ai demandé d'autres aquarelles au petit vieux adorable ?

— Michel !

— Oui, Michel. C'est ton préféré non ?

— Bah, il me touche disons.

— Toujours des paysages ?

— Toujours, mais aussi des motifs uniques, des études de fruits, fleurs. Jamais un être humain, jamais une bestiole. Juste la nature. Attends, bon, ça ne va pas rendre aussi bien qu'en vrai, mais j'en ai pris quelques-unes en photo, regarde.

Je fais défiler les paysages de montagne, des roses, toutes sortes d'arbres à l'aquarelle, très peu souvent dans des couleurs réalistes. Emily est comme quoi : conquise. Et pour cause, ce petit vieux a un talent fou. Je me sens obligée du coup de lui raconter la tentative du cadre dynamique, Nicolas, de m'inviter à prendre un verre « pour échanger et partager »... Le pire c'est que, sentant venir la chose au précédent cours, j'avais déjà évoqué, à haute voix, que je retrouvais ma femme le soir même. Mais il y a des mecs qui sont persuadés qu'on loupe quelque chose en étant lesbienne. Les abrutis.

— Tu n'as pas été trop méchante ?

— Non, tu me connais, un vrai petit ange. (J'ajoute le sourire *enjôleur* pour achever de [ne pas] la convaincre.) Le plus drôle, c'était quand même le laïus du prof. Tu sais que ce mec est complètement taré ? Il nous a fait préparer une purée maison en parallèle des haricots beurre et du gigot, eh bien, on a eu droit à quinze minutes non-stop sur le presse-purée. Combien cet outil est une merveille, un bijou de technologie et de simplicité. Je te jure, quand il écrasait ses patates, c'était à gerber tellement il y mettait du cœur. Ensuite il est passé auprès de chacun de nous pour nous faire tester SON presse-purée porte-bonheur.

— Il est bien taré ! Et sa tenue du jour ?

— Veste chinoise jusqu'aux genoux sur pantalon en velours bleu marine. Petit foulard à motifs toile de Jouy autour du cou. J'étais pliée en quatre. Heureusement qu'il ne lui reste plus beaucoup de cheveux, sinon il aurait probablement poussé le vice jusqu'à s'enfoncer le presse-purée dans un chignon pour se faire une coiffure *arty*.

Emily se marre, et j'en profite pour enchaîner sur l'épisode le plus intéressant, survenu à la fin du cours. Notre Marie-Chantal avait déjà eu le temps de se précipiter vers la sortie pour prendre un appel sur un téléphone... euh... je ne savais pas qu'il en existait encore de ce modèle, un genre de vieux Samsung de chantier des années 2000. Je lui ai tapé dans le dos pour qu'elle se retourne, elle a eu une mimique affolée et a rapidement raccroché.

— Pardonnez-moi Maxime, c'est ma fille qui se marie, les boîtes à dragées sont arrivées, et vendredi il faudrait que... mais pardon, rien de très passionnant, je vous écoute.

Là, je préfère prévenir Emily. J'ai été directe. Très directe. Je lui ai dit avoir cru comprendre qu'elle traversait une période... éprouvante. Et qu'elle n'avait pas de job. Que j'en avais un à lui proposer. Mais qu'il allait falloir qu'elle bosse dans un univers... éloigné du sien.

— Je ne sais pas faire grand-chose.

Un manque évident de confiance en soi et d'expérience du marché du travail et de l'autopromotion, mais ça, j'aurais dû m'en douter.

— Vous allez avoir mille fois l'occasion de me prouver le contraire. Donnez-moi votre réponse vendredi dernier carat s'il vous plaît.

Vendredi, à 9 heures pile, j'ai reçu son SMS. Efficace, moderne.

c OK

Emily est visiblement ravie et soulagée de cette nouvelle. Elle m'embrasse sensuellement dans la nuque et m'entraîne vers le canapé, signe qu'elle souhaite changer de sujet.

Nous sommes lundi, et j'ai demandé à Léna d'arriver avec un peu d'avance sur son retard habituel.

Surtout ne pas faire de gaffes, ne pas l'appeler Marie-Chantal. Je me répète en boucle, comme un mantra, « son prénom c'est Aliénor, son prénom c'est Aliénor ». Son premier réflexe est de jeter un œil préoccupé en direction de Maxi. Saine réaction, je cautionne totalement. Je fais visiter à Aliénor son nouveau territoire, et Léna se charge de lui détailler ses principales missions. Elle ouvre de grands yeux devant notre matériel, surtout les aiguilles, elle doit se croire dans un temple de la drogue,

« les tables comme pour les médecins », et enfin les multiples portraits de gens tatoués affichés au mur de l'accueil en format polaroïd.

— Et ça part facilement ?

— Disons que ce n'est pas le but premier.

Elle pose peu de questions mais griffonne frénétiquement après chacune de nos phrases dans un petit carnet Christian Lacroix. Le Clairefontaine, très peu pour Marie-Chantal. Le Gremlins lui jette des regards un peu sceptiques qui me foutent la pression. Marie-Chantal pianote, prend des notes. Je fais mine de passer derrière elle pour récupérer des lingettes désinfectantes dont je n'ai pas besoin. Je vois qu'elle a trente-six mille fenêtres ouvertes sur son ordi. Elle passe avec dextérité de notre page Facebook au site, tout en alimentant les tableaux Excel, mon cauchemar. Je me souviens de cette phrase de ma femme la veille, reprise sans doute de sa propre mère : « Un foyer, c'est une petite entreprise. » L'horreur.

Chacune déjeune toujours de son côté chez Indelible Ink, nos rythmes, déjà du temps de Jess, étaient très différents. Marie-Chantal sort de son sac à main très années 1960 un petit tupperware en verre et des couverts à manche fuchsia un peu... surprenants dans sa main.

— C'est ma fille. J'habite chez elle temporairement, et il faut reconnaître qu'elle n'a pas beaucoup de connaissances en matière d'art de la table. Toute sa vaisselle est de la même eau.

Je ne sais pas quel âge a sa fille mais je les plains toutes les deux. La situation ne doit pas être simple.

L'après-midi, je reçois Laurie, la dermato, et Anna, la chimiste. Mes deux alliées pour le Grand Projet avec un G et un P majuscules, comme je l'appelle depuis maintenant cinq ans. Elles ont toutes les deux tiré une tête pas possible quand elles ont vu la petite nouvelle de l'accueil.

— C'est la mère de Jess ou quoi ?

— C'est quoi la bourge à l'accueil ? Elle sait ce que

c'est qu'un tatouage ? T'as pas peur qu'elle fasse fuir les clientes ?

Léna est en séance, une quadragénaire qui veut se faire tatouer un cadran solaire entre les seins. Pourquoi pas, sauf que Léna m'a déjà expliqué que, lors de sa consultation gratuite (une séance d'une heure que nous offrons aux clientes pour évoquer en profondeur leur idée et les motifs qu'elles envisagent), elle avait repéré un détail embarrassant. Son tour de poitrine.

— Tu vas voir, je suis sûre que ses seins vont recouvrir une grande partie du tatoo ! C'est gênant mais qu'est-ce que tu veux, je ne vais pas lui dire : « Madame, vous avez des grosses miches, je peux vous faire le même mais sur les fesses ? »

— Mais « miches » ça veut dire « fesses » en fait.

— Non, Max, ça c'est « loches », on va pas revenir là-dessus.

— Vous, les Lorrains, vous êtes vraiment bêtes...

Je n'entends pas de protestation pour l'instant côté Léna, le cadran solaire doit être en bonne voie. Mais en plein milieu du rendez-vous GP, alors que nous étudions les échantillons les plus concluants jamais obtenus jusqu'à présent, j'entends un « Et quel âge avez-vous, s'il vous plaît ? » prononcé un peu trop fort pour ne pas être suspect. Levant les yeux au ciel, je me précipite vers l'accueil et m'arrête juste à temps pour surprendre cette conversation.

— Très bien, tout juste majeure donc. Mais cette chose-là sur votre feuille A4...

— Mais, madame, c'est un attrape-rêves !

— Oui, eh bien, cet attrape-rêves, vous avez conscience que c'est vu et revu ? Est-ce que vous savez que même les anciennes vedettes du club Mickey n'oseraient pas se faire faire une aberration pareille ! Écoutez, ce matin, en trente minutes sur Google, j'en avais déjà compté au moins cinquante de vos attrape-rêves !

— Ouais, mais, madame, c'est mon choix !

— Écoutez, jeune fille, je vais vous dire unc chose. Le jour où vous aurez vraiment une décision majeure à prendre dans la vie, vous pourrez dire « c'est mon choix », comme cette présentatrice abjecte dont le nom m'échappe à présent, d'accord ? Vos études, l'homme de votre vie, tout ça, nous sommes d'accord ? Maintenant, choisir entre un motif rabâché et un motif cucul la praline, je n'appelle pas ça « choisir », j'appelle ça « huiler soi-même le couperet de la guillotine ». Me suis-je bien fait comprendre ?

— Euh... je...

— Vous allez retourner méditer chez vous pendant plusieurs années s'il le faut à un dessin original et pensé. Mais n'allez pas fatiguer Maxime avec des demandes aussi triviales, c'est presque indécent.

Cette gosse vient de se prendre un énorme râteau par une caricature Jacadi qui s'exprime comme si elle parlait avec des cure-dents en argent dans la bouche. Et elle repart la tête basse, sans même protester ?

Incroyable. Marie-Chantal va se révéler une excellente recrue. Encore un peu de diplomatie, et ça sera la perfection.

Rescue Mam

Marie-Victoria

Mot d'ordre : Déferlement du MAL.

ParticipantES : Charlie-Mamy et ses drôles de dames. Je veux être Farah Fawcett.

Chef : Encore l'autre despote.

Rédactrice : Moi-Je.

— Cette femme est notre cible.

Mamy est déchaînée. Elle débarque dans le salon, en plein milieu du JT, moment pourtant sacré, brandissant une feuille A4 sur laquelle apparaît, en tout petit, la photo d'un... profil LinkedIn ?

Mollement avachie sur le canapé en cuir jaune, Appo n'affiche pas la mine sidérée que je lui connais dans ce genre de cas. J'en conclus qu'elle est de mèche depuis le début. Encore une fois, c'est moi l'exclue de la famille. Et Chaton. Mais Chaton ne compte pas vraiment. D'ailleurs, elle s'est assise sur la chaise la plus moche de la pièce. Moi je suis à même le sol, j'y ai vraiment pris goût, surtout que le parquet sent toujours bon la cire chez Mamy.

— J'ai demandé à votre sœur aînée, en tant qu'aînée,

— C'est pas un peu redondant, Mamy chérie ?

— Chaton, ne joue pas au prof de français avec

moi ! Donc, j'ai demandé à votre grande sœur d'avoir la gentillesse de me sortir une impression de cette photo sur laquelle l'individue coupable...

— Mais Mamy chérie, comment tu peux être sûre que c'est elle ?

— Je l'ai prise en filature.

— Tu l'as QUOI ? ? ? ? ?

Chaton et moi crions à l'unisson. Appo est imperturbable. Il faut savoir que ma grand-mère est atteinte du FDP : « Fantasme du détective privé ». Rappelons qu'elle a déjà surveillé le prof de l'atelier cuisine et voulu suivre à la trace le dénommé Wolfgang au moment où il faisait son numéro de charme à Mam. Elle ne pouvait pas se contenir aussi longtemps. Trouvant horrible que sa propre fille ne puisse pas connaître l'identité de *sa remplaçante*, Dad ayant fait le coup de *la femme de sa vie anonyme*, elle a décidé de passer à l'acte.

— Elle marche en canard. Et elle porte des socquettes dans ses Tod's.

— Tu déconnes ?

— Non, Marie-Appoline. Ta grand-mère ne déconne pas avec ces choses-là.

Nous supplions Mamy — qui vit son heure de gloire — de nous raconter sa folle enquête policière.

— J'avais toujours trouvé ça louche, sa soirée hebdomadaire du jeudi à Paris. Non, mais franchement ! Quelle entreprise organise une réunion par semaine dans une ville à deux heures de TGV ? Au lieu de la faire au quatrième étage de son building ?

C'est vrai que Mam a gobé ça... Enfin, nous aussi d'ailleurs... Dire que Mam avait peur que ce nouveau rythme le fatigue. Quel connard.

— Mamy, Dad travaille pas à la CIA, il bosse pas dans un building.

— Marie-Appoline, ne m'interromps pas, tu veux ? Je pose les éléments du décor. Donc, jeudi dernier, j'ai décidé de faire le pied de grue. J'ai retrouvé un vieux carré Hermès. Écoutez, noué à la Grace Kelly et très bien assorti à mes mouches, c'était parfait.

— Euh, Mamy, t'es sûre qu'il t'a pas grillée, Dad ? Ça m'a pas l'air très discret ce que tu nous racontes...

Mamy ignore ma nouvelle tentative de déstabilisation et poursuit son récit. Elle a commencé à faire le guet à partir de 19 heures, à la sortie du boulot de son gendre.

— Et là, à 19 h 16, un jeune homme s'approche de moi en me demandant si je vais bien. « Je vais très bien, je ne me suis jamais sentie aussi bien, monsieur, c'est très gentil. » Mais il ne passe pas son chemin, il continue ! « Ça fait quelques minutes que je vous vois là, immobile. Vous voulez que je vous raccompagne quelque part ? » Là, je lui ai fait comprendre que je ne mangeais pas de ce pain-là.

— Euh... Mamy ? Ce pauvre garçon voulait juste rendre service ! Dans le quartier du boulot de Dad il y a au moins quatre maisons de retraite. Il a peut-être cru que tu étais de permission et que tu ne retrouvais plus ton chemin.

— Oui, Appo a raison ! Ou que tu avais des troubles de la mémoire, mais genre super avancés !

— Marie-Appoline, Marie-Quitterie, vous êtes tellement naïves, mes chéries. Vous n'êtes pas prêtes à affronter l'époque cruelle qui est la vôtre. Ce jeune homme voulait faire... des... choses. C'était une approche, je vous le dis.

— Ah, Mamy, mais t'es horrible ! Un gérontophile en liberté ?

— Je t'interdis, Marie-Victoria ! Il a sans doute trouvé, comme beaucoup de gens, que je faisais très jeune. On ne peut pas en vouloir aux gens d'avoir bon goût. Mais donc, je le vois venir, je le fais déguerpir et heureusement que je ne l'ai pas eu trop longtemps dans les pattes parce qu'à 19 h 28...

— Dad sort ! (Moi)

— Avec la fausse blonde ! (Appo)

— T'es vraiment sûre de toi pour les socquettes ? (Chaton)

— ... Le sujet est en ligne de mire. Sortant du même immeuble que feu mon gendre et portant une ridicule sacoche au nom de leur société, il apparaît clairement que le sujet travaille au sein de la même entreprise que votre père. Je fais mine d'être en conversation téléphonique et je me rapproche au maximum des deux cibles. Plus c'est près, plus ça passe inaperçu, vous savez ça, les filles ? Aux alentours de 19 h 40, votre père prononce un prénom, sur un ton mielleux et insupportable qui ne laisse aucun doute quant à la nature de leur relation : « Nathalie-Flocelle ».

— Tu déconnes ? (Moi)

— J'y crois pas ! (Chaton)

— Oui, honnêtement on touche le fond... (Appo)

— J'appelle alors votre sœur, Marie-Appoline, en lui fournissant ces deux informations durement obtenues : l'individu recherché est une femelle répondant au prénom de...

— Et là donc, je prends le relais, Mamy, tu ne m'en veux pas ? Donc j'ai rentré « Nathalie-Flocelle » et je n'ai même pas eu besoin de taper le nom de la boîte, vous vous doutez qu'il n'y a pas dix mille « Nathalie-Flocelle » sur LinkedIn et Facebook, surtout ajoutée aux *amis* de notre cher Dad comme par hasard depuis peu de temps.

— Tu ne pouvais pas imprimer la photo en plus grand ? T'as son profil LinkedIn complet ?

Nous comprenons beaucoup de choses en découvrant le profil professionnel de gueule-de-chèvre, alias Nathalie-Flocelle Pierre. Notamment l'origine de la pratique assidue de l'aviron par Dad depuis un an et demi. (De la part d'un quinquagénaire plus du tout sportif et ayant le mal de mer à quai, on s'était dit que c'était carrément audacieux.) Ils se sont même plus probablement connus avant, dans l'armée où ils ont travaillé tous les deux. Triste...

— On lui fait quoi ? lance Chaton, d'habitude peu machiavélique.

Mamy manque de s'étouffer avec ses éternelles amandes grillées saveur bacon, tant est grand son enthousiasme.

— On lui fait payer ! !

— Mamy ! Tu es géniale Mamy !

L'idée de faire le mal réveille sans doute des pulsions ancestrales, même chez les jeunes filles de bonne famille (et les octogénaires de bonne famille), parce que nous débordons littéralement de créativité et d'énergie.

— Moi je propose de cliquer chacune 222 fois par jour sur son profil LinkedIn, en profil visible pour qu'elle se sente comme une bête traquée.

— Appo, moi je veux bien, mais pourquoi « 222 » ?

— Réfléchis Vic ! Parce que additionné tout ensemble ça fait 666. Le chiffre du diable.

— T'as pas compté Mamy dans l'équipe ?

— Mamy a découvert à 19 h 45 l'existence de LinkedIn, je te rappelle, Chaton.

— Peut-être, mais moi je dis que Mamy doit participer. C'est pourquoi je préconise plutôt des appels anonymes à son bureau. On peut enregistrer la voix de Chucky, la poupée maudite, qui dirait « Je sais qui tu es » !

— Moi je crois plutôt qu'on peut l'attendre à son cours de canoë-kayak et l'abattre avec une rame ! On lui déboîte d'abord les rotules pour qu'elle tombe au sol et après, elle est à nous !

— C'est de l'aviron, Mamy. Et c'est trop violent, ton trip. Arrête de regarder tes émissions gore.

— Et toi, Marie-Victoria, arrête de jouer les saintes-nitouches ! Qu'est-ce que tu proposes de constructif ? Au lieu de nous critiquer !

J'essaye d'expliquer à mes deux sœurs et à ma grand-mère ivres de sang que je ne suis pas pour lui faire peur, à cette connasse. De toute façon, elle le quittera bien assez tôt. Et en attendant, plus Dad reste avec Avirongirl, plus Mam a la chance de développer une existence pour elle. De découvrir qu'elle peut se passer de papa, d'homme tout court d'ailleurs, qu'elle existe d'abord et avant tout pour elle-même ! Qu'il y a d'autre vie possible que de préparer une paire de chaussettes propres tous les jours depuis l'âge de dix-neuf ans à un moins que rien ! Je propose donc l'attentisme. Parce que, de mon point de vue, se faire larguer... c'est la chance de sa vie.

Mamy relâche une amande dans son paquet, façon petit poisson viens là que je te libère dans la grande bleue. Chaton tousse un peu fort, et Appo lève les yeux au ciel.

C'est Chaton qui ouvre le bal. Elle nous confie être extrêmement angoissée en ce moment pour son mariage, à cause de *toutes ces histoires*. Sauf que, soyons honnêtes, qu'est-ce qui n'a pas inquiété Chaton depuis qu'Eugène-le-parfait a demandé sa main (je suis presque étonnée qu'il n'ait pas d'abord demandé l'autorisation à beau-papa, le faux-jeton) ? Revenons sur quelques moments clés. Choix de la robe : un grand moment. Choix du traiteur : a entraîné une surconsommation d'aspirine (à la limite, Citrate de bétaïne, j'aurais compris). Déterminer *qui* est demoiselle d'honneur, qui ne l'est pas : délibération douloureuse et double ration d'Euphytose. Choix du prêtre, de la couleur des bougies et des fleurs dans l'église, de la marque des chaussures, de la taille des assiettes, de l'ensemble de jazz... Je peux encore étendre la liste ! Chaque étape aura été jusque-là *source de stress, hautement angoissante*... Alors que la séparation de Mam et Dad alimente vraiment cette tension intense... j'en doute. Sauf que Chaton ne l'entend pas de cette oreille.

— Moi je n'arrête pas de penser au jour J, à ce qui va se passer. Pardon d'être égoïste, mais c'est vrai, j'y pense tout le temps, j'aurais préféré qu'ils fassent leur crise après !

— Si ça peut vraiment te faire plaisir, on n'a qu'à leur faire signer une trêve pour ton mariage.

— Merci pour cette idée lumineuse, Vic, et comme Dad ignore totalement Chaton et que de ton côté, tu snobes ses tentatives d'approche (il m'en a reparlé quand je l'ai appelé pour caler le premier rendez-vous chez le juge), qui va jouer au diplomate ? Encore moi, comme toujours.

— Arrête de faire ta victime, Appo, s'il te plaît ! De toute façon, ce que je trouve affolant, c'est que toi, Chaton, tu souffres du même syndrome que Mam : t'as tellement la trouille de ce que les invités vont penser à ton mariage que tu...

— Marie-Victoria, ça suffit ! D'abord, tu es ridicule, tu déformes totalement les propos de ta sœur ! Grâce aux méthodes *m'as-tu-vu* de ton père, la moitié de la ville est au courant de la séparation. S'il pouvait écrire une lettre ouverte au Président dans *Le Figaro* pour lui expliquer pourquoi il a choisi d'être libre et assume sa décision, il le ferait.

Un point pour Mamy.

— C'est clair, Vic, sois pas dure comme ça avec Chaton. Une trêve, ça ne veut pas dire qu'on a envie qu'ils se remettent ensemble, juste qu'il n'y ait pas de drame le jour J, à part le fait que tu vas gagner tes galons de seule sœur Duransson célibataire.

— Très spirituel, Appo, merci. Bon, donc, Chaton, qu'on se dise le fond de notre pensée, tu confirmes que si papa revenait...

— Mais c'est hors de question, Vic ! Enfin... euh... c'est quand même à Mam de choisir, mais ça me semble impossible qu'il revienne ! On dirait qu'il a fait exprès de se saborder, d'éliminer toutes les chances qu'il pouvait avoir par la suite de rentrer et qu'on l'accueille en héros.

— En héros de quoi ? Genre : j'ai pété ma crise de la cinquantaine et largué ma femme comme la moitié des bœufs de cette planète, je manque autant d'originalité que de classe ; maintenant je rentre, applaudissez ?

— Les enfants... calmez-vous ! Tiens, mais c'est l'heure de mon petit muscat ?

Évidemment, nous profitons que Mamy retourne dans la cuisine chercher la précieuse bouteille pour en remettre une couche et faire remonter le niveau d'agressivité de la pièce. Trois anges, les sœurs Duransson.

— Vic, ce que je veux dire, c'est que c'est impossible qu'il revienne, mais que *moi* je pense surtout que ce n'est pas souhaitable ! T'imagines ? Quelle image maman nous donnerait d'elle ? La femme toutou qui a juste attendu que son mari daigne la regarder à nouveau et accepte tout et n'importe quoi, même après qu'il l'a traitée plus bas que terre ! Moi, si Eugène me faisait un coup pareil, je...

— On s'égare, les filles, on s'égare. Là vous parlez toutes les deux de vous. Alors qu'au fond la seule chose qui compte c'est : qu'est-ce que veut MAM ? Si elle pense que le secret de son bonheur réside dans la présence de Dad à ses côtés, même si pour ça elle doit avaler un élevage de couleuvres... je crois qu'il faudra qu'on respecte son choix.

— Appo, attends, tu penses sérieusement ce que tu dis ? Tu fais quoi, toi, le jour où Hubert t'annonce qu'il a rencontré une championne d'aviron et que tu as l'immense chance de pouvoir rester un mois dans votre appart avec les petits ? Et pourquoi pas aussi qu'il te laisse le plaisir de la garde totale des gosses, vu qu'en tant que femme, c'est à peu près la seule chose qui t'importe vraiment dans la vie ?

— Bon alors Vic, d'abord, si tu pouvais éviter de rapprocher un hypothétique comportement d'Hubert avec celui de notre con de père, ce serait sympa, merci. Ensuite, ma situation n'est pas la même que celle de Mam, tu sais bien que je gagne ma vie...

— Je te signale que Mam a trouvé un job.

— Vic ? Soyons sérieuses ! Elle n'a même pas osé nous avouer ce que c'était ! Bon, tout ça pour dire que vu ma situation, très différente de celle de Mam, si Hubert faisait le con, je pourrais choisir en toute conscience qu'il revienne.

— Mais, Appo ?

— Quoi, Vicky ? On voit que tu n'es pas amoureuse, crois-moi, parce que si c'était le cas... tu comprendrais, hein, Chaton ? Dis-lui, toi ! Vicky, écoute-moi bien, au fond, ce qui compte, c'est l'amour. Moi, dans un scénario pareil, si on a la possibilité de se remettre ensemble, j'hésiterai bien sûr, mais si je l'aime, si je suis toujours profondément amoureuse de lui, je lui donnerai une seconde chance, forcément.

Ne pas répondre à cette provocation. Surtout que j'ai cru comprendre que Mam avait parlé d'Hakim à mes sœurs. C'est une ruse d'Appo pour m'inciter à me dévoiler. Il en faut plus pour avoir SuperVicky.

— Bon moi, j'avoue, je suis plutôt comme Vic, mais je comprends l'argument d'Appo, on ne doit quand même pas évacuer l'amour de nos discussions. C'est quand même pour ça, à la base, qu'on est avec quelqu'un, et c'est même souvent à cause de ça qu'on se sépare...

Ah... éternelle Chaton et son sens aigu de la conciliation !

Au moment où Mamy fait son entrée majestueuse dans le salon, portant à bout de bras son petit plateau en laque de Chine garni de quatre verres à pied, Mam nous signale son arrivée par trois sonneries vigoureuses. Mamy nous cuisine son canard aux pêches, afin de fêter comme il se doit la première semaine de boulot de notre chère mère. Mes beaux-frères et neveux devraient arriver d'ici une petite demi-heure. Mam est censée profiter de cette assemblée familiale pour nous annoncer la teneur exacte de son travail. J'ai hâte.

— Tu as l'air déprimée, Aliénor, ma chérie, que se passe-t-il ?

— Rien, maman, un peu désappointée, c'est tout.

— Tiens, viens goûter à ce petit muscat, c'est un jeune vendeur du Monop', tu sais, celui qui remplace l'ancien Petit Casino là, mais si, tu vois ! Juste à l'angle de la Terrasse du Parc ! À côté du Ness ? Voilà ! Eh bien, il m'a conseillé un muscat, tu vas voir, une telle quantité de sucre, ça vous redonne le moral illico. Tu m'as rapporté mon Julien Clerc ?

— Mamy, on vous entend ! T'as filé ton album tout pourri à Mam ? Tu veux quoi, saper nos efforts ? Mam, ne me dis pas que tu écoutes Julien Clerc dans MON appart ? Ça va l'imprégner de mauvaises ondes...

Il suffit d'un verre pour que Mam passe aux aveux. Décidément, je crois que nous pouvons être fières du travail accompli : les Rescuegirls ne seraient pas arrivées à lui tirer les vers du nez aussi facilement il y a un mois. Le dénommé Wolfgang s'était proposé de l'inviter demain soir à dîner au restaurant. Sauf qu'en définitive il part chez Mutti. Et il n'en serait pas à sa première fois... Je sens chez Mam un mélange de lassitude et d'envie de meurtre (sur la personne de Mutti, je précise).

— Mes petites chéries, écoutez-moi bien. Ma meilleure amie Alice Nerson ? Vous savez...

(En chœur) :

— Celle dont le mari a donné son nom à une salle de Lyon-II, oui, Mamy, on sait !

— Vous êtes pénibles... Eh bien, Alice me parlait souvent de son premier petit ami, Henri. Figurez-vous qu'ils parlaient de se fiancer, quand son prétendant a sorti de son veston une photo qu'il gardait toujours sur lui. Une photo de sa mère sur son lit de mort, vous voyez déjà le niveau du petit ? « Maman m'a tenu la main tous les soirs, jusqu'à ce que je m'endorme... » Alice a trouvé ça très touchant. Mais la fin de sa déclaration lui a été fatale : « ... jusqu'à mes vingt ans ».

Vives réactions dans la salle :

— Gooore ! (Moi)
— Mon Dieu, maman, quelle histoire ! (Mam)
— Pourquoi j'ai pas de verre ? (Chaton)
— Honnêtement, moi je pars en courant ! (Appo)
— Précisément, Marie-Appoline, précisément : c'est exactement ce que cette chère Alice Nerson a fait. N'oubliez jamais cet adage, les filles, et c'est surtout valable pour toi, ma petite Aliénor : « Une femme qui se marie au Père, j'appelle ça une sœur. Un homme qui se marie à sa mère, j'appelle ça une plaie. »

Bilan de la séance : j'ai beau retourner les choses dans tous les sens, je crois que Mamy est décidément plus libre et plus lucide que les femmes des deux générations suivantes.

Chapitre 19

Max

Philippe de Masquier nous a tous invités sur son bateau pour un déjeuner au soleil, sur le pont. Aristo et généreux ? Cet homme est un anticliché ambulant !

Ça m'inquiète un peu d'employer le « nous » si facilement, j'ai l'impression de parler comme une *girl scout* qui aurait vendu tellement de cookies au porte-à-porte que maintenant elle peut se payer une place de camping dans le Vermont. Mais je suis quand même contente de rejoindre les membres de l'atelier cuisine dans un autre contexte ce midi. Et puis, un samedi au lieu d'un mercredi. Autant dire que nous repoussons toutes les frontières. Enfin, sauf le petit cadre dynamique peut-être. Je pourrais toujours faire mine de ne pas le calculer et discuter à la place avec mon vieil aquarelliste préféré. Michel a d'ailleurs demandé la permission au maître de maison d'apporter son matos de peinture. Tellement attendrissant. Je me demande s'il va survivre longtemps à la mort de sa femme. Possible que oui. Je me suis toujours demandé, ce qui fait hurler Emily d'ailleurs, s'il existait une sorte de rapport proportionnel entre, d'un côté, l'amour qu'on porte à son conjoint pendant la vie à deux et la longévité de celui qui reste tout seul après la mort du mari ou de la femme. Je pense que non. Mais gamine, je me disais que si ma grand-mère avait vécu aussi longtemps veuve, c'était finalement pour rattraper toutes ces années à subir un mari qui la faisait sans doute chier au quotidien. Bref.

Je m'apprête à sortir de chez nous avec l'intention de marcher jusqu'au quai de Saône (je situe parfaitement l'endroit où M. Panama gare son destrier), quand Emily court dans les escaliers pour me rattraper, tout sourire et une carte postale à la main. Un sourire moqueur, je le vois bien, maintenant qu'elle est à mes côtés.

— Allez, s'il te plaît, lis à voix haute ! ! ! S'il te plaît, s'il te plaît !

Je m'exécute intriguée :

Salut Boss !

J'ai trouvé THE carte avec marqué I LOVE PÉKIN, sauf que je suis au Vietnam. On dort sur un bateau genre felouque mais version asiat. Les enfants d'ici ils sont tellement beaux honnêtement ça vous donne des envies de kidnappings. Même vous je pense que vous pourriez craquer et pourtant on sait que tendresse et guili c'est pas votre truc ! ! On se met bien, soyez pas inquiète pour ma life, et puis Tristan mais comme il gère ! L'autre fois on a croisé une grand-mère du Vietnam, ben ça se voyait qu'elle avait la rage. De dents je veux dire. Donc lui comme ça trop gentil il lui a refilé plein d'aspirine et tout pour qu'elle les mette direct sur sa dent. Du coup la mémé était tellement refaite qu'elle nous a offert le dîner. Putain Boss, mais le troc c l'avenir ! C fou comme les gens i sont trop en avance honnêtement la France on se la raconte mais je vois bien que si j'arrive je vous dis (je dis vs c'est pour l'exemple hein ?) j'ai mal aux dents boss, vs allez me dire quoi ? Achète-toi du Parodontax spécial gencives ! Lol ! ! ! ! ! Allez, gros bisous avec un max (! ! !) de respect, Indiana Jess.

P-S : ça va Max le chien ?

Emily se bidonne, moi un peu moins, même si c'est vrai qu'à force, Jess est aussi givrée qu'attachante. Sans compter qu'elle est obligée d'écrire en pattes de mouche à la fin de sa carte, tout ça parce qu'elle a mal calculé l'espace disponible sur son « *I LOVE PÉKIN* ». Emily me charrie en évoquant la formidable séance photo à laquelle j'aurai forcément droit au retour de l'aventurière — si retour il y a.

Une bonne demi-heure de marche et j'arrive devant la péniche. Enfin, la vedette — il va vraiment falloir que j'évite de me tromper de terme pendant le pique-nique, j'ai l'impression que le capitaine est un susceptible de l'appellation. Depuis le pont que je dois descendre pour rejoindre la petite bande, j'aperçois notre hôte, chapeau type Indiana Jones vissé sur le crâne (décidément), en pleine discussion avec mon assistante. Tiens, tiens. Se déciderait-il à aborder Marie-Chantal ? Pas de Marlon Brando germanique à l'horizon... Je me pose quelques instants sur la passerelle Saint-Georges. La vue est magnifique. Le fleuve, moins large que le Rhône qui coule en parallèle, offre une nuance de vert un peu différente. J'ai toujours adoré ma ville et ses deux fleuves. Je resterais bien des heures à cet endroit, à observer les roues de vélo et autres objets insolites flotter dans l'eau, entraînés par le courant, les remous inquiétants qu'Emily adore attribuer à un silure préhistorique ou ces grandes algues vertes aux mouvements gracieux.

— Quelque chose me dit qu'on a rendez-vous au même endroit !

Merde, je suis repérée.

— Salut Nicolas.

— Je ne vais pas pouvoir rester longtemps malheureusement, je pensais m'en sortir avec un point Skype mais j'ai une grosse réu à 14 h 30 avec un très gros client, un startupeur, tu vois, ça pourrait impacter le cab, mais ça nécessite un peu d'investissement donc... je vais devoir me passer de dessert.

Et le voilà parti sur un rire forcé. À force d'être une caricature de lui-même, ce type me fait presque de la peine. Je tente donc la carte sympathie. Enfin, le minimum syndical dont je suis capable avec ce genre d'individus.

— Tu ne vas rien louper ; c'est moi qui me suis chargée du gâteau.

Je regrette déjà d'avoir essayé de me radoucir à son contact, Nicolas répond à mon autodérision sur un ton concerné :

— Tu ne devrais pas passer ton temps à te dévaloriser, Max. Tu renvoies une image négative de toi, c'est dommage parce que je vois bien que tu es quelqu'un qui a un gros potentiel bien-être. C'est juste que tu te protèges derrière un masque de cynisme et d'ironie. Quelque chose me dit que tu as dû souffrir. Peut-être dans ton enfance ?

Dans quoi j'ai mis les pieds... *God*...

— Non, mais en fait j'ai vraiment fait brûler mon cake. C'est tout.

— Max, allons, Max, ajoute-t-il avec un sourire mielleux qui donnerait des envies de meurtre à Simplet. Tu sais, la bienveillance, ça commence par soi-même. Nous sommes tous des êtres imparfaits. Peu importe que tu brûles un cake, ce qui *matters* vraiment, c'est ce qui brûle à l'intérieur de toi, c'est ton Moi-véritable. Et quelque chose me dit qu'il est enfoui bien profond, sous une groooosse couche d'automaltraitance. J'ai tort ?

J'ai surtout envie de prendre mon moule Tefal pour te l'enfouir bien profond...

— Alors Max, cette cuisson en deux temps ?

J'ai envie de me jeter au cou du prof pour le remercier d'attirer mon Moi-superficiel loin de Nicolas, mais je suis freinée par sa tenue.

Putain. Il est en robe de chambre. À carreaux écossais.

— Vous trouvez ça seyant ? C'est un kimono d'intérieur, mais recevoir ou être reçu, ahah, telle est la question !

Et tout en partant dans un rire à gorge déployée, Boris nous précède sur la petite passerelle de bois clair. La vedette n'est pas immense mais magnifique, et le pont génial. C'est la première fois que je monte sur ce genre de bateaux. Du teck partout, une grande table conviviale, un parasol et quelques chaises longues un peu branlantes. J'adore. L'intérieur, que Philippe de Masquier me fait visiter, tandis que Boris canalise Nicolas, est tout en bois vernis. Ça sent une odeur bizarre, genre chien mouillé, mais j'aime bien. J'ai l'impression de pénétrer dans l'antre du capitaine Haddock (la collection de bouteilles de whisky que j'aperçois dans l'espace cuisine doit m'influencer).

— Qui manquera à l'appel, capitaine ?

— Notre ami Wolfgang, si j'ai compris les tenants et aboutissants de cette affaire, est en route pour l'Allemagne où il va passer un petit séjour dans le giron maternel. Nous espérons encore M. Wherlin et je lancerai les grillades. Notre bien-aimé maître ès fourneaux a apporté toutes sortes de réjouissances apéritives, je crois que nous allons donc pouvoir nous occuper en attendant.

Tandis que j'aide Philippe à enfiler les indispensables carrés d'oignons et de poivrons sur des pics à viande, je remarque qu'il fixe mon bras gauche, manifestement gêné de sa propre curiosité.

— C'est une scène de chasse à la baleine.

— Vous dites ?

— Sur mon bras, le tatouage qui part de mon poignet et remonte (je me tords légèrement) jusque-là, derrière mon oreille, c'est une scène de chasse à la baleine. Mon bras est une planche de BD si vous préférez.

— Et que raconte ce Tintin sur peau ?

J'approche mon bras pour qu'il puisse admirer les détails. Une création de Leila, la mère de Léna, qu'elle m'a offerte à la fin de ma formation. Et je raconte :

— Ici le baleinier sur le départ, des femmes sur le pont qui saluent avec leurs mouchoirs, tout au long des poissons et des oiseaux, la baleine apparaît juste là, on ne voit que sa queue, et ici, un peu plus loin, son jet. Genre *Moby Dick.* Après, les premiers harpons. On attaque la baleine, mais elle s'en sort. Par contre plusieurs membres de l'équipage tombent à l'eau, ils se noient. Le capitaine est transpercé par un harpon, sans doute par accident. Le dernier motif, vous voyez, il remonte sur le côté de mon cou, juste derrière mon oreille gauche, bon, c'est la baleine, elle est chevauchée par une des femmes du début.

— Une amazone sur une baleine ?

— Exactement.

— L'interprétation est difficile.

— Très difficile.

Nous sortons sur le pont, les bras chargés de plateau de brochettes. Boris a installé l'apéro avec Marie-Chantal, que je n'ai pas vraiment pris le temps de saluer jusqu'ici.

Il est tacitement admis que ni l'une ni l'autre ne parleront pour le moment de notre collaboration. C'est à elle de voir, je sais que les bourges ont leur limite, elle en a je crois déjà dépassé pas mal, autant la laisser y aller à son rythme. Je me demande comment notre aristo va réagir quand il apprendra que sa cible bosse dans un salon de tatouage. Tellement transgressif.

J'écoute d'une oreille Boris vanter les mérites de l'artichaut qu'il a préparé de dix façons différentes pour l'apéritif (ce type est un grand malade, on dirait que les légumes sont des membres de sa famille tellement il en parle avec un mélange d'affection et de euh... remontrance).

Mais en réalité je me concentre sur le manège Aliénor-Philippe. Tout ce petit monde est manifestement aussi à son aise avec le flirt que moi avec le bridge. Je sens mon portable vibrer. Je me suis promis de le consulter le moins souvent possible, d'autant qu'à tous les coups c'est Léna qui m'envoie des *gossips* un peu salés sur quelques stars invitées au Salon. On parle beaucoup de la future venue de Xoil, de Thonon-les-Bains, ville déprimante devenue aussi prisée que Megève depuis qu'un petit féru de tatoos et d'informatique y sévit. Je suis fan de son travail même si entre nos traitements, c'est le grand écart. Je ne me trompe qu'à moitié, j'ai cinq SMS de Léna qui parle d'une impression de badge qu'on aurait zappée (c'est faux, Aliénor s'en est occupée, elle est d'ailleurs venue me les remettre avec un air de « tu as encore oublié ton écharpe, tu vas attraper la mort »), de Xoil qui serait déjà complet pour les résas de tatoo sur site, j'en passe. Plus surprenant, un SMS envoyé juste... là... maintenant ?

Puis-je dire à Philippe que je travaille pour vous ?

Trop mignonne la Marie-Chantal.

Ajoutez que vous êtes ma recrue la + originale et la + efficace depuis un bail. Je le pense sincèrement.

Je la vois, à quelques mètres seulement de moi, toujours à écouter Philippe qui désigne une par une les péniches alentour, sûrement en train de lui décliner le curriculum de chaque voisin, glisser un œil rapide vers son sac où doit se trouver son téléphone et afficher un sourire réjoui, à la lecture de mon SMS.

Je ne sais pas exactement ce que cette femme réveille chez moi, mais une chose est sûre : elle me touche plus que je le voudrais.

Nicolas met ses compétences transverses au service

de l'allumage du barbecue tout en expliquant à Boris la définition du mot « startupeur ». Avec son kimono robe de chambre, notre prof a l'air d'un échappé de cure thermale venu jusqu'ici pour mendier autre chose que des jus détoxifiants. Le dernier invité arrive, et nous passons enfin à table, sous un soleil très agréable. Boris se lève d'un bond de sa chaise longue et ausculte les brochettes que Philippe et moi avons assemblées avec tout notre petit cœur. Jamais vu un inspecteur des travaux finis aussi terrifiant, j'ai l'impression de repasser mon bac.

— Manque d'aromates. Philippe, vous avez quelques herbes ou épices disponibles sur votre yacht ?

Bizarrement, Philippe ne reprend pas Boris sur l'appellation de son navire. Il doit se sentir en position d'infériorité.

— Je dois avoir ça, oui...

— Faites-vous accompagner, vous n'aurez pas assez de deux mains pour rapporter les trésors dont vous disposez. Aliénor ? Vous y allez ? Moi je dois surveiller l'avancée du barbecue avec Nicolas, Max et Michel. Surtout s'il y a du curcuma, c'est NON.

Ça fait beaucoup de monde pour surveiller des morceaux de charbon incandescents. Je trouve. Sous ses airs de chef égocentrique et à demi fêlé, je soupçonne notre gastronome d'être en réalité tout à fait maître de la situation et sans doute très attentif à ses petits élèves...

Michel Wherlin est assis, il regarde de tous les côtés, ses yeux malicieux planqués derrière des lunettes à double foyer (elles existent encore). Je suis certaine qu'il cherche le meilleur paysage à réaliser tout à l'heure.

— J'ai un petit quelque chose pour vous, lance-t-il à mon attention, quoique toujours concentré sur le fleuve.

Il tourne la tête, me dévisage quelques instants, comme s'il voulait vérifier quelque chose, qu'il ne se trompait pas par exemple. Il se penche pour récupérer la petite sacoche à ses pieds. Il en sort un tout petit paysage de montagne.

Une maison sort de la végétation, sur la droite. Le toit est rose, presque vif, étonnant. Un cyprès solitaire sur la gauche, un peu tordu. Et puis des nuages abracadabrants.

— Merci, c'est... un cadeau très précieux.

Le déjeuner est franchement chouette. Tout le monde semble étonné d'être ici. Les immeubles aux façades pastel ont l'air d'observateurs un peu rigide. Je pourrais vite prendre goût à ce mode de vie. Bizarrement, j'ai une petite pensée pour Jess. J'espère qu'il règne sur sa felouque genre asiat une atmosphère aussi *bienveillante* qu'ici.

Comme dirait le camarade Nicolas, « encore une journée très apprenante ».

Chapitre 20

Aliénor

— On peut dire que c'est très original !

— Oui, original, c'est le mot !

— Comme c'est inhabituel !

— Oh « inhabituel », je n'irais pas jusque-là, le motif « petit soleil », ce n'est quand même pas si révolutionnaire. Je l'ai fait quand j'avais, quoi ? dix-neuf ans ? Avec des bonnes copines de l'époque, en vacances dans le Sud. Il a super mal vieilli mais je l'adore, ça me rappelle de bons souvenirs.

Bien sûr, je ne pouvais pas m'attendre à ce que ma révélation n'entraîne une série de questions. N'ayant pas réfléchi à un pieu mensonge avant d'arriver place du Maréchal-Lyautey, je me suis donc trouvée dans l'obligation de passer aux aveux. Carole a heureusement détendu l'atmosphère en se débraillant à moitié pour nous montrer le petit tatouage qu'elle a sur la hanche. Cette femme est décidément pleine de surprises. En même temps, avec la petite chose brillante qu'elle a dans le nez, j'aurais pu me douter qu'elle était un peu... *originale*.

Jeanne a emmené un thé vert très original aux petits grains de riz soufflé, et des gâteaux japonais à la pâte de haricots rouges. C'est dire que nous sortons des sentiers battus.

Françoise, un air comploteur, sort une clé en argent de sa poche. Elle se relève pour ouvrir le bureau en laque noire du salon et pousse du bout des doigts un panneau qui dissimule un autre tiroir. Elle y introduit la clé et en sort un livre. Couverture dorée, relié, minuscule.

— J'adore ces meubles Napoléon III. Ils comportent souvent un tiroir secret. J'y ai même caché des cigarettes lors de ma première grossesse. Je vous rassure, Ribovert est un garçon en pleine santé.

C'est vrai que pour cette séance, nous étions toutes censées emmener un livre utile. Françoise l'a d'ailleurs rappelé dans un SMS la veille de notre réunion. Anne n'a apparemment même pas accusé réception. J'ai bien essayé de l'appeler mais elle ne décroche jamais. Je crois qu'elle va tirer un trait sur moi, et ça ne sera pas la dernière. Par exemple : je réfléchissais dernièrement à l'attitude étrange de Wolfgang et à la façon dont, après avoir... comment dire... eh bien, après être *passé à l'acte* avec moi de façon assez rapide, il semble désormais trouver en la personne de sa mère une excuse commode pour m'éviter, se défiler ou annuler des rendez-vous. Cela m'a fait penser à la figure de la belle-mère en général, et de fil en aiguille, j'en suis venue à réaliser que la mienne, tout comme son mari mais il ne compte pas, ne me donne aucune nouvelle depuis le... départ, voilà, le départ de Jean-Igor. J'ai dû me répéter cette évidence plusieurs fois, ni ma belle-mère ni mon beau-père ne m'ont passé un seul coup de fil. Alors on peut soudain ne plus adresser la parole à quelqu'un. Quelqu'un que l'on a vu pendant trente années à Noël, à qui l'on a choisi des cadeaux (souvent abominables d'ailleurs), pour des anniversaires, quelques enterrements et beaucoup de baptêmes ? Quelqu'un qui vous téléphone tous les dimanches depuis trente ans pour soi-disant prendre de vos nouvelles, de vous mais aussi bien sûr de votre époux, de vos enfants. Tout ça alors ne serait que du vide ? Une marque de respect totalement fausse ? Des apparences d'affection ?

J'ai eu tort. J'ai cru que les membres de sa famille seraient tristes pour nous. Pour moi. Qu'ils appelleraient pour me donner leur sentiment. Me dire qu'ils pensaient que « tout rentrerait bientôt dans l'ordre », m'exprimer leur désarroi, leur peine. Peut-être que secrètement j'avais aussi envie qu'ils me disent que *pourtant* nous étions un couple modèle. Un modèle pour eux. Que l'on nous enviait. Personne ne nous a dit ce genre de phrases. Ce genre de... poncifs. Il y a bien les appels de Mélisandre, la plus jeune sœur de mon... Est-ce que je dois encore dire « mari » ? Je me pose souvent la question. La plus jeune sœur de Jean-Igor. Mais ce sont des messages laissés sur mon répondeur, à demi hystériques, assez peu compréhensibles. Elle renifle tellement que j'entends un mot sur trois. Chaque fois, je comprends qu'elle « espère de tout son cœur » que je serai là pour la communion de ma nièce, sa fille Edmée. Je sais qu'elle appelle aussi les filles. Marie-Victoria a cessé de répondre, je crois qu'elle n'a jamais aimé le côté larmoyant de sa tante. Marie-Chaton, la plus patiente de mes filles je crois, décroche dès qu'elle peut et tente de converser avec elle mais finit par capituler parce que en fait elle n'y comprend rien. J'ai au moins cette fierté : être capable de conserver une articulation parfaite même en versant des torrents de larmes... Maigre consolation...

— Aliénor, ma chère, la distribution vous va ?

— Pardon, Françoise, j'étais dans mes pensées...

— Reprenez une de ces choses du Japon... Jeanne, vous savez que j'en suis déjà folle ? C'est divin ! Oui, donc, la distribution. Je me permettrais de vous lire quelques pages de cet ouvrage en guise d'ouverture de cette séance un peu spéciale. Ensuite, Carole se propose d'enchaîner sur une récente parution de Gallimard. Ensuite, que fait-on...

Jeanne ? Vous nous parlez de votre bouquin avec cette si jolie Vierge en couverture... Ah oui, c'est *L'Annunziata*, de Messina si je ne m'abuse. Antoinette, Aliénor, vous déciderez laquelle de vous deux succédera à Jeanne ?

Françoise a toujours adoré distribuer les rôles. C'est presque drôle, cette façon de déterminer un ordre de passage. On dirait qu'une vie passée à élaborer des plans de table ou à s'occuper de la chorale de la paroisse militaire a laissé quelques séquelles. Je me plie volontiers à ses directives, parce que je me suis toujours sentie très proche des fanatiques de l'organisation.

Debout devant le bureau des secrets, l'air solennel, Françoise de Beauregard entame sa lecture en la précédant d'une petite introduction.

— Il s'agit du journal intime de mon arrière-grand-mère. Il a été transmis de mère en fille, jusqu'à moi. Je n'ai que des fils, malheureusement, et je ne pense pas que l'une de mes belles-filles soit en mesure de le recevoir. Je vous livre l'un des passages que j'ai toujours trouvé savoureux, et qui m'a été d'un grand secours quand l'attitude du colonel, feu mon époux, me portait sur les nerfs. *« L'autre soir, je servais à manger à Charles-Henri lorsque la voix s'est de nouveau manifestée. Comme d'habitude, elle m'incitait à faire certaines choses que je ne saurais faire de ma propre volonté en temps ordinaire. Plus je cherchais à la faire taire, plus elle se montrait résistante. Soudain, je fus prise de l'envie irrépressible d'écouter ce que me dictait la voix et de lui verser un peu du potage brûlant de la soupière, un peu seulement, sur ses grosses cuisses de cheval. La louche pour ainsi la décrire fut comme prise d'une soudaine liberté de mouvement et, mue par un charme magique, se déversa en entier sur son pantalon. Je revois encore la tête de ce pauvre Charles-Henri, à la mine d'abord stupéfaite puis furieuse. Il s'est levé d'un bond, sans doute sous le coup d'une vive douleur car la soupe aux navets était encore bien chaude, et s'est précipité vers la salle d'eau, en vociférant contre ma maladresse. Même après son départ, l'odeur de navet était tenace. Je me trouve une fois de plus dans une situation des plus délicates puisque enfin je ne peux pas confier à mon mari que ce n'est pas moi mais une voix comme venue du ciel qui m'ordonne de le rudoyer par moments. »*

L'effet est immédiat : Carole étouffe un fou rire, Jeanne ne se maîtrise guère mieux, et Antoinette éclate franchement de rire. Le ton est irrésistible !

— Voyez-vous, mes chères amies, mon arrière-grand-mère a entendu cette voix jusqu'à la mort de son mari. Elle lui soufflait toutes sortes d'idées, cela pouvait aller jusqu'à glisser des épluchures dans ses mocassins d'intérieur, laver son peignoir au vinaigre, et je vous épargne les détails les plus violents. Quand, plus jeune, j'étais déçue par l'attitude de mon mari, ou franchement en colère contre lui, je me précipitais sur les histoires de mon arrière-grand-mère. J'avais l'impression que ces textes étaient aussi là pour me rappeler que, parfois, mieux vaut une franche dispute que d'avaler des couleuvres, encore et encore. Je me suis demandé, en vieillissant, si *la voix* n'était pas la ruse de son inconscient pour lui faire faire ce dont elle avait vraiment envie.

Je me demande ce que la voix me suggérerait en ce moment... Peut-être d'attendre Jean-Igor à la sortie de son travail et de lui... Seigneur, je ne peux pas être en train de penser ça...

— Françoise, merci de partager ça avec nous ! Ton

arrière-grand-mère avait au moins autant d'humour que toi !

Je ne m'habituerai jamais au fait que Carole tutoie Françoise. Ni à son esprit parfois rebelle. Elle sort un joli livre rose poudré de son sac à main et entame sa lecture, sans transition.

— « *Au revoir, mon cher amour. Plus que trois jours demain soir. Je vis dans une folle impatience de toutes tes caresses. Comme nous allons nous aimer, mon Charles ! Prépare bien ton petit cul joli. Il va subir de rudes assauts après ces longs jours d'absence. Avec quel bonheur je vais trouer ta chair. Il me semble déjà la voir et je bande, je bande furieusement. Tiens, tiens, je te possède, je te prends, je t'encule, je t'encule ô mon adorable chéri et je jouis dans tes fesses. Ah, c'est trop bon ! Viens vite. Simone.* »

Je me sens rougir. Autant dire que les frasques de l'ancêtre de Françoise passent pour des jeux d'enfants à côté de ceci.

Carole nous raconte l'histoire de cette extraordinaire correspondance amoureuse...

— *Mademoiselle S*, lettres d'amour de 1928, vous vous rendez compte, en 1930 ! Ce n'est pas du génie, les filles ? Écoutez-moi ça...

— Euh, attendez, Carole, si vous permettez, plutôt que d'enchaîner sur un autre passage, pourriez-vous nous... enfin, nous éclairer sur celui-ci ?

— Bien sûr Françoise, tout de suite Françoise ! Alors, les filles, à part le fait que c'est érotique, personne n'a compris ce passage ? On avait parlé de lecture *utile* ? Je trouve l'ensemble de ce livre plus qu'utile, nécessaire. Donc, dans les pages que je viens de vous lire, Mlle Simone propose tout simplement à son cher et tendre d'acheter un artéfact de pénis pour une inversion des rôles lors de leur prochaine rencontre ! Imagination à revendre, modernité, magnifique histoire d'amour... Vous savez le pire ? Simone fait tout pour combler son amant, Charles et...

— Oh ! Carole, ne nous dévoile pas la fin ! Je veux bien que tu me le prêtes !

Jeanne sort du bois !

— Moi, je peux le prendre après ?

Antoinette aussi ! Mais c'est une révélation ! Ce club de lecture est en train de filer un mauvais coton...

Je lis un passage des mémoires de Gil Scott-Heron, un passage sur l'éducation qui m'a troublée. Il est encore collégien. Comme il est doué, ses professeurs décident de le mettre en contact avec un lycée de Blancs. La scène se déroule à la table d'un fast-food. Un professeur de l'école actuel de M. Heron, un professeur de son potentiel futur lycée discutent de ses aptitudes... devant lui. On a servi au jeune homme un Sunday. Il adore le Sunday.

— Qu'est-ce que c'est ?

— Jeanne ! Enfin ! La glace du McDonald's, quand même !

Je ne me laisse pas intimider par ces problèmes de définition et poursuis :

— Et voilà qu'il est tétanisé par la situation. S'il mange la glace, pense-t-il, ces deux adultes vont imaginer qu'il n'est là que pour ça et ne comprendront pas la gravité de la situation (nous sommes à l'époque des premières tentatives d'intégration d'étudiants noirs dans des facultées et lycées blancs). Mais d'un autre côté, s'il laisse son Sunday fondre, cela sera un affront fait à ses généreux bienfaiteurs (on ne gaspille pas le cadeau qu'on vous offre...).

— Des limites de la politesse !

— Antoinette a raison ! Parfois on dirait que notre éducation — nous ne manquons jamais une occasion de la mettre en avant — est un frein au lieu d'être un levier !

Je suis d'accord avec Antoinette et avec Jeanne, qui a renchéri. Et c'est vrai que je trouve ce passage très touchant, outre le comique de la situation, à cause de cette vérité qu'il soulève. Cette sorte de désarroi dans lequel nous précipite ce que nous sommes pourtant si fiers d'avoir appris. Des règles. Je me sens souvent comme M. Heron devant son Sunday fraise.

Jeanne, la seule parmi nous à n'avoir qu'un seul enfant, lit des passages de *Pas d'enfants dit-elle*. Bien entendu, quand j'ai vu que la naissance de Blandine n'était suivie d'aucune autre, j'ai pensé à une propension aux fausses couches ou à un problème de santé qui aurait rendu toute autre grossesse impossible. Je n'avais jamais même pensé, je le comprends seulement maintenant, à l'entendre lire avec un ton profondément ému le livre de cette Mme Vallée, qu'elle n'en *voulait* pas d'autres. Le texte évoque en effet la vision que nous avons de ces femmes, dans la société contemporaine, qui ne souhaitent pas s'épanouir dans la maternité ou fonder une famille avec enfants... c'est vrai que j'espère qu'aucune de mes filles ne me jouera ce mauvais tour, je serais si triste pour elles !

— Mais c'est tout à fait passionnant ce que nous dit cette auteure.

— Elle préfère qu'on dise d'elle-même « autrice ».

— Seigneur, Jeanne, mais quel est ce terme barbare ? Je ne l'avais jamais entendu !

— C'est normal, Françoise (on sent qu'il lui coûte d'achever sa phrase, Jeanne rougit depuis là-base du cou jusqu'aux oreilles), ce qui est bien avec le terme d'auteure avec un « e » c'est qu'il ne choque pas l'oreille de ces messieurs, à peine leurs yeux...

Sans grande surprise, nous ne nous appesantissons pas sur le choix de lecture de notre amie Jeanne. Il est possible que son mari soit une personne à l'écoute et ait accepté de renoncer à une famille nombreuse. Il est plus probable qu'il ait été élevé dans la perspective d'en avoir quatre ou six, auquel cas, je ne préfère pas songer aux multiples ruses et méthodes angoissantes auxquelles Jeanne a dû avoir recours. Plus jeune que moi de quelques années, Jeanne approche la cinquantaine. Et doit concevoir la ménopause comme une parfaite libération.

Antoinette n'a trouvé aucune lecture à faire partager au sein du club. Elle reconnaît ne jamais avoir rien lu qui la transporte, qu'elle trouve bouleversant ou utile. Elle dit s'en être rendu compte la veille, au moment de préparer son livre pour son « petit cercle de lecture » comme elle aime à le nommer. Passant aux aveux, les larmes lui viennent aux yeux. Décidément, j'espère que nous ne retournerons pas trop vite à Marc Levy.

Françoise offre de lui prêter le journal intime de son arrière-grand-mère. Antoinette, le regard brillant, accepte.

Chapitre 21

Marie-Victoria

C'est l'industrie ; je n'ai pas d'autres mots. Ils viennent par dizaines se partager un morceau de Christ. Quarante-trois enfants au total, alignés comme des petits soldats, mains en position, parés à recevoir. Ma cousine Edmée est la numéro 38. Sa mère lui a encore fait une coupe au bol des plus disgracieuses. J'en vois une qui à neuf ans doit passer ses journées à admirer la Reine des neiges. Pauvre gosse.

Certains gamins bâillent, dorment debout. Tout le contraire de mes deux neveux. Assis à côté de moi, ils sont surexcités et discutent intensément pour trancher qui de Batman ou Superman est le plus génial. En tout cas pour l'éveil religieux, on repassera. À Paris, j'ai déjà assisté, paroisse Saint-Léon, à une profession de foi atroce, avec plus de cinquante adolescents venus recevoir le même sacrement. La plaie. Impossible de se barrer quand le sien est passé.

Je lance des œillades désespérées à Appo (j'essaye d'exprimer « Pitié, laisse-moi aller jouer dehors avec Louis et Paul-Antoine »). Puis à Chaton (« Fais quelque chose de drôle pour m'éviter de mourir d'ennui »). Deux échecs.

Pour m'occuper, j'ai déjà : compté le nombre d'invités, établi le pourcentage d'hommes et de femmes, fait croire à Louis que le prêtre avait des superpouvoirs. Maintenant je fais quoi ? Je pourrais toujours penser (mes mauvaises langues de sœur prétendent que ça me fatigue vite). Penser à Hakim qui a quelque chose à m'annoncer ce soir. J'ai un mélange de hâte et d'appréhension. Je passe chez Body Minute à 15 heures. Aucune hâte, beaucoup d'appréhension. Mamy doit me prêter un truc habillé pour mon rendez-vous, ma garde-robe s'étant toujours limitée à des T-shirts et pulls gris avec jean droit foncé. Elle a accepté, je sais qu'il lui faut vraiment prendre sur elle pour ne me poser aucune question. Quelle journée quand même...

Hier, j'ai assisté à mon troisième entretien de recrutement de la semaine. J'ai adoré. Enfin, c'est vache de dire ça. La candidate était super stressée, je ne vois que ça parce qu'il ne faisait pas tellement chaud. La directrice RH, Monique, avait son éternelle petite bouteille d'Évian devant elle... eh ben, tout à coup, je ne sais pas ce qui s'est passé, la fille devait tellement avoir le seum, elle a pris la bouteille de Monique et elle a bu plusieurs gorgées, directement À LA BOUTEILLE. Je l'ai vue rougir (mais d'une force !) quand elle a compris qu'elle venait de faire quelque chose de... bizarre... pour établir un premier contact avec son futur big boss. Moi j'avais envie d'exploser de rire, mais Monique elle a été géniale, elle a pris un air détaché et a enchaîné sur une question de compétences transverses.

Mam la chanceuse n'est pas à la communion ? Elle devait passer au Salon du tatouage pour son boulot. J'ai toujours du mal à croire à la coexistence de ces trois termes dans une même phrase. « Maman »-« tatouage » -« boulot ». Il y a eu un grand silence à table quand elle a annoncé la... nature de son job. Jamais personne n'avait trouvé aussi fascinant d'observer l'articulation d'une cuisse de canard aux pêches. C'est Chaton qui a brisé la glace : « On n'est pas obligée d'être tatouée pour travailler là ? » Comme d'habitude avec ma sœur, j'ignore si c'était de l'humour ou la marque d'une inquiétude sincère, mais du coup chacun est parti sur son anecdote personnelle et c'était vraiment bienvenu. Appo nous a avoué qu'elle s'était récemment découvert une intolérance au lactose, quand tu travailles chez Yoplait, ça la fout mal. Même Wallace et Gromit ont fait un effort, pardon, mes beaufs je veux dire. Eugène a raconté avoir travaillé comme bénévole à la SPA pendant ses études alors qu'il était mort de trouille devant le moindre chaton — ma sœur est pourtant, à bien des égards, vachement plus flippante que n'importe quel animal. Hubert (qui n'arrêtait pas de fixer le ventre de ma sœur, l'horreur, comme s'il allait la foutre en cloque rien qu'avec les yeux) a préféré se mettre légèrement plus en valeur, question d'habitude, en racontant qu'il avait dû conduire une voiture de collection pour montrer à un client important les prouesses dont l'engin était capable. Quel macho de base ! Tout ça pour nous faire croire qu'il pourrait piloter un jet si la situation l'exigeait !

C'est à nous de communier maintenant... merde... Mes neveux me demandent sur un ton condescendant si je peux bouger pour que leur maman puisse aller manger de l'hostie à la source. Je fais mon devoir et reprends ma place (mes neveux se sont décidés pour Batman, les braves petits). Bon, et puis je tourne autour du pot depuis tout à l'heure mais ne vous ai pas dit l'essentiel, l'élément bizarre de cette cérémonie : Dad n'est pas là. Je ne dis pas que j'ai envie de le voir, après presque deux mois, c'est juste que je m'étais préparée psychologiquement à devoir échanger quelques mots avec lui à cette occasion. Chaton, elle avait les yeux brillants d'émotion à l'idée de le revoir enfin. Je ne comprends pas l'attitude de ma sœur. Qu'Appo soit restée en contact avec Dad pour des raisons je dirais administratives, je veux bien admettre. Mais Chaton ? Je veux dire, honnêtement, qui a envie de lui accorder une deuxième chance ? Je repense aux paroles d'Hakim, après tout, peut-être qu'il a raison, peut-être que c'est simplement que tout le monde ne juge pas mon père de la même façon. Ah oui, pardon, ne pas juger. Juger c'est mal.

Appo m'a fait « chut » quand je lui chuchote ma crainte à l'oreille, mais je vois bien qu'elle ressent une pointe d'inquiétude, elle aussi. Pourquoi Dad ne viendrait pas à la communion, sachant que la mère d'Edmée est quand même sa petite sœur préférée ? Pardon : il n'y a pas de préférence chez nous. Ça n'existe pas. Dieu pour tous et l'affection familiale est la chose du monde la mieux partagée.

Le banc en bois me paraît de plus en plus inconfortable. J'essaye de ressentir le pseudo-velours des fauteuils de La Fourmi. Hakim m'a promis une comédie un peu spéciale ce soir car « faut pas gaspiller les places ». J'adore sa façon de revenir sans cesse à la prétendue date de péremption de ma carte. Je crois surtout qu'il n'abandonne jamais une occasion de me « faire montrer » des films. Avec l'espoir de me sortir de l'état de détresse culturelle dans laquelle se trouve, selon lui, toute personne pour qui Marvel c'est du grand cinéma.

La messe se termine. Au moment de sortir, Paul-Antoine à la main gauche, Louis à la droite, j'aperçois Dad. Il a la mine grise, le regard défait. L'amour de sa vie a l'air de lui aller comme un gant. Je ne suis pas traversée de pensées très chrétiennes, difficile de le nier. Je n'ai pas le temps de l'observer plus longtemps que Mélisande se jette sur nous. Elle embrasse mes deux neveux, désemparés par ce débordement d'affection, et sans doute vexés qu'on les appelle « mes petits angelots » comme un grand tout et non deux personnalités distinctes. Mélisande me regarde maintenant, les larmes aux yeux (Seigneur tout-puissant, NON ! ! !), prend mes mains dans les siennes (ça m'oblige à lâcher les deux monstres, leur mère va me tuer) et d'un ton solennel :

— Marie-Victoria... Je pense à vous tous les jours.

— C'est super sympa, même ma mère n'en fait pas autant.

— Quand je dis « à vous » je veux dire à toi et à tes sœurs. Mais aussi à ta mère. Tu sais, j'aimais beaucoup ta mère, beaucoup.

— Ça peut continuer, Mélisande, elle tient encore debout.

— J'ai laissé des messages, mais je crois qu'elle se sent faible et isolée, honteuse aussi peut-être, car elle ne me répond pas.

— Je crois seulement qu'elle a eu besoin d'un peu de... de temps pour elle, mais ne t'en fais pas, je suis certaine qu'elle a été très touchée par tes messages.

— Jean-Igor est mon frère, tu sais, Marie-Victoria, mais cela ne m'empêchera pas de lui dire ce que je pense.

— Savoir ?

— On ne divorce pas dans la famille !

Je regrette de ne pas pratiquer le yoga ; une ou deux respirations profondes ne seraient pas de trop. Je me contente de retirer fermement mes mains des siennes, histoire de lui signifier que je ne suis pas prête à endurer autant de conneries dans une si courte phrase.

— Je comprends. C'est d'ailleurs pour ça que je vais soigneusement éviter de me marier. Je serai sûre de pas fausser les statistiques familiales.

Je suis prête à lâcher les chiens mais une main ferme me tape sur l'épaule. Hubert m'adresse un regard réprobateur — je sens que Louis vient de demander au père Bastien si c'était vrai qu'il dormait avec une cape magique la nuit. Mélisande s'éloigne pour saluer une ancêtre. Je n'ai jamais autant aimé mon beau-frère.

Dans un moment pareil, je serais même prête à aimer

MES beaux-frères. Sauf qu'Eugène n'a pas pu se libérer, il devait auditionner plusieurs ensembles de jazz pour le mariage, du coup il a laissé à sa Marie-Quitterie le plaisir de la communion. Malin Eugène, malin... Hubert me confie avoir échangé quelques mots avec mon père qui n'a « pas l'air bien du tout, le pauvre ». Il ajoute que son retard est dû à un détour par mon appartement. Je demande à Hubert de répéter cette phrase que j'ai peur d'avoir bien entendue. Pourquoi Dad serait-il passé par chez MOI ?

Je profite qu'Hubert refasse les lacets de Louis pour envoyer un SMS aux filles. J'inclus Mamy.

Truc pas net. Dad serait passé à la coloc avant la commu.
Je file at home vs tiens au courant.

Mam n'est pas à l'appartement. Plutôt que de commencer à cogiter, j'appelle. Elle ne décroche pas. Je retente.

— Allô, Marie-Victoria ? *Tu...*

— Euh... Mam, ça va ? Je t'entends hyper-mal !

— Ma chérie je... tu m'entends ? Il y a beaucoup de monde, attends, je vais m'isoler deux secondes... Voilà. Je ne peux pas rester longtemps, tu comprends, je dois aider Léna sur le stand.

— Léna ? Euh, très bien, Mam. Juste : il paraît que Dad est passé à l'appart. Vous vous êtes vus ?

— Ton père a sollicité une entrevue, et j'ai accepté de lui fixer un créneau horaire avant de partir au Salon.

J'entends déjà la salariée modèle. Comme c'est touchant.

— Pourquoi t'as rien dit ?

— Ma chérie, vous m'avez déjà énormément aidée, tes sœurs, ta grand-mère et toi bien sûr. J'essaye d'être autonome maintenant !

— Mam, mais pourquoi il voulait te voir ?

— Attends, ma chérie, une seconde, d'accord, ne raccroche pas, je dois renseigner madame.

J'entends les bribes d'une conversation entre ma mère et une voix féminine, hyper-jeune. Je ne connais pas trop ce milieu, mais je suppose que des filles tatouées jusqu'à l'os doivent halluciner d'être appelées « Madame » ou vouvoyées par une cinquantenaire BCBG.

— Allô ? Tu es toujours là, ma chérie ? La communion d'Edmée s'est bien passée ?

Mam a encore beaucoup à apprendre en matière de détournement de conversation.

— Mam. Pourquoi Dad voulait te voir ?

Silence maternel interminable sur fond de cris et musique lounge.

— Ton père veut revenir à la maison.

Chapitre 22

Marie-Victoria

— Marie-Victoria ?

— C'est moi.

La gérante a eu le temps d'oublier mon visage depuis la dernière fois. Je me demande toujours comment je dois le prendre. Si ça se trouve, elle ne mémorise que les clientes hyper-problématiques ; code génétique de l'homme des neiges, hurlement de la mort à chaque tirage de poil, j'en passe. Du coup, moi je ferais partie d'une catégorie non problématique ? Le capital poil de Dad. Passons. Pas envie d'évoquer son nom même en pensée.

— Vous allez dans la cabine au fond à gauche, s'il vous plaît. Vous venez pour ?

Je ne m'habituerai jamais. À dire que je viens me faire épiler la... zone, en présence d'autres personnes. La femme enceinte et sa gamine. Deux autres femmes actives. Une militante WWF (comme quoi on peut avoir des dreads ET le maillot brésilien).

Une blouse blanche ouvre, je bloque sur ses ongles, cinq centimètres au moins. Bleu azur. Incrustation de diamants. C'est Khadi, manifestement survoltée.

— Putain comme elle est relou... Ah, bonjour ! Désolée, je parle toute seule ! Pardon hein !

— Pas de problème.

Elle a dû repérer que je fixais ses ongles.

— C'est des faux, j'ai fait la pose genre... hier quoi. Vous inquiétez pas, ça fait pas mal, mais comme ça, si je perds ma pince à épiler, je vous finis aux ongles, direct.

J'y crois pas. De l'humour maintenant. Elle m'aura tout fait.

— Alors. Vous vous êtes toujours pas décidée à faire le grand saut ?

— Pardon ?

— Ouéch, le grand saut. On se libère, on se met à poil. L'intégrale quoi !

— Parce que je suis obligée de tester tous les modèles à partir du moment où j'ai un abonnement ?

— Comme je dis toujours, dans la vie faut tester, mademoiselle. Sinon on peut pas savoir si c'est bien.

J'ai envie de tout casser depuis la conversation avec Mam. Je n'aurai pas la force de me battre pour savoir combien de millimètres de poils je dois virer de ma zone. Autant céder tout de suite pour ne pas risquer d'engager une conversation. Pire, un débat. Sur le sujet. J'ai l'impression d'être sainte Marie des Anges lui annonçant qu'elle a dès maintenant sa place au paradis.

— Mademoiselle Victowia...

Je constate qu'elle est restée bloquée sur la prononciation à l'anglaise.

— ... vous allez voir, ça va vous changer !

De ne plus avoir un poil sur mon truc ? Tu m'étonnes. Retour en primaire. L'horreur.

— Par contre, je vous dis, ma patronne elle aime pas trop que je dise ça, c'est pour ça, parfois, elle me fait la prof, quoi. Mais sérieux, y a des trucs, je préfère vous prévenir. J'y peux rien, je suis honnête.

Elle a déjà commencé à poser ses bandelettes et moi

à souffrir mentalement. Qu'est-ce qu'elle va me sortir, putain.

— De plus avoir de poils du tout, quand vous allez pis..., faire pipi, ça fait tout drôle, faut vous préparer parce que, enfin c'est là qu'on voit que *Mother Nature* est bien faite, parce que les poils, mademoiselle Victoria, ils sont pas là pour rien.

Elle est vraiment en train de m'expliquer que mon petit buisson empêche l'urine de me remonter jusqu'aux omoplates ?

— Et puis quand ça repousse, la misère quoi. Ah non, mais franchement, moi je dis mais Guantanamo ? Ils foutent quoi, là ? Trop, ils devraient s'inspirer de Body Minute pour choper des idées.

Honnête et de bon goût.

Je laisse Khadi poursuivre son laïus sur la Grande Question de l'épilation intégrale.

— C'est que tout est là, mademoiselle Victoria. Comme je dis, est-ce que ton mec va être quécho ou pas ? Y en a, c'est comme ça, on peut rien faire. Ça crée de la gêne, ils pensent à une petite fille. Parfois même c'est culturel. Ou c'est l'éducation quoi.

— Euh... là, vous y allez pas un peu fort non ? Comme ça, l'éducation ? J'ai jamais vu ni ma grand-mère, ni ma mère, ni mes sœurs toutes nues.

— C'est pas vrai ? Vous dites la vérité, là ? Je suis un peu choquée, là, mademoiselle Victoria. Mais y avait quoi chez vous genre ? Un code à dix chiffres pour rentrer dans la douche ou bien ?

Intéressant. Laissons-la poursuivre.

— Après comme je dis toujours, y a des métiers, l'épilation intégrale, tu fais pas l'impasse. Genre des danseuses, ou la GRS...

Non, pitié. Pas la GRS.

— ... le patinage artistique, mais aussi parfois des trucs, on n'y pense pas.

— Vous voulez dire que ma boulangère et l'expert-comptable du cabinet où je travaille sont peut-être des adeptes ?

— Peut-être. Je suis sérieuse. La femme, c'est un mystère.

Un mystère oui, tu l'as dit. Ma mère se fait traîner dans la boue et hésite à en reprendre un petit coup. Si je reprends la situation :

=> Mec de 50 piges qui se barre avec la voisine de bureau = air de déjà-vu, autant de banalité, c'est limite insultant.

=> Mec qui gagne bien, voire très bien, sa vie et dont la femme est au foyer PAR SA FAUTE et qui ne se pose même pas la question de savoir comment elle s'en sortira. Je ne parle pas seulement finances mais aussi estime d'elle-même.

=> Mec qui veut s'ériger en modèle d'audace et de combat pour sa propre liberté (« Hé, les gars ? Z'avez vu comme je suis trop un mec courageux, quoi ? J'hésite pas à tout balancer, hein ? Mon bonheur passe avant tout ! On n'a qu'une vie ! Lol ! !).

=> J'oubliais : mec qui prévient son répertoire à chaque fois qu'il achète un string en dentelle à Cayakgirl. C'est tellement bien, la communication de nos jours.

=> On tente tout avec mes sœurs et Mamy — enfin je crois — depuis plus d'un mois pour lui montrer qu'elle existe d'abord par elle-même. Qu'elle est *Aliénor* avant d'être *épouse Duransson*. Que son Jean-Igor est un modèle périssable ET remplaçable. Qu'on n'a pas à accepter tous les (mauvais) traitements sous prétexte qu'ils viennent de votre mari.

Et maintenant que Dad veut se repointer comme une fleur, elle... Elle... hésite ! ! ! ! ! ! ! Aïe ! ! ! !

— Je vous ai fait mal ? Comme vous répondiez pas j'ai pensé que ça voulait dire que vous étiez prête. Du coup, j'avoue, j'ai tiré. OK, bon ben, ça, c'est fait. Maintenant vous ramenez vos jambes en arrière ?

— Mais, euh... enfin, je...

— Bon, ça va, je vous demande pas d'être Nadia Commachin. Faut juste les soulever un peu voilà, donc ramener vers la tête, c'est clair, c'est plus simple.

— Oui, très bien mais je ne vois pas l'utilité.

— Bah... l'utilité c'est que je vous enlève aussi ceux vers les fesses quoi !

— Je crois que c'est la dernière fois de ma vie que je fais ça. Se retrouver en position du crapaud, tout ça pour se faire une zone de no man's land !

— Mais vous vous lâchez, mademoiselle Victoria ! C'est bien ça ! Ouais, j'avoue, moi aussi la première fois je me suis mise en PLS. Mais après on s'habitue !

Je regrette presque qu'elle n'ait pas relevé ma super blague involontaire du no man's land. Du coup, je me félicite intérieurement.

— C'est une façon de me dire que vous avez toujours pas de bonhomme ?

Si, en fait. Seulement elle n'a pas vu l'humour de la chose. Juste le versant dramatique. À ses yeux. Je ne vais pas parler d'Hakim. Hakim, je pense à lui, oui. J'adore qu'il trouve mille prétextes pour me faire user ma carte d'abonnement cinéma. J'adore discuter avec lui, même pour constater qu'on ne pense pas de la même façon. Mais je ne m'épile pas pour lui. Faut pas pousser. Notre seul et unique contact se résume à un chaste baiser sur la joue. À son initiative. Ce n'est sans doute pas plus mal comme ça.

— Y a pas de mal à garder son nom secret. Y a pas de souci, hein, je comprends.

Et comme je fixe à nouveau ses ongles...

— Je vais pas vous les enfoncer dans le... pied, pour vous faire parler, faut vous rassurer. Je demande mais c'est parce que j'ai bien vu, là, le petit silence. Ça ne tromperait même pas mon petit frère. Et pourtant c'est pas un rapide Soley.

Elle est quand même marrante, cette Khadi. Avec son côté rentre-dedans. Et sa propension à faire de vous un poulet déplumé.

Elle me laisse me rhabiller. La sensation du shorty contre la zone nue est de l'ordre du super inédit. Pas désagréable. Juste étrange.

Quand je sors de la cabine, Khadi est en pleine conversation avec une acolyte aux cheveux bleus ramenés en bun choucroute au sommet du crâne. Pause clope.

Je lui décoche un petit sourire, quand même, mon bourreau le vaut bien.

— Il porte le costume en éponge.

— Où est le problème, Hakim ?

— C'est pas bon. Ça veut dire, il est déprimé.

— Tu blagues ?

— Mais non ! Je suis sérieux ! Je le connais le patron. L'éponge, il dit toujours, « avec un peu de chance ça va absorber mes dettes et mon malheur ».

— C'est un peu le Platon de la sape, ton chef ?

— JC, c'est un sensible. Il va pas trop dire les choses mais il va m'indiquer. Là, vous observez ?

JC Figolu est exceptionnellement derrière le comptoir, à faire rentrer quelques octogénaires nostalgiques pour la séance d'*Un été 42*. Effectivement. Zéro motif. Une mine plutôt sobre, ni cernes ni mine dévastée. Mais une veste ultra-gore en éponge. On dirait qu'il a cousu ensemble deux cents bracelets de Nadal pour s'en faire une veste. Jaune en plus. Discrétion assurée. Hakim a employé le terme « costume ». D'ici je n'ai pas vue sur le pantalon. Dieu m'en préserve.

— Et tu as une idée de ce qui le préoccupe ?

J'ai une sensation tellement bizarre, l'impression d'être toute nue. Je ne sais pas si cette épilation intégrale était une bonne idée. J'ai peur qu'Hakim repère que je gigote bizarrement.

— Ouais. Il m'en a parlé vite fait déjà la semaine dernière, j'suis sûr que c'est encore le même sujet. S'il trouve pas un partenariat rapidement, il a peur que le ciné il ferme.

— Raconte, attends, viens, sortons dehors pour discuter deux minutes, ça risque de le stresser encore plus ton M. Figolu s'il nous voit comploter comme ça.

Hakim et moi faisons les cent pas sur le trottoir. J'aime bien ce moment de la journée où il pourrait être n'importe quelle heure. La lumière est presque neutre. Body Minute réveille la poétesse en moi. Le projectionniste n'est pas censé trop s'éloigner, il doit lancer la séance des brachiosaures dans quelques minutes, avant de nous installer devant notre propre « programme spécial ».

— De ce que j'ai compris, pendant des années, La Fourmi, ça a tourné tout seul. Mais maintenant l'art et essai et les petits cinés de quartier en général, ça rame. Je vous apprends rien, là ?

— Disons que jusqu'ici je suis.

— Mais avec les gros complexes type, vous voyez ,le Cinécité ? Ben, il a fallu trouver des soutiens. Pas des mécènes mais des partenariats quoi. Il en a eu un pendant longtemps avec un autre ciné en fait qui était spécialisé films... pardon, j'ose pas le dire devant vous. C'est un peu choquant.

— Je suis une grande fille, Hakim, tu peux y aller.

— Un cinéma de... films pour adultes quoi.

— Attends, tu veux dire que les mecs consommaient du porno en salle le vendredi et un film déprime genre *L'Année dernière à Marienbad* le samedi ?

— C'est ça. Je sais, ça paraît bizarre, mais c'était une collaboration du tonnerre. Vous devriez pas dire des mots comme ça Marie-Victoria, c'est horrible, vous êtes une femme.

— Hakim, par pitié, ne commence pas à vouloir faire le tri dans mon vocabulaire ou les thèmes que je peux ou non aborder, sinon je sens que je vais devenir agressive comme un mec.

— Pardon, pardon. Et donc le cinéma de c... euh, spécialisé, il a fermé, tous ils ont fermé dans les années 1990. Avec Internet quoi.

Une idée m'effleure mais impossible de lui en parler maintenant sous peine de le décevoir si cela n'est pas envisageable.

— Hakim. Tu es inquiet, toi, du coup ?

— Moi, j'essaye d'y penser le moins possible pour le moment. Les bobines, c'est ma passion. Je sais pas si vous comprenez ça. Mais en gros, si je perds ma place ici, ça veut dire que je dois bosser comme projectionniste dans un Gaumont ou un UGC. Sauf que là-bas tout est passé au numérique. Ça me déprime. On reçoit comme des liens pour les films, avec des codes pour les lancer. C'est de l'informatique quoi. Moi, mon métier, je l'aime parce que c'est du manuel. Les bobines ça se touche, c'est de la matière, on joue avec, on répare, on coupe.

Je ne l'ai jamais vu aussi... investi dans la conversation. Je crois que c'est ça qu'on appelle « passionné ».

— On rentre ?

— Ouais. Il faut bien.

— C'est quoi, ce film mystère ?

— Installez-vous, Marie-Victoria, salle 2. Je vous rejoins. C'est une comédie italienne, sur une femme plutôt comme votre maman, c'est-à-dire...

— *Bourge.* Hakim, ne rougis pas, s'il te plaît. On a compris.

— Euh... une femme chic, qui se met à entendre des voix chelous. Qui vont l'aider à quitter son mari.

— C'est ça, spoile-moi le scénario !

Je fonce m'installer en attendant *Les ordres sont les ordres* de Franco Giraldi avec Monica Vitti, qu'Hakim semble porter aux nues. Je profite qu'il lance le film en cabine pour envoyer un SMS à Chaton. J'ai ma petite idée.

Ah ? C'est cette blonde-là, Monica Vitti ?

Ça va, ce n'est pas non plus comme si c'était Brigitte Bardot ! Je ne sais pas ce qu'il lui trouve exactement.

Chapitre 23

Max

Sans surprise, j'ai eu quelques commentaires d'habitués quand ils ont aperçu notre nouvelle recrue sur le stand. L'étonnement était le dénominateur commun, avec quand même quelques variantes. Politique : Max ? La meuf a cru qu'on était au Salon chasse et pêche ou quoi ? / Vestimentaire : putain le modèle de pantalon trois quarts ? Ça existe encore ? ! / Religieux : tu crois qu'elle s'est fait tatouer « *My only lover is God* » sur le sein ? Mais globalement son professionnalisme a fini par séduire tout le monde. Que se passe-t-il dans la tête de cette femme ? Marie-Chantal n'a pas l'air dans son assiette. Je me fais sermonner par mon amie.

— Tu ne vas pas t'inquiéter pour elle, Max ! T'abuses ! Elle doit avoir l'âge d'être ta mère ! Tu dois te concentrer, c'est impératif ! Lâche rien jusqu'à ce que ce soit à ton tour de parler !

— Léna, j'ai attendu ce moment pendant trois ans. Je ne vais pas tout faire foirer parce que le teint gris de mon assistante polyvalente me préoccupe.

— OK, je suis contente de te l'entendre dire parce qu'effectivement c'est à elle de t'aider, pas l'inverse.

Le côté radical de Léna. Noir ou blanc. Frontal. Elle a raison, je ne dois pas me déconcentrer. Mais ce n'est pas qu'un problème d'empathie, c'est aussi une intuition. Je soupçonne qu'il se soit passé quelque chose, probablement un truc en rapport avec sa vie familiale, a priori mouvementée en ce moment. J'ai vu qu'elle s'écartait tout à l'heure pour prendre un appel et mettait la main devant la bouche comme une gosse qui joue à dire dans ses mains des méchants vilains gros mots. J'ai remarqué que c'est toujours quand elle reçoit un appel de ses gosses qu'elle fait ça. Il se passe un truc dans la vie de ma petite Marie-Chantal.

— Aliénor ?

— Oui, Maxime ? Je peux vous aider d'une quelconque façon ?

Bon. Elle ne renoncera pas à m'appeler Maxime. Pas de clients à l'horizon. Léna est allée retrouver sur son stand une pote qui a ouvert son salon à Biarritz, Roberel. Un monstre de talent, cette fille. J'en profite pour vider mon sac. Ou du moins, pour l'encourager à secouer quelques miettes du sien.

— Y a un problème ? Si oui, va falloir m'en parler parce que sinon je vais monter sur scène en ayant mal au bide. Et j'aime pas ça. Vous aimeriez quand même pas que je plante mon intervention à cause de vous ?

Un soupçon de victimisation et une larme de menace, d'habitude la formule garantit un bon rendement.

— Tout va bien. Tout va très bien.

— C'est un peu votre réplique culte, non ? Le « sa place est dans un musée » d'Indiana Jones ? Non ?

— Maxime, j'ai du travail à avancer, des piles de *totem bag* à sortir...

— *Tote bag*, Aliénor, *tote bag*. Promis, je vais vous laisser tranquille, je n'aimerais pas être à l'origine de votre manque de productivité, je serais obligée de m'autolicencier pour gestion dramatique de mon personnel.

Voilà. Collier-de-perles sourit. J'approche.

— Ce n'est rien, vraiment, Maxime, ne vous en faites pas. Vous savez, ces derniers temps j'ai été beaucoup... soutenue, par mes filles et ma propre mère. Elles se sont... soudées autour de moi, vous voyez ? Et là je me demande ce que je dois faire. Et ce n'est plus à elles de m'aider. Je suis dans une situation compliquée. Face à un choix, il me semble.

— On le croit tous. Je veux dire par là : on croit souvent avoir le choix. Mais il est biaisé parce que, entre l'éducation qu'on a reçue, nos bonnes ou mauvaises manières et surtout nos bonnes vieilles peurs... je n'appelle pas ça déterminisme, mais certains choix trouvent en fait un peu trop vite leur issue pour que cela ne soit pas suspect.

Elle me fixe avec une expression difficile à identifier. Je me dis que, quitte à être directe, autant finir mon prêche sur une note bien claire.

— Aliénor ? Si vous devez prendre une décision importante, essayez de ne pas penser trop aux autres. Rien qu'à vous. De ne pas trop vous projeter dans le futur. Sinon ça risque fort de ressembler à un sacrifice. Il paraît que vous êtes très forts dans ce domaine vous les, ca...

Je n'ai pas le temps de finir que je suis alpaguée par *Marylou la trans* (c'est marqué sur son T-shirt), oreillette fluo sur l'oreille.

— Vous êtes Max ? Ça va être à vous. Vous me suivez, je vous conduis jusqu'à la plate-forme ?

J'adresse un clin d'œil à Marie-Chantal.

La plate-forme doit être le terme prétentieux pour dire estrade. Je suis invitée à m'asseoir aux côtés de Tin-Tin, le grand chef d'orchestre de cet événement. Apparemment, j'ai loupé l'intervention de Castor & Oil Lux, qui développe des tatouages inspirés par la calligraphie chinoise (jusqu'ici rien de bien novateur) avec effet taches d'huile. Faut voir. L'idée de ressembler à un Sopalin imbibé de

Puget pour le restant de mes jours ne figure pas dans la liste de mes priorités.

Il y a foule, les gens sont assis sur des chaises en bois, tatoués jusqu'à la moelle pour la plupart, comme j'aime, et une horde de petits jeunes posés à même le revêtement inqualifiable.

Tin-Tin me glisse à l'oreille que, vu l'importance de l'annonce que je m'apprête à faire pour le *milieu*, il a demandé à faire relayer mon intervention dans tout le Salon via un système d'écrans plats disposés à des endroits stratégiques. J'ai un peu l'impression d'être en conférence de presse à Cannes, merde.

Tin-Tin me présente brièvement, avant d'introduire Laurie Brignon, dermatologue, et Anna Tararani, chimiste. J'ai une pensée pour ma femme qui ne peut pas être là. Emily a fait promettre à Léna de tout filmer, ce qui me met une pression supplémentaire évidemment.

— Max ? Je te laisse expliquer le projet.

À moi de jouer...

— Merci Tin-Tin et bonjour à toutes et à tous. J'ai toujours appelé ce Grand Projet « Grand Projet avec un G et un P majuscules » quand j'en parlais, chez moi ou avec mes deux collègues. Il faut reconnaître que c'est un peu long. Alors, quand Laurie et Anna m'ont demandé de réfléchir à un nom pour la ligne que nous avons déclinée, je me suis creusé la tête. *Notre* projet, car il n'aurait jamais vu le jour sans le talent et la persévérance de Laurie et Anna, s'intitule *Perfume*.

J'aperçois des sourires sceptiques dans la salle mais poursuis, imperturbable :

— Ne vous inquiétez pas, je ne suis pas là pour délirer sur des aiguilles ou de l'encre parfum fraise coco ou vanille. Rien à voir. Non, ce projet s'intitule *Perfume* pour une tout autre raison. Laissez-moi vous raconter une anecdote.

Je suis à Montréal, parce que Leila (paix à toi mon

amie !) a décidé que, pour clore mon apprentissage, il fallait m'emmener au paradis des encrés. La ville qui a juste un milliard d'années d'avance sur nous. Pardon de dire ça, vous savez comme moi que Lyon est en passe de devenir la capitale de l'Union européenne en matière d'ouverture d'esprit, mais croyez-moi, pour ceux d'entre vous qui ne connaissent pas, Montréal est un endroit génial. Là-bas, votre prof d'anglais, votre gynéco ou un spécialiste de neurosciences peuvent avoir ça en commun : un tatouage. On ne vous conseillera pas de mettre une tenue de plongée intégrale pour votre entretien ni de masquer votre petite pin-up quand vous rencontrerez pour la première fois belle-maman. Vous me suivez ? C'est ça LA ville du tatoo.

Dans le métro, alors qu'on était en train de rentrer du salon d'un confrère, Leila attire mon attention sur un tatoo *old school*. Un cœur ailé, transpercé d'une petite épée, vous voyez, qui a particulièrement mal vieilli sur l'avant-bras d'une femme plutôt tailleur strict que santiags. Quand je dis « mal vieilli » je ne parle pas du motif, pas plus de la peau de cette quinquagénaire. Non, je parle de l'encre. L'encre a viré à un bleu délavé, sale, pas sympa comme effet.

Quelque chose me frappe quand je dévisage cette femme. Elle sent hyper-bon. Elle doit porter une eau de toilette subtile, je n'y connais rien, mais quand elle sort de la rame, elle laisse derrière elle une sorte de sillage olfactif.

C'est là que me vient cette pensée. On dit souvent que le parfum est unique parce que c'est vous, votre peau, qui lui donnez son cachet. On est tous d'accord que le parfum de Gaultier, ce flacon buste de femme que vous devez connaître, sent peut-être très bon sur votre amie mais pas sur vous. Que le parfum que vous vous mettez le matin évolue au cours de la journée, au contact de votre peau, en fonction de ses réactions. Il n'est pas là comme simple revêtement, il épouse votre peau.

Eh bien, c'est là que j'ai percuté : le tatouage, non. Il n'embellit pas avec l'âge. Vous avez toutes et tous fait les frais des questions, par ailleurs pas méchantes, de la part de votre entourage : « C'est très mignon mais qu'est-ce que tu en penseras quand t'auras soixante-dix ans ? », « T'as pas peur qu'on la voit plus ta girafe sur le bras là, qu'elle disparaisse sous des plis et des rides ? ». L'élégance du tatouage, et c'est aussi une des raisons pour lesquelles Indelible Ink existe... (quelques applaudissements et « Ouéch, Max » dans la salle), c'est que vous pensez contrôler votre corps, lui imposer quelque chose, alors qu'il reprend très vite ses droits. Vous n'êtes pas en train de customiser un sac !

SAUF QUE ! Comme pour le parfum, pourquoi ne pas imaginer un tatouage évolutif, qui vieillirait certes, mais en harmonie avec VOTRE peau ? Une encre qui s'adapterait à votre corps ? C'est ce que nous vous offrons avec *Perfume*. Nous avons décidé de vendre le brevet à un fournisseur afin de laisser à chaque tatoueur parmi vous la possibilité ou non de l'utiliser. Léna, ma partenaire tatoo et amie que je vous demande d'applaudir, voilà, la grande brune concentrée là, en train de me filmer avec un iPhone tombé quarante-huit fois de son lit, là... (rires, applaudissements), donc, Léna et moi ne voulons pas que ces encres deviennent notre propriété, notre exception, qu'elles nous singularisent, mais au contraire qu'elles changent une dimension du tatouage, et, mais là j'avoue que je m'avance un peu, qu'elles aident à contrer quelques idées reçues sur le tatoo.

Perfume, ce sont des encres qui s'adaptent à votre peau. Elles réagissent au contact de la mélanine et libèrent des particules à base de teintures naturelles qui évoluent avec le temps en fonction de votre couleur de peau et de sa composition. Elles peuvent virer sur une couleur bleutée, auburn, gris argenté, vert d'eau comme le métal rouillé. Sur chaque peau le résultat est unique. Par ailleurs, pour éviter qu'avec le temps l'encre ne s'estompe ou que les traits ne s'épaississent, Anna a également revu la structure même de l'encre pour qu'elle soit plus durable et n'ait pas cette tendance tache d'huile. Une encre intelligente, durable, qui s'adapte à votre peau. Votre tatouage est toujours unique. Avec *Perfume*, il fait encore plus partie de vous.

Je vais laisser à mes collègues le soin de vous expliquer plus en détail les secrets de la composition chimique de nos encres. Si vous êtes plus patientes et patients que moi, vous comprendrez peut-être même quand Laurie vous racontera comment l'encre et la peau entrent en interaction pour produire ces couleurs.

Avant cela je voudrais juste remercier, bien sûr, mes deux collègues et amies, pour leur énorme travail durant ces cinq années de recherche et d'élaboration. Ma femme, qui a supporté d'entendre parler du Grand Projet avec un grand G et un grand P pendant mille huit cent vingt-cinq jours sans chercher à me faire vendre la mèche. En ce moment même, elle se bat avec un enfant qui a décidé de remplacer la lettre E par des U. Léna, évidemment, parce qu'elle est mon associée et ma deuxième tatoueuse préférée... après sa mère. Leila, sa mère, à qui je dois d'avoir réussi à faire ce métier. (Je marque un petit temps.) Parce que je crois savoir qu'elle en sera gênée. Mais j'ai envie de le faire.

Et, avant de vous laisser ce micro, que je commence vraiment à aimer, je voudrais que vous applaudissiez quelqu'un qui a travaillé chez Indelible Ink alors que cet univers est loin du sien. Quelqu'un qui a accepté de prendre l'organisation du Salon en main dans les pires conditions de travail possibles (et croyez-moi, sous pression, c'est Léna la plus insupportable). Merci à Aliénor Duransson. D'avoir accepté de nous rejoindre. Pour tout ce qu'elle a déjà fait. Et pour son ouverture d'esprit.

Beaucoup d'applaudissements. De sifflements enthousiastes. De regards incrédules. Un mélange. Je lance un regard vers Tin-Tin, cherchant son approbation. D'ordinaire peu souriant, il me gratifie d'un clin d'œil que je trouve tout à fait bienvenu.

Après les discours plus techniques de Laurie et Anna et les félicitations de Tin-Tin pour nos « prouesses poétiques », je fais quelques bises et accolades et arrive à m'extraire de la mêlée. Je sors m'en griller une.

Aliénor est à quelques pas de moi. Une thermos hyper-chic à la main (moi quand je bois, c'est dans des bouteilles en plastique ou des vieilles gourdes de rando, alors forcément, la Bodum métallisée impose le respect). Elle m'adresse un grand sourire qui dit puissamment merci.

Chapitre 24

Marie-Victoria

Je ne sais pas trop à quel moment ça m'a pris. Quand Giorgia écrase sa clope dans l'œuf que prend son gros macho de mari pour son breakfast ? Non : quand elle raye consciencieusement toute sa voiture (sa fierté, son second pénis) ? Ou alors, plus probable mais plus « pulsion classique », quand elle se jette sur le peintre en bâtiment ? Amadeo s'en prend plein la gueule. Ça fait du bien.

Alors voilà, j'ai légèrement tourné la tête vers Hakim, je lui ai tapé sur l'épaule histoire de le secouer un peu. Et je l'ai embrassé.

— C'est ça que j'apprécie chez toi, Hakim. Les films remplacent les longs discours.

On a beau être que tous les deux dans la salle, il chuchote :

— Marie-Victoria, vous venez de m'embrasser, là !

— Je suis au courant, Hakim. Au fait, maintenant que je t'ai embrassé, tu crois qu'on est à un niveau d'intimité suffisant pour que tu me tutoies ?

Il me fixe avec un air sidéré. Je crois que je l'ai un peu choqué.

— J'aurais jamais osé faire ça !

— Oui, ça, j'avais compris. Il fallait que je fasse quelque chose. Pourquoi tu te lèves ? On va quand même regarder le film jusqu'au bout non ? J'ai envie de savoir si elle tabasse quelqu'un avant le générique !

— Je dois sortir marcher, là, je me sens tout mal.

Et voilà mon projectionniste qui me laisse en plan. D'enfer.

Je sors à mon tour, un peu circonspecte (est-ce que je viens de commettre un acte répréhensible ?). Je tombe sur un homme étendu à même le sol. En costume éponge.

Je commence à en avoir marre de cette mode.

— Ma mère aussi fait comme vous quand elle est déprimée.

— Votre mère est une sainte. Je vous l'ai déjà dit.

— Non, quand vous l'avez dit, c'était pour ma grand-mère.

— Ah. Peut-être.

— Vous avez conscience d'être allongé en plein milieu du hall de votre cinéma ?

— Tout à fait conscience.

— En costume en...

— Mais enfin, je sais comment je suis habillé, voyons !

Il fixe toujours le plafond en disant ça mais son ton s'est — légèrement — enflammé.

— Vous savez où est Hakim ?

— Il est parti avec un grand blond aux jambes fuselées. Je crois que vous vous êtes trompée sur son compte.

— Je l'ai fait fuir.

— Il serait temps.

— Qu'est-ce que vous voulez dire par là ?

— Je veux dire : embrassez-vous avant que j'aille me pendre.

— C'est fait.

Là, il se relève. D'un bond même. Je suis assez fière de

mon effet. Puis il me détaille. Me dévisage. Me déprime totalement avec ce regard insistant.

— Bravo, jeune fille. Je me doutais que vous étiez une aventurière.

— Vous exagérez pas un peu ?

— Franchir le pas avec un garçon comme Hakim, c'est un peu comme la première fois qu'une octogénaire enlève le patch d'hormone de sa fesse gauche. Tout menace de s'écrouler.

— Je vois pas...

— ... à quoi je fais allusion ? C'est normal. Feu les hormones en patch à se coller au cul. Vous connaissez des remèdes bien moins poétiques qu'à mon époque.

— Sans doute.

— Marie-Victoria. Je vous suggère d'aller faire un tour dans le placard aux affiches. C'est là qu'Hakim cache son désarroi. La plupart du temps.

Il désigne d'un bras tendu une petite porte rouge que j'avais prise jusqu'ici pour un placard à balais. Elle dissimule en réalité un escalier en colimaçon que je m'empresse d'emprunter. Il débouche sur une petite salle aux murs recouverts d'étagères en bois et de rouleaux.

— C'est toutes les affiches. Y en a même de collection. Les rouleaux c'est pour les préserver. Souvent le boss en achète dans des brocantes et tout. Du coup, je range, je trie. Je fais ça par année et par ordre alphabétique.

— Ça doit être méga-long.

Il me regarde comme si j'avais loupé une marche, avec un mélange de pitié et d'incompréhension. Et une pointe de mépris peut-être.

— C'est pour ça que c'est bien !

Outré. Oui, c'est ça. Outré.

— J'aime bien être ici parce que le boss vient jamais, c'est mon espace. Et parfois j'en sors pour les regarder. C'est pas des films récents comme vous aimez, Marie-Victoria. Tout ça, c'est comme traîner avec des vieux...

— J'ai l'habitude. J'adore les vieux.

— Vous ? Vous avez un copain super vieux ?

— Une copine. Elle s'appelle Micheline. Elle a plus de quatre-vingts ans. Et c'est ma grand-mère.

— J'ai eu peur tout à coup.

— Que je sois gérontophile ? Ça arrive à des gens très bien.

— Vous pouvez rester si vous voulez. Mais faut pas me parler trop, sinon je m'embrouille avec le classement. D'accord ?

Je sens que je n'ai pas le choix. Je m'installe sur la plus haute marche de l'escalier et sors mon téléphone. Monsieur bouderait-il ? En tout cas il a l'air très absorbé par son rangement.

— Je voulais vous faire voir ce film parce qu'à ce que vous racontez je sens que votre maman aurait besoin d'être un peu Giorgia.

— Oui, ou d'être un peu seule. C'est bien aussi la solitude.

Il ignore ma pique.

— C'est un bouquin au départ. L'auteur, vous le connaissez ? Il s'appelle Alberto Moravia.

— Ça ne me dit rien.

— Dites pas ça, Marie-Victoria, vous me faites du mal là.

— Encore ?

— C'est Alberto Moravia qui a écrit *Le Mépris*. Et le film ? *Le Mépris* ? ça, vous connaissez, au moins ?

— Ah oui ! ! ! Mes fesses...

Il se bouche les oreilles d'une façon tout à fait comique, lâchant au passage l'affiche qu'il avait entrepris de rouler correctement.

— Bah ? Hakim ? L'actrice le dit...

— Mais vous êtes pas Brigitte Bardot !

— Comment dois-je le prendre ?

— Non, non, je veux dire, c'est pas que je veux dire

que vous êtes moche, vous êtes pas moche, c'est juste que l'actrice, c'est du cinéma, vous, dans la vraie vie, quand vous dites ça, j'aime pas.

— Hakim, il va falloir t'habituer. Je ne vais quand même pas supprimer les insultes et les références sexuelles de mon vocabulaire quand je suis avec toi. Et encore tu es verni, je suis certaine que ma grand-mère te choquerait plus que moi.

Les garçons peuvent être d'une telle mauvaise foi parfois. Ça m'épatera toujours.

Je le laisse se remettre de ses émotions auditives. Décidément, cet Hakim est assez insondable. Il peut parler des films qu'il a vus avec précision et sans aucune censure. Nous avons eu quelques conversations sur des sujets qui excluaient d'office la langue de bois. Mais voilà. Nous avons tous nos petites contradictions. Je ne l'ai encore jamais vu ranger les bobines ou les « couper-coller » pour reprendre son expression. Mais je suis persuadée que le jour où je rentrerai en cabine avec lui, il sera au moins aussi concentré qu'à ce moment précis. C'est drôle de l'observer (discrètement tout de même, je reviens le plus souvent possible à mon écran d'iPhone, je sens qu'il est perturbé dès qu'il sent mon regard peser sur lui trop longuement). Je veux bien croire, à voir ses traits détendus, que son rangement remplace aisément chez lui le « prendre l'air ».

Chaton a répondu au texto que je lui ai envoyé avant le début du film. Parce que, évidemment, la déprime de M. Figolu et, surtout, la recherche de partenariat, ça a fait tilt. Ce qui est pratique avec Chaton, c'est que, tout en étant de tempérament joyeux, en tout cas pour ce qui concerne la partie professionnelle, elle n'hésite pas à dire ce qui ne va pas, à se plaindre de tel élève de CE2 qui enlève ses baskets en classe ou de celui qui joue à produire des bruits de suçons abominables avec son appareil dentaire. Côté organisation de l'école, elle s'exprime aussi. Je sais que Saint-Joseph-des-Brotteaux a organisé un partenariat avec un théâtre traditionnel lyonnais. Comprendre par là : deux fois par an ils iront voir Gendarme se faire bastonner par Guignol.

Chaton répond par une bonne dizaine de questions à la Chaton. Je sélectionne :

- MAIS C EST GENIAL MA VIC ! ON A PAS ÇA DU TOUT A L ECOLE ET EN PLUS JE SAIS PAS SI JE T AI DIT MAIS ON A CREE UN LIEN AVEC UN THEATRE ÇA MARCHE SUPER BIEN NOS JEUNES ADORENT

- Mais la fourmi c'est pas le cinéma où tu as ton zmi ?

- *A

- t'as compris ? Je voulais dire AMI :-) Mam l'a rencontré elle dit qu'il a l'air formidable.

- C'est ton amoureux ?

- Ah non pardon t'aimes pas quand on demande ça :-(((

- Tu choisirais lingerie crème ou taupe pour le mariage parce qu'en fin de compte j'ai acheté les deux.

- C'est pas un cinéma avec des films pour adultes ? Y a pas de semaine du porno ou truc comme ça ? Je peux perdre mon job sinon. ;-)

- Jen parle à Pain-sec le dirlo dès demain c'est TOP !

Sacrée Chaton.

Je ne sais pas si cette alliance pourra rassurer le boss d'Hakim. Et Hakim lui-même bien sûr. Mais je crois qu'en tant qu'école privée du 6e arrondissement, ils sont pétés de tunes à Saint-Joseph-des-Brotteaux. Pour le dire sans détour. Et probablement généreux donateurs quand ils se lancent dans un partenariat culturel.

Je croise les doigts pour que ça fonctionne, mais l'intérêt de ma sœur pour cette idée est LA bonne nouvelle du jour. Parce qu'à part ça, entre Mam qui m'annonce que Dad veut rentrer comme une fleur et le choix (regrettable ?) de faire ressembler ma zone au désert de Gobi... je trouve cette journée plutôt pourrie. Mais... mais j'y pense...

— Mais... j'y pense ! C'est quoi le truc que tu voulais m'annoncer ce soir ? Tu ne m'as quand même pas fait venir pour m'expliquer que ton boss était déprimé ? Parce que ça je l'aurais compris toute seule comme une grande.

— Je voulais vous proposer de sortir. Pas sortir comme aller au cinéma ou boire un verre. Ça, on l'a déjà fait. Je me fais comprendre ? Je veux dire : sortir juste toi et moi. Être ensemble quoi. Enfin. Je me disais pas que t'allais le faire avant moi. C'est pour ça que je suis un peu...

— Hakim ?

— Oui ?

— Je crois que tu viens de me tutoyer.

Chapitre 25

Marie-Victoria

Nous sommes toutes attablées dans le salon de Mamy. L'ambiance est vraiment lourde. Semblable à la tension qu'il y a dans une scène typique des Marvel, juste avant le combat ultime. Par exemple entre le Pingouin et Batman. Ou Spiderman VS le Bouffon vert.

On picore dans l'apéro. Sans grande conviction. Mamy vient de recevoir sa facture EDF. Chaque fois c'est pareil, ça la traumatise tellement qu'elle vit dans le noir pendant une semaine. Arrive forcément le moment où elle se casse la gueule, et ça y est, elle redevient raisonnable et consent à faire marcher les ampoules. Finalement c'est plus Dracula que Superhéros.

Chaton est allée se faire faire un chignon d'essai pour le mariage chez le coiffeur cet aprèm. Ils l'ont complètement loupé la pauvre, elle ressemble à... à pas grand-chose en fin de compte. Du coup elle se sent tellement mal qu'elle tripote frénétiquement les fausses boucles qui descendent comme des queues de cochon des deux côtés de ses oreilles. On a toutes essayé de trouver un petit mot pour la rassurer. À part Mamy qui a tellement ri en la voyant arriver (avant de se mettre la main devant la bouche, genre : « Oups j'ai dit exactement ce que je pensais. Ça vous embête ? ») qu'on a cru que Chaton allait fondre en larmes. On sent bien que l'approche du mariage la tend de plus en plus. Appo fait chier, en plus de tout. Mamy a apporté plein de trucs apéritifs sur la table et elle chipote. Ça y est, c'est nouveau, madame n'aime plus les olives, madame n'aime plus les crackers au sésame, madame aimerait bien des crevettes épicées, comme par hasard LE truc que Mamy n'a pas. Elle m'achève. Je suis sûre qu'elle se venge depuis qu'on assume de préférer Bonne Maman à Yoplait.

Moi je suis intérieurement aux anges depuis cette *conversation* avec Hakim et parce que j'ai eu le feu vert de Chaton pour parler du partenariat. L'école doit téléphoner à M. Figolu dans le courant de la semaine. Je cache ma joie parce qu'elle n'est pas de mise aujourd'hui. Mam nous a fait nous réunir et elle a une tête d'enterrement. Silencieuse depuis six bonnes minutes maintenant qu'elle nous a résumé la situation.

Apparemment, la Nathalie-Flocelle a eu un peu de mal à passer le cap de la vie commune. Du statut de « Jean-Igor mon amant-mon tourment » à « Jean-Igor dans mon appartement ». Ce ne sont pas exactement les paroles de ma mère bien sûr, mais c'est une hypothèse très probable. Dad a dit à Mam avoir pris la décision de quitter la rameuse. Je suis persuadée que c'est plutôt elle qui l'a foutu dehors. Une intuition. Encore une chose que je ne peux pas partager avec l'assemblée ici présente.

Monsieur s'est rendu compte que c'était (je cite Mam qui cite Dad) « préférable qu'[il] rentre ». C'est un peu court non ? Il manque tout de même quelques éléments à cette phrase il me semble...

Aucune mention faite de sentiments amoureux. L'amour, quel rapport ?

Aucune demande explicite. Demander quoi, la permission ?

Évidemment zéro usage du terme « erreur » ou « excuses ». Un homme, un vrai. La classe.

Devant l'absence de réaction de Mam, il a OSÉ le chantage affectif. C'est aussi pour cela, sans doute, qu'elle m'a paru si mal au téléphone le jour de son Salon du tatouage. Il allait de plus en plus mal et se jetterait sans doute dans la Saône si elle ne lui répondait pas tout de suite qu'elle était d'accord pour qu'ils reprennent comme en l'an quarante. Olala, bel effort, qu'elle soit « d'accord » ? Ma mère aurait donc un libre arbitre ? Une pensée propre ? C'est trop...

J'ai adoré la réponse de Mam (et je crois qu'elle était aussi assez fière d'elle-même). Elle sait utiliser son côté hygiéniste dans des contextes très variés. Elle lui a rappelé qu'à tomber dans la Saône, on risquait d'attraper une vilaine maladie de peau. Petite vérole puissance 10 000.

Maintenant, Mam est muette et nous aussi. Parce que nous savons qu'elle vient d'appeler Dad pour lui donner sa réponse.

— Mes chéries. J'ai dit non à votre père.

— Il a réagi comment ? (Appo)

— « Non » tout court ? (Chaton)

— Vache ! ! (Moi)

— Et j'espère qu'on ira lui foutre un coup de pagaye à cette conne ! (Mamy qui n'en démord pas)

Mam n'a pas évoqué *l'autre.* Elle n'en voyait pas l'intérêt. Pas de violence superflue.

Mam lui a dit non. Tout simplement. Que la procédure de divorce prendrait le temps qu'elle prendrait mais qu'elle était bien décidée à se séparer.

Je n'aurais pas été capable d'être aussi sobre. Dans la même situation, je crois même que j'aurais eu envie de le blesser le plus possible au passage. Mais pas Mam.

Je crois que je suis fière de ma mère. Parce qu'elle n'a pas choisi la solution de facilité consistant à reprendre le train de vie confortable que Dad lui promettait, implicitement. Parce qu'elle n'a pas accepté qu'un homme la traite mal. Je suis juste étonnée qu'elle ait essayé de louvoyer avant de nous avouer la teneur de leur conversation. Peut-être qu'au fond d'elle-même, Mam craignait que sa propre mère, mes sœurs et moi ne lui en voulions de ne pas sauver les apparences, de ne pas faire en sorte que « tout rentre dans l'ordre ». Avant, c'était un peu la règle chez nous.

Une chose est sûre, au-delà de nos différences de personnalités, quand il s'agit du bien de Mam, on s'aligne...

Mamy est tellement joyeuse (on aimerait même qu'elle se montre un peu plus sobre) qu'elle se précipite sur l'interrupteur du plafonnier, bravant tous les interdits bancaires à venir.

— M... Merci pour votre aide. Et aussi pour. Les ateliers cuisine.

— Ça, c'est l'idée de Mamy ! Nous, on t'aurait inscrite à un club de tir à l'arc.

— Marie-Victoria, j'espère que tu plaisantes, tu sais bien que...

— Mais oui, je plaisante, Mam !

— Qu'est-ce qui t'a le plus plu dans ces cours, ma petite chérie ?

Je reconnais bien là les questions fourbes de ma grand-mère...

— Eh bien, le professeur était incroyable. Excentrique certes mais aussi passionné et...

— Et les autres inscrits ?

— Marie-Appoline, puisque tu poses la question, je dois d'abord évoquer Maxime bien sûr, car sans elle, vous l'aurez compris, je ne serai pas employée d'un salon de tatouage aujourd'hui.

— Ah ouais, ben ça, on lui doit beaucoup...

— Marie-Victoria ? Est-ce une critique ?

— Mais non, Mam, je te charrie un peu, c'est tout ! Et les hommes ?

— J'ai eu de la chance de côtoyer Michel Wherlin, cet aquarelliste talentueux qui va d'ailleurs devenir, en quelque sorte, un collaborateur au...

Heureusement, Mamy abrège :

— Nous voulons savoir ce que sont devenus tes attentifs, ma chérie. Pas tes camarades.

Wolfgang n'a même pas voix au chapitre, le pauvre. Disons que son cas est vite passé en revue. En même temps, la sortie culturelle pour le premier *date*, c'est osé. Mais un certain Philippe de Masquier prend du galon.

— C'est qui, ce type ?

— Marie-Quitterie ! Voyons ! Je ne suis pas ta copine de classe !

— Carrément ? Un week-end de navigation ?

— Exactement, Marie-Victoria, nous allons aller jusqu'à Rouen.

— Il a un yacht ? Aliénor, dis-moi ma chérie, il m'a l'air d'avoir une bonne situation ?

— Maman... c'est une vedette !

— Un genre de péniche ?

— C'est ça, maman, c'est ça.

Chacune y va de son conseil... Mamy est sur la garde-robe idéale sur un pont, Appo, toujours aussi sérieuse, assure que c'est un bon moyen de faire connaissance. Sans rire ! Trois jours à se regarder dans le blanc des yeux (en alternance avec le fond de l'eau et le paysage)... Maman s'exprime prudemment mais elle emploie à plusieurs reprises le terme de gentleman. Ce qui me plaît dans la description du Loup de mer, c'est qu'il m'a l'air d'un homme indépendant. Pas le genre à vouloir recruter la femme au foyer idéale.

On évoque quand même quelques points plus pragmatiques. Par exemple le fait que Mam va rester ma coloc jusqu'à ce que l'appartement du cours Franklin soit vendu. Là, elle pourra probablement s'acheter un petit endroit à elle. Rien qu'à elle. Ça va me manquer de ne plus trouver de lait et de crème de marrons dans le frigo.

Au moment où Mamy apporte des chouquettes et de la glace, Chaton fond en larmes.

— Marie-Quitterie, voyons ma chérie, tu ne vas pas pleurer parce que c'est de la glace à la vanille ! Tu n'as plus quatre ans !

— Mais non, Mamy, c'est pas ça... Dad, quand on s'est vus pour la communion d'Elfège, il a promis.

— Il a promis quoi, mon chaton ?

— Qu'il serait là le jour de mon essai de chignon... Il avait dit qu'il serait là à la sortie du coiffeur, parce que ce n'était pas loin de son cours de yoga.

— Ton père s'est mis au yoga ? Mais il est raide comme la justice !

— Mamy, c'est pas le problème. Il n'est jamais venu.

Nous sommes toutes sidérées devant l'explosion de ma sœur. Depuis le départ du héros de la famille, nous nous sommes surtout focalisées sur Mam, et même si nous savions que Chaton souffrait aussi de sa prise de distance, c'est vrai que nous n'avions pas réalisé que cette séparation l'affecterait de cette façon. Elle aurait aimé être entourée de ses DEUX parents pour organiser son mariage. Enfin... je reste persuadée que, même s'il avait été en couple avec Mam à ce moment-là, il n'aurait pas montré un grand intérêt pour les préparatifs.

— Il n'a même pas pris la peine de m'envoyer un SMS pour annuler. Il n'est tout simplement pas venu.

Pour la consoler, nous lui demandons de bien vouloir nous montrer le catalogue de robes et costumes pour filles et garçons d'honneur qui dépasse de son sac. Entre deux larmes, Chaton parvient à nous expliquer qu'il s'agit d'une vieille maison lyonnaise, spécialisée dans les miniatures de costumes pour événements religieux. Au bout de deux minutes, je n'en peux plus, je craque et avoue que je ne porterais même pas ces meringues en rêve. Elle le prend bien, et du coup on fait défiler toutes les pages du catalogue pour décerner le prix de la plus horrible tenue. Le débat est houleux entre les ensembles « Comme dans un conte de fées » et « Petite poupée russe ». Je me sens mal pour la pauvre gosse qui pose avec un manchon de fourrure...

Mam, qui reste Mam, reprend son sérieux et déclare à sa fille d'un air solennel :

— J'appellerai ton père, il a plutôt intérêt à être là le jour de ton mariage, avec ou sans la pro du kayak, sinon c'est moi qui lui balance un coup de rame là où je pense.

Girl power, je vous disais.

(No need to)Rescue Mam (anymore)

Mot d'ordre : Il est temps de conclure !

Participante : Moi, ma conscience, mon âme.

Chef : ENFIN MOI ! ! ! ! !

Rédactrice : MOIIIIII ! ! ! ! ! ! !

En tant que rédactrice, c'est moi qui suis en charge de l'archivage de nos séances *Rescue Mam.* J'hésite à les reparcourir. Je sais ce que je vais y trouver : l'évolution de nos états d'esprit, des idées farfelues, et une infime partie de l'histoire de Mam consignée par nous.

En tant que rédactrice, c'est aussi à moi, je crois, d'apporter un document final pour clore ce dossier. Affaire classée !

Commençons par la star de cette histoire. Mam. Le divorce est en cours. M. Halpern est génial. Mam s'inquiète sur beaucoup de points, et je pense que son intensité d'appels pourrait facilement être requalifiée en harcèlement. Cet homme est d'une patience à toute épreuve.

Comme d'habitude, Mam n'est pas rentrée dans les détails, mais vu la mine qu'elle affichait à son retour de week-end en péniche, pardon, en vedette, mes sœurs, Mamy et moi sommes tranquilles : elle est probablement entre de bonnes mains.

Je cohabite maintenant avec une coloc très occupée. Entre son travail, Philippe de Masquier et son club de lecture, je considère que j'ai de la chance si je la croise pour dîner.

Il y a maintenant des piles d'ouvrages à la maison que Mam sème partout. Ça va de *L'Histoire du tatouage à travers les âges* à *Tout connaître sur les motifs tribaux* en passant par *Les Tatouages de prisonniers russes.* Bon, il y a aussi des ouvrages type *Les Hommes viennent de Mars et les femmes de Vénus* ou *Lola, petite grosse et exhibitionniste.* Je ne cherche pas à comprendre. Elle se montre très assidue pour ses séances de lecture et de comptes rendus.

Elle parle souvent avec une pointe de nostalgie des cours de cuisine. J'ai d'ailleurs lu un article sur le prof taré dans *La Tribune de Lyon.* Il a encore fait des siennes. Viré une fille du cours parce qu'elle a appelé des haricots plats « haricots coco ». « Notre langage est notre patrimoine. On ne peut laisser la première inculte venue détruire notre patrimoine. »

Comme Mam refuse, pour le moment, de nous présenter Philippe de Masquier. Mamy suggère une filature. Il va vraiment falloir qu'on la surveille de près.

Le mariage de ma sœur a lieu dans deux jours. J'y vais accompagnée... Chaton a fait rajouter des empiècements de tissus à sa robe blanche, au niveau de la taille et des hanches, et la vérité, c'est qu'elle est mille fois mieux comme ça.

À propos de tissus, le partenariat entre La Fourmi et Saint-Joseph-des-Brotteaux a commencé il y a quinze jours, et c'est déjà une affaire qui roule. MM. Pain-sec et Figolu s'entendent à merveille. J'ai ma petite théorie personnelle sur le sujet : de mon point de vue, Prince-de-Galles et Tissu-éponge sont assez complémentaires.

J'oublie Mamy. Elle part bientôt à un tournoi (international) de mots fléchés pour, je cite, « soutenir Jacques ».

Elle a tenu à préciser qu'ils avaient réservé une chambre d'hôtel avec deux lits simples. Comme d'habitude, moins elle donne de précisions, mieux on se porte.

Appo est enceinte. Elle vient de me l'apprendre et s'apprête à l'annoncer à Chaton (si elle croit que ça va l'exempter de participer à la liste de mariage... !). Elle pense demander à son employeur de passer à un temps partiel.

Comme me le répète souvent Hakim, il va peut-être falloir que je renonce à ce que toutes les femmes qui m'entourent aient la vie que je leur souhaite.

Chapitre 24

Max

— Ne bougez pas. Voilà. Respirez. Ne vous inquiétez pas. La première fois c'est un peu étrange comme sensation, c'est vrai, puisque c'est totalement inconnu. Moi, je compare cela à un mélange de griffe de chat et d'épilateur électrique. Comment ? Vous vous rasez uniquement ? Ah. D'accord. Mais la griffe de chat ? Ça, ça vous est déjà plus familier ?

Elle se détend petit à petit. Calme sa respiration en la calant sur le rythme d'une musique très douce que j'ai choisie comme fond sonore. Le salon est fermé, nous sommes dimanche, mais j'ai exceptionnellement accepté de travailler. Uniquement parce que c'est elle.

Je porte un T-shirt à l'effigie de Max. Le chien, bien sûr. Petit cadeau d'Emily pour le 18 septembre.

Pour reprendre le vocabulaire d'un célèbre petit cadre dynamique : « Le tout c'est de bien timer notre relation, et même si entre Max-le-chien et moi, au départ, c'est le *big gap*, le *next step*, c'est l'amitié. »

J'ai déjà passé le coton imbibé de lotion antiseptique et rasé le duvet à l'aide d'un rasoir jetable. J'ai appliqué le petit calque. Je commence à recouvrir les lignes courbes de ce dessin. Cela faisait longtemps que je n'avais pas fait de lettrages. Nous avons choisi les caractères ensemble, déterminé la taille et, bien sûr, l'emplacement du corps. Elle a opté pour le creux de son poignet. Cela sera discret et élégant. Et surtout elle pourra le cacher facilement, comme un secret.

« *I'll Take Care of You* ».

Elle m'a expliqué que c'était le titre d'une chanson d'un certain Gil Scott-Heron, qui l'a vraiment bouleversée.

— Vous vous sentez prête, Aliénor ? On y va !

Album : *I'm New Here.* Morceau : *I'll Take Care of You.*

I know you've been hurt by someone else
I can tell by the way you carry yourself
But if you let me, here's what I'll do
I'll take care of you

I've loved and I lost the same as you
So you see I know just what you've been through
And if you let me, here's what I'll do
I'll take care of you

You won't ever have to worry
You won't ever have to whine
For I'll be there beside you
To dry your weeping eye

So darling tell me that you'll be true
There's no doubt in my mind, I know what I want to do
And then just as sure as one and one is two
I know I'll take care of you

I'll take care of you
I'll take care of you
I'll take care of you

Remerciements

Merci à toutes les personnes dont je m'inspire sans vergogne et qui se reconnaîtront sans peine.

Merci à Gil Scott-Heron d'avoir eu le temps d'écrire des livres en plus de sa musique exceptionnelle.

Merci à l'équipe de choc Harlequin !

Composé et édité par HarperCollins France.

Achevé d'imprimer en avril 2019.

CPI
BLACK PRINT

Barcelone

Dépôt légal : mai 2019.

FSC
www.fsc.org
MIXTE
Papier issu de sources responsables
FSC® C108412

Pour limiter l'empreinte environnementale de ses livres, HarperCollins France s'engage à n'utiliser que du papier fabriqué à partir de bois provenant de forêts gérées durablement et de manière responsable.

Imprimé en Espagne.